Um grão de trigo

Ngũgĩ wa Thiong'o

Um grão de trigo

Tradução
Roberto Grey

ALFAGUARA

Esta tradução de *A Grain of Wheat* foi publicada mediante acordo com a Pearson Education Limited.

Grafia atualizada segundo o Acordo Ortográfico da Língua Portuguesa de 1990, que entrou em vigor no Brasil em 2009.

Título original
A Grain of Wheat

Capa
Celso Longo

Revisão
Tereza da Rocha
Tamara Sender
Joana Milli

CIP-Brasil. Catalogação na fonte
Sindicato Nacional dos Editores de Livros, RJ

T372u
Thiong'o, Ngũgĩ wa
Um grão de trigo / Ngũgĩ wa Thiong'o; Tradução Roberto Grey. — 1ª ed. — Rio de Janeiro : Alfaguara, 2015.

Tradução de: A Grain of Wheat.
ISBN 978-85-7962-406-3

1. Ficção inglesa I. Grey, Roberto. II. Título.

15-21858 CDD-823
CDU-821.111-3

EDITORA SCHWARCZ S.A.
Praça Floriano, 19, sala 3001 — Cinelândia
20031-050 — Rio de Janeiro — RJ
Telefone: (21) 3993-7510
www.companhiadasletras.com.br
www.blogdacompanhia.com.br
facebook.com/editora.alfaguara
instagram.com/editora_alfaguara
twitter.com/alfaguara_br

Introdução

O status de *Um grão de trigo* como um clássico da literatura africana jamais foi posto em dúvida. Publicado em 1967, no meio da primeira década da independência do Quênia, era o terceiro romance de Ngũgĩ e um forte sinal de seu amadurecimento como escritor moderno. Apesar de terem sido bem recebidos por leitores e críticos, os dois romances anteriores de Ngũgĩ, *Weep Not Child* e *The River Between,* revelavam sintomas do estilo de um escritor ainda jovem e da sua busca insegura por um lugar no cânone emergente das letras africanas. Os primeiros romances de Ngũgĩ refletem a tentativa do aprendiz de modular formas literárias herdadas para dar conta de cenários africanos; mas *Um grão de trigo* se destaca como obra de um romancista maduro, seguro de seu controle sobre as múltiplas experiências e contradições que definiam as vidas africanas pós-independência, inclusive o caráter frágil da identidade social.

Em *Um grão de trigo,* Ngũgĩ foi também capaz de conciliar as exigências de uma cultura literária emergente, então representada pelas obras de escritores proeminentes como Chinua Achebe e Peter Abrahams, com as formas exemplificadas pela "grande tradição" da literatura inglesa, aprendidas na Makerere University College, em Uganda, onde ele começou sua carreira literária. Ao ser publicado, o romance entabulava um diálogo fluente com o contexto mudado da literatura africana. Enquanto os primeiros romances de Ngũgĩ haviam bebido da memória histórica, ou da autobiografia, para tentar destrinchar as exigências conflitantes da vida social no período de transição do colonialismo para a independência, no início dos anos 1960, *Um grão de trigo* foi escrito numa época em que a situação da literatura africana, sua forma e seu significado, e sua relação com a conjuntura política mais ampla estavam sendo calorosamente debatidos. No centro desse debate situavam-se várias questões que, em retrospecto, constituem o importante pano de fundo do terceiro romance de Ngũgĩ.

Havia, por exemplo, o problema persistente da história, ela mesma quase um personagem do romance, e de seu significado dentro do contexto da descolonização. Os antecessores de Ngũgĩ na cena literária africana haviam se preocupado com o passado e as condições de sua representação narrativa. Ao conceber o passado africano como tragédia, ou de modo romanceado, esses escritores afirmavam categoricamente, em consonância com Achebe, que o tema fundamental da literatura africana era fornecer aos africanos um sentido adequado da própria história. A motivação para produzir literatura africana, argumentava-se, era recuperar um passado africano como instrumentalidade e mostrar que os africanos tinham uma história viável. Mas, quando Ngũgĩ escreveu seu terceiro romance, essa preocupação com a história começava a ser questionada por uma nova geração de escritores africanos. Na verdade, já em 1967, Ngũgĩ surgira como o principal porta-voz de um grupo de escritores que alertava sobre o perigo de utilizar o passado para mascarar a crise do presente, argumentando que chegara a hora de os intelectuais negros falarem sobre os problemas da gente comum, que já estava sendo excluída do projeto de construção nacional.

Além do mais, *Um grão de trigo* estava sendo escrito num momento de incerteza acerca da direção que a sociedade africana tomaria depois da independência. No meio da primeira década da independência, a euforia que acompanhara a descolonização cedera, dando lugar à desilusão e ao desencanto. Os escritores não tinham mais certeza de que as formas literárias que pretendiam recuperar o passado fossem capazes de arcar com o peso incerto do presente. Foi nesse estado de incerteza que Ngũgĩ descobriu *Os condenados da terra*, de Frantz Fanon, obra concebida originariamente como uma crítica ao colonialismo, mas que então atraía atenção e ganhava interesse pelo aviso profético sobre os perigos do fracasso na descolonização. No meio de seu livro, em um capítulo adequadamente intitulado "As armadilhas da consciência nacional", Fanon alertava que, em vez de ser a cristalização das aspirações populares, o nacionalismo africano corria o risco de se tornar uma casca vazia e uma caricatura de suas promessas. Os escritores que antes haviam compartilhado a premissa anterior de Fanon de que a nação liberta constituía o horizonte da liberdade africana agora se perguntavam qual seria a forma da narrativa das nações em crise.

Depois que a preocupação com o passado fora questionada como tema fundamental da literatura africana, os escritores não tinham mais certeza sobre a eficácia de suas fontes culturais e históricas. O passado havia sido um tema atraente para a literatura porque, embora de muitas maneiras trágico, era um referencial distante e estável. Em contraste, o presente parecia uma época de confusão, uma época sem um registro seguro ou temas claros. Os escritores não tinham mais certeza sequer de seu papel no projeto nacional. Intimamente associada ao nacionalismo cultural, a primeira geração de escritores africanos concebia sua função como a de imaginar essencialmente uma comunidade nacional pós-colonialista. Com a chegada da independência, a função da nova literatura africana deixou de ser aparente. Na época em que Ngũgĩ escreveu *Um grão de trigo,* arte e política tinham tomado caminhos separados, e assim o romancista se via obrigado a abandonar a forma da narrativa histórica em prol de um presente em que os camponeses, que haviam combatido os britânicos, "agora veem tudo pelo que lutaram ser abandonado".

Um aspecto notável de *Um grão de trigo* é a capacidade de Ngũgĩ de transformar suas ansiedades acerca do processo de mudança numa narrativa competente sobre a experiência pós-colonial. Na verdade, seu romance faz do problema da transformação pós-colonial a condição da própria narrativa. Consideremos de novo a questão do passado e da política do tempo de modo geral. O romance de Ngũgĩ não foge da natureza e do sentido da história, nem de sua força ou prevalência;

na verdade, é obcecado pela experiência histórica da história moderna do Quênia, que ele mapeia cuidadosamente, tocando nos momentos-chave da imaginação nacional, desde a primeira organização de massa contra o domínio britânico em 1922 até o dia da independência, em 12 de dezembro de 1963. O importante, no entanto, é que essa história é evocada e ao mesmo tempo questionada:

> O Quênia conquistou sua Uhuru dos ingleses em 12 de dezembro de 1963. Um minuto antes da meia-noite, as luzes foram desligadas no estádio de Nairóbi, de modo que as pessoas de todo o país e do mundo que haviam se reunido ali para a cerimônia foram tragadas pela escuridão. No escuro, a Union Jack foi rapidamente baixada. Quando então as luzes se acenderam, a nova bandeira do Quênia tremulava desfraldada, acenando no ar. A banda da polícia tocou o hino nacional e a multidão aclamou sem parar quando viu que a bandeira era preta, vermelha e verde. A aclamação soava como um grande estalo de muitas árvores caindo na lama grossa do estádio.

Esta passagem do início do capítulo catorze impressiona tanto os personagens quanto os leitores. Para os personagens, a recuperação da independência funciona como um momento de escuridão temporária. O que temos, então, é uma inversão irônica que derruba as suposições dos personagens de que a chegada da independência – e motivo de sua existência – fosse um momento de realização, tanto no nível pessoal quanto no coletivo. Para os leitores que vieram a compartilhar este pressuposto, à medida que seguiram a vida dos personagens por mais de meio século, a banalidade da prosa reforça uma sensação de incoerência. Em ambos os casos, o objetivo de Ngũgĩ é provocar um estranhamento diante do passado, para assim resgatá-lo das mitologias oficiais. Representada do ponto privilegiado da descolonização, a história não constitui mais um modo orgânico de imaginar uma nação. De fato, o maior feito de Ngũgĩ no romance é o seu uso de um conjunto de narrativas múltiplas, nas quais o passado só pode ser representado através da consciência de um grupo de personagens cujas intenções e desejos são tão complexos e conflitados que, no fim, a história do nacionalismo no Quênia se torna um enigma.

Um grão de trigo é claramente estruturado por uma tensão implícita entre as intenções simbólicas do autor e o discurso irônico de que ele precisa para possibilitar uma crítica ao passado. Esta tensão fica evidente na separação entre a face pública dos personagens e seus motivos ocultos. Os personagens que recheiam o romance estão intimamente ligados a momentos críticos da história do Quênia e, como sugerem seus nomes, veiculam intencionalmente símbolos históricos muito carregados. Há o velho Warui (o rio), que serve de ligação entre as fases mais importantes da história. Há Gikonyo (o umbigo), que pretensamente é o cordão umbilical que une gerações, e sua mulher Mumbi, assim chamada em homenagem à mãe simbólica do povo gikuyu. O irmão de Mumbi, Kihika, que morreu lutando pela independência, pertencia, como sugeria seu nome, a uma geração com pressa; o pretendente de Mumbi, Karanja, carrega o nome de outra geração. E depois há a figura de Mugo, assim chamado em virtude de um dos mais veneráveis profetas e videntes da comunidade, e louvado erroneamente no romance como salvador de seu povo.

Quando são contrastadas versões e visões rivais da história, e à medida que a relação conturbada de cada personagem com acontecimentos passados é revelada, confirmam-se o desencanto e a traição. Justapostos e localizados dentro da estrutura irônica do romance, os significados se deslocam e a ansiedade do presente acaba determinando o sentido da história, assim como o fantasma do passado ameaça atrapalhar o drama da independência. Nessas circunstâncias, *Um grão de trigo* é um romance de desilusão, incompreensão e valorização equivocada. Esses temas funcionam em vários níveis. Primeiro, as vidas dos personagens principais são reconstruídas através de um processo de descoberta e reversão, o reconhecimento de que, como indivíduos e atores históricos, eles não são quem achamos que são. No âmago do romance há o engano sobre o papel de Mugo em todo o processo de libertação nacional. Se ele fosse o homem destemido e corajoso que salvara a vida de Kihika, por que parece assombrado pelo passado? Por que resiste ao papel heroico que os outros lhe impõem – como se fosse seu destino histórico?

As questões que assombram Mugo não são reveladas senão no fim do romance, mas desde a sua primeira aparição ele é descrito em uma linguagem que contesta aquilo que ele supostamente deveria personificar:

> Mugo estava nervoso, deitado de costas olhando o teto. Mechas de fuligem pendiam do trançado de samambaia e capim, todas apontando para o seu coração. Uma gota d'água cristalina pendia delicadamente sobre ele. A gota engrossou e foi se sujando ao absorver os grãos de fuligem. Em seguida começou a ser atraída em sua direção. Ele tentou fechar os olhos. Não queriam fechar. Tentou mexer a cabeça: ela estava firmemente presa na moldura da cama. A gota aumentava progressivamente ao se aproximar cada vez mais de seus olhos. Ele queria cobri-los com a palma das mãos; mas as mãos, os pés, todos se recusavam a obedecer à sua vontade. Em desespero, Mugo se concentrou para se sacudir da situação de uma vez por todas e acordou. Agora jazia sob a coberta, ainda perturbado, temendo, como no sonho, que uma gota de água fria de repente penetrasse nos seus olhos.

Os leitores não têm a pista da fonte ou causa da profunda ansiedade de Mugo, mas a linguagem e o tom do romance os fazem desconfiar.

Mais tarde, a sensação nervosa que Mugo tem de si mesmo, que abre o romance, é contraposta à impressão das outras pessoas sobre ele: "O nome de Mugo foi cochichado de ouvido em ouvido. Os casos misteriosos sobre ele se espalharam pelas mulheres no mercado. Isso não teria acontecido num dia normal de feira. Mas não se tratava de mais outro dia. Esta noite o Quênia obteria a Uhuru. E Mugo, nosso herói da aldeia, não era nenhum sujeito comum". Aqui temos um discurso da suspeita e do deslocamento, antes que da identidade; a lacuna entre os temores mais íntimos do personagem, bem como a percepção que os outros têm dele como herói, reforça o que se pode chamar de hermenêutica da suspeita no romance. E, mudando a perspectiva dos leitores, Ngũgĩ é capaz de mostrar como o reconhecimento equivocado derrota os significados estáveis que o público almeja.

Há outro nível em que os temas desilusão e traição se desenvolvem no romance. Muitas vezes, os assuntos mais íntimos, particulares, funcionam como catálise para acontecimentos fatídicos, ou os reduplicam. A narrativa da história nacionalista, uma narrativa de promessa e traição, fornece o pano de fundo para a encenação do triângulo amoroso entre Gikonyo, Karanja e Mumbi. Por sua vez, essa trama amorosa, em si um caso de expectativas traídas, torna-se uma narrativa, por tabela, do romance da nacionalidade do Quênia. Isso mostra como a narrativa romântica espelha a alegoria da nação. No entanto, as tentativas de ligar as vidas dos indivíduos com a narrativa nacional são constantemente deslocadas por um discurso irônico, que engendra reversões e transformações inesperadas. Quem foram os heróis da independência? Qual foi o papel desempenhado pelos indivíduos no drama do nacionalismo? E como podem ser curados aqueles que foram feridos pela violência do colonialismo e da descolonização? Apesar de Ngũgĩ ter produzido posteriormente obras que buscavam apresentar respostas claras e inequívocas a essas perguntas, *Um grão de trigo* é um romance marcado pela dúvida e pela incerteza.

Modelado em *Sob os olhos do Ocidente,* de Conrad, um romance de revolução e traição, *Um grão de trigo* pertence à longa linhagem de romances modernistas cuja linguagem, sentido e visão são propelidos pela incerteza sobre a história, o lugar, a revolução e a moral. Na verdade, a preponderância da ironia em *Um grão de trigo* assinala sua afinidade com o estilo literário do alto modernismo, do qual ele se apropria, e ao mesmo tempo inverte. O romance utiliza estratégias bem conhecidas do modernismo, inclusive fluxos de consciência, cronologias múltiplas ou fracionadas e imagens fragmentadas, para dar conta daquilo que Ngũgĩ veio a considerar como a crise da independência africana. Mas já que seu objetivo era reconstituir a narrativa da descolonização no Quênia e refletir sobre o deslocamento profundo dos personagens em relação a suas histórias e cenários, especialmente durante o período Mau Mau nos anos 50, Ngũgĩ não podia abandonar o realismo tradicional. Precisava dele para tratar de assuntos e comunidades reconhecíveis e localizá-los na textura de uma história conturbada, ainda que rica. Seu desafio foi como afirmar essa história e torná-la uma presença palpável em suas obras, enquanto também desconstruía seu uso e abuso na situação pós-colonial. O sucesso de *Um grão de trigo* pode ser atribuído ao emprego magistral da forma modernista por Ngũgĩ para explicar a política da transformação na África pós-colonial.

Simon Gikandi
Universidade Princeton, 2008

Para Dorothy

Insensato! O que semeias não readquire vida a não ser que morra. E o que semeias não é o corpo da futura planta que deve nascer, mas um simples grão, de trigo ou de qualquer outra espécie.

1ª CORÍNTIOS 15, 36

Apesar de localizados no Quênia contemporâneo, todos os personagens neste livro são fictícios. Nomes como os de Jomo Kenyatta e Waiyaki são mencionados obrigatoriamente como parte da história e das instituições de nosso país. Mas a situação e os problemas são verdadeiros — às vezes dolorosamente demais para os camponeses que lutaram contra os ingleses e, no entanto, agora veem tudo pelo que lutaram ser abandonado.

NGŨGĨ WA THIONG'O
Leeds, novembro de 1966

Um

Mugo estava nervoso, deitado de costas olhando o teto. Mechas de fuligem pendiam do trançado de samambaia e capim, todas apontando para o seu coração. Uma gota d'água cristalina pendia delicadamente sobre ele. A gota engrossou e foi se sujando ao absorver os grãos de fuligem. Em seguida começou a ser atraída em sua direção. Ele tentou fechar os olhos. Não queriam fechar. Tentou mexer a cabeça: ela estava firmemente presa na moldura da cama. A gota aumentava progressivamente ao se aproximar cada vez mais de seus olhos. Ele queria cobri-los com a palma das mãos; mas as mãos, os pés, todos se recusavam a obedecer à sua vontade. Em desespero, Mugo se concentrou para se sacudir da situação de uma vez por todas e acordou. Agora jazia sob a coberta, ainda perturbado, temendo, como no sonho, que uma gota de água fria de repente penetrasse nos seus olhos. A coberta era dura e gasta; as cerdas pinicavam seu rosto, o pescoço, na verdade, todas as partes descobertas do corpo. Ele não sabia se pulava fora da cama ou não; a cama estava quente e o sol ainda não surgira. O alvorecer coava pelas frestas na parede da cabana. Mugo tentou fazer uma brincadeira que sempre fazia, toda vez que perdia o sono no meio da noite ou de manhã cedo. Na quase ou total escuridão, a maioria dos objetos perde seus limites e se funde entre si. A brincadeira consistia em tentar decifrar os vários objetos no quarto. Nesta manhã, contudo, Mugo teve dificuldade em se concentrar. Sabia que era apenas um sonho: mesmo assim, não parava de se arrepiar pensando na gota fria caindo nos olhos. Um, dois, três; ele arrancou a coberta do corpo. Lavou a cara e acendeu o fogo. Num canto, entre os utensílios, descobriu uma sacola com um pouco de fubá. Ele o pôs numa sufuria no fogo, adicionou água e mexeu com uma colher de pau. Gostava de mingau de manhã. Mas, sempre que o tomava, se lembrava do mingau meio cru da detenção. Como o tempo custa a passar, tudo se repetia, pensou Mugo; o dia pela frente seria igual ao de ontem e ao de anteontem.

Ele pegou uma jembe e um panga para repetir a rotina de sua vida agora, desde que deixara Maguita, seu último campo de detenção. Para chegar a seu novo pedaço de shamba que ficava do outro lado de Thabai, Mugo precisava percorrer as ruas empoeiradas da aldeia. E, como sempre, descobriu que algumas mulheres haviam levantado antes dele, algumas já voltavam do rio, com as costas frágeis arqueadas sob os barris de água, a tempo de preparar chá ou mingau para os maridos e filhos. O sol agora já nascera: as sombras das árvores e cabanas se espichavam, finas e alongadas, no chão.

"Como está você essa manhã?", Warui gritou para ele, ao sair de uma das cabanas.

"Tudo bem." E, como sempre, Mugo teria seguido caminho, mas Warui parecia ansioso para falar.

"Vai pegar cedo no terreno?"

"Vou."

"É o que eu sempre digo. Pegue nele quando a terra estiver macia. Deixe que o sol já te ache lá e ele não será páreo para você. Mas se ele chegar ao shamba primeiro — hum."

Warui, um ancião da aldeia, usava uma coberta nova, que realçava nitidamente seu rosto enrugado e os tufos de cabelos grisalhos na cabeça e no queixo pontudo. Havia sido ele que dera a Mugo esse pedaço de terra para cultivar um pouco do que comer. Seu próprio terreno havia sido confiscado pelo governo enquanto ele estivera preso. Apesar de Warui gostar de falar, acabara aprendendo a respeitar a mudez de Mugo. Mas hoje olhava Mugo com um novo interesse, até mesmo curiosidade.

"Como Kenyatta anda dizendo", continuou ele, "esses são dias de Uhuru na Kazi." Ele parou e cuspiu um jato de saliva na cerca. Mugo ficou ali, constrangido por esse encontro. "E como está sua cabana, pronta para a Uhuru?", prosseguiu Warui.

"Ah, está bem", disse Mugo, pedindo licença. Ao avançar pela aldeia, tentou decifrar a última pergunta de Warui.

Thabai era uma aldeia grande. Quando foi construída, agregara uma quantidade de serranias: Thabai, Kamandura, Kihingo e partes de Weru. E, mesmo em 1963, ela não mudara muito desde o dia em 1955 em que os telhados de palha e paredes de barro haviam sido levantados apressadamente, enquanto a espada do homem branco pairava ameaçadora sobre o pescoço das pessoas, para protegê-las dos seus irmãos na floresta. Algumas cabanas haviam desmoronado; outras foram demolidas. Contudo, a aldeia mantinha uma ocupação sistemática; à distância, parecia uma enorme massa de capim, da qual a fumaça subia ao céu como de um sacrifício.

Mugo caminhava com a cabeça ligeiramente baixa, mirando o chão como se tivesse vergonha de olhar à sua volta. Ele estava recapitulando o encontro com Warui quando ouviu, de repente, alguém gritar seu nome. Levou um susto, parou e olhou bem para Githua, que vinha mancando de muletas. Ao chegar a Mugo, colocou-se em posição de sentido, tirou o chapéu rasgado e gritou:

"Em nome da liberdade do homem negro, eu te saúdo." Em seguida fez várias mesuras cômicas.

"Está — está tudo bem com você?", Mugo perguntou, sem saber como reagir. A essa altura, duas ou três crianças os rodeavam, rindo das palhaçadas de Githua. Este não respondeu logo. Estava com a camisa rasgada, o colarinho luzidio de sujeira. A perna esquerda da calça estava dobrada e presa com um alfinete para tapar o cotoco. Agarrou, de modo meio inesperado, a mão de Mugo:

"Como é que está, cara! Como que você está, cara! Que bom te ver indo cedinho para o shamba. Uhuru na Kazi. Ha! Ha! Ha! Mesmo nos domingos. Antes da Emergência, olha, eu era como você; antes do homem branco fazer isso comigo com suas balas, eu podia trabalhar de corpo inteiro, cara. Meu coração dança de felicidade ao ver a sua disposição. Uhuru na Kazi. Chefe, eu te saúdo."

Mugo tentou soltar a mão. Seu coração batia e ele não conseguia encontrar as palavras certas. As risadas das crianças aumentavam sua agitação. A voz de Githua de repente mudou:

"A Emergência arrebentou com a gente", disse numa voz chorosa, e subitamente foi embora. Mugo seguiu caminho depressa, consciente do olhar do sujeito atrás de si. Três mulheres vindas do rio pararam ao vê-lo. Uma delas gritou algo, mas Mugo não respondeu nem olhou para elas. Levantou poeira, como alguém que está fugindo. No entanto, ele caminhava fazendo apenas perguntas a si mesmo: o que há de errado comigo hoje? Por que as pessoas de repente estão olhando para mim, curiosas? Será que estou com as pernas cheias de merda?

Logo ele já estava perto do fim da rua principal, onde morava a velha. Ninguém sabia sua idade, ela sempre estivera lá, uma parte familiar da aldeia antiga e da aldeia nova. Na aldeia antiga ela vivia com um único filho, surdo-mudo. Gitogo, pois este era o nome do filho, falava com as mãos, muitas vezes acompanhadas de ruídos guturais animalescos. Ele era bonito, de forte compleição, um dos sujeitos mais populares no centro velho de Rung'ei, onde os jovens viam o dia passar, conversando. De vez em quando os homens faziam pequenos serviços para os lojistas e ganhavam uns trocados, "só para os bolsos, para manter as calças aquecidas", como diziam alguns de forma despreocupada. Eles riam e diziam que as moedas chamavam outras (as parentes delas, cara!) no seu devido tempo.

Gitogo trabalhava em cantinas, açougues, muitas vezes pegando e carregando pesos que os outros evitavam. Adorava mostrar seus músculos bem desenvolvidos. Era boato corrente em Rung'ei e Thabai que muita jovem já sentira o peso daqueles membros. No fim do dia Gitogo comprava comida — meio quilo de açúcar, ou de carne — e levava para a mãe em casa, cujo rosto ficava todo alegre, remoçado entre tantas rugas. Que filho, que homem, diziam as pessoas, comovidas pelo carinho do surdo-mudo pela mãe.

21

Um dia as pessoas de Thabai e Rung'ei acordaram cercadas por soldados brancos e negros armados, e tanques vistos pela última vez em combate na guerra de Churchill contra Hitler. A fumaça dos tiros enchia o ar, as pessoas seguravam a própria barriga. Alguns homens se trancavam em latrinas: outros se escondiam entre os sacos de açúcar e feijão nas lojas. E outros ainda tentavam sair de mansinho da aldeia rumo à floresta, só para descobrir que todas as estradas para a liberdade estavam bloqueadas. Reuniam as pessoas na praça do mercado, para uma triagem. Gitogo correu até uma loja, pulou o balcão e quase caiu em cima do dono, morrendo de medo entre as sacolas vazias. Ele fez gestos, ruídos de perplexidade, olhou furtivamente e apontou para os soldados. O lojista, idiotizado pelo pavor, olhou de volta para Gitogo com uma mirada ausente. Gitogo se lembrou de repente de sua velha mãe sentada sozinha na cabana. Na sua cabeça viu nitidamente cenas de crueldade e sangue. Saiu correndo pela porta dos fundos e pulou uma cerca até o campo, agora nervoso por causa da insegurança a que jazia exposta sua mãe. Urgência, casa, mãe: as imagens disparavam na sua cabeça. Só os seus músculos poderiam protegê-la. Não percebeu que um homem branco, de casaco militar, estava camuflado num pequena moita. "Pare!", gritou o branco. Gitogo continuou correndo. Algo o acertou nas costas. Levantou os braços. Aterrissou de barriga. A bala parecia ter atingido o coração. O soldado abandonou sua posição. Mais um terrorista Mau Mau alvejado e morto.

Quando a velha soube da notícia, disse apenas: Meu Deus. Os que estavam presentes disseram que ela não chorou. Ou sequer perguntou como seu filho havia morrido.

Depois de deixar o campo de detenção, Mugo já havia visto a velha várias vezes do lado de fora de sua cabana. E, toda vez, ficava nervoso como se a mulher o reconhecesse. Ela possuía uma cara pequena sulcada de rugas. Os olhos eram pequenos, mas de vez em quando se iluminavam e ganhavam vida. Nos demais momentos, pareciam mortos. Ela usava colares de contas em volta dos cotovelos, várias correntes de cobre no pescoço e latões torcidos como caracóis em volta dos tornozelos. Quando ela se mexia, fazia ruídos de badalo, como uma cabra carregando um sino. Eram seus olhos que mais perturbavam Mugo. Ele sempre se sentia desnudo, devassado. Um dia ele falou com ela. Mas ela apenas o olhou e virou a cara. Mugo se sentiu rejeitado, contudo a solidão dela evocou uma sensação de piedade. Ele queria ajudá-la. Esse sentimento aqueceu-o no seu íntimo. Comprou um pouco de açúcar, fubá e um feixe de lenha em uma das lojas Kabui. No fim do dia foi à casa da mulher. A cabana estava escura por dentro. O quarto não tinha nada, e um vento frio soprava pelos buracos abertos na parede. Ela dormia no chão, perto do fogo. Mugo lembrou como ele costumava dormir no chão na cabana da tia, dividindo o fogo com cabritos e carneiros. Muitas vezes ele se aproximava das cabras, se agachava ao lado delas, buscando se aquecer. De manhã se dava conta de que estava com a cara e as roupas cobertas de cinza, com os pés e as mãos lambuzados de excremento de cabra. Acabou ficando acostumado com o cheiro delas. No meio desses pensamentos, Mugo sentiu que a mulher o fitava com um brilho de reconhecimento no olhar. De repente sentiu um calafrio ao pensar que a mulher pudesse tocá-lo. Saiu correndo, revoltado. Talvez houvesse algo do destino em seu contato com aquela velha.

Hoje esse pensamento se destacava na sua cabeça, ao sentir novamente desejo de entrar na cabana e falar com ela. Havia um laço entre ambos, talvez porque ela, tal como ele, vivesse sozinha. Na porta ele hesitou, sua resolução fraquejou e ele se viu indo embora depressa, temendo que ela o mandasse voltar, gargalhando loucamente.

No shamba ele se sentiu vazio. Não havia nada cultivado no terreno e, com o mato seco, o gakaraku, micege, mikengeria, bangi — e o sol, a paisagem parecia doentia e mortiça. A jembe parecia mais pesada que de costume; a parte do shamba ainda por capinar dava a impressão de ser grande demais para os seus músculos relutantes. Ele cavou um pouco e, sentindo vontade de urinar, caminhou até uma cerca na beira do caminho; por que Warui, Githua e as mulheres se comportavam assim com ele? Ele viu que sua bexiga o enganara com uma falsa urgência. Ficou olhando o gotejar, como se cada gota o fascinasse. Duas jovens vestidas para a igreja passaram perto, viram um sujeitão brincando com sua coisa e deram risinhos. Mugo sentiu-se tolo e se arrastou de volta ao trabalho.

Ergueu e deixou cair a jembe contra a terra; ergueu de novo e bateu. A terra dava a impressão de estar macia como se houvesse túneis de toupeira perto da superfície. Ele podia ouvir o solo seco e oco sendo revolvido. A poeira voava, o envolvia e depois assentava no cabelo e nas roupas. Uma vez um cisco entrou no seu olho esquerdo. Ele deixou o jembe cair depressa, com fúria, e esfregou o olho que ardia e doía enquanto as lágrimas jorravam dos olhos. Sentou-se: onde estava o fascínio que ele costumava achar na terra, antes da Emergência?

O pai e a mãe de Mugo morreram pobres, deixando-o, filho único, entregue a uma tia distante. Waitherero era uma viúva com seis filhas casadas. Quando bêbada, costumava voltar para casa e fazer Mugo se lembrar disso.

"Fêmeas de merda", ela vivia dizendo, expondo as gengivas desdentadas; lançava um olhar feroz para Mugo, como se ele e Deus houvessem conspirado contra ela. "Nem para me ver, elas vêm — você está rindo — o que vale o seu pinto? Ele não te faz valer mais do que elas. Ah, meu Deus, veja que ingrato miserável eles deixaram comigo. Você teria seguido seu pai na sepultura, não fosse por mim. Lembre-se disso e pare de rir."

Havia dias em que ela reclamava que seu dinheiro tinha sumido.

"Eu não roubei", retrucava Mugo, se afastando.

"Só somos você e eu nesta casa. Eu não podia ter roubado. Então quem podia ser?"

"Eu não sou ladrão!"

"Você quer dizer que estou mentindo? O dinheiro estava aqui, você me viu enterrando ele debaixo deste poste. Olha de que jeito você está, se escondendo atrás das cabras."

Ela era uma mulher pequena, vivia reclamando que as pessoas ameaçavam a sua vida; tinham botado cacos de garrafa e sapos na sua barriga; queriam botar veneno na sua comida e na sua bebida.

Mesmo assim, sempre saía para procurar mais cerveja. Aporrinhava os homens do rika de seu marido até que lhe pagassem uma bebida. Um dia voltou bêbada demais.

"Aquele sujeito Warui — detesta me ver comer e respirar — aquele sorriso malicioso — ele se esconde — ele tosse — como — você — vá se juntar a ele—"

E ela tentou imitar a tosse de Warui; mas, na tentativa, emborcou para a frente e caiu; toda sua cerveja e imundície se espalharam pelo chão. Mugo se escondeu entre as cabras, esperando e temendo que ela tivesse morrido. De manhã ela obrigou Mugo a jogar terra em cima da sujeira. O fedor azedo o pegou. Enojado, engasgou, incapaz de falar ou chorar. O mundo conspirava contra ele, primeiro privando-o do pai e da mãe, depois tornando-o dependente de uma velha megera.

Quanto mais fraca ficava, mais ela o detestava. Fosse o que fosse que ele fizesse ou arranjasse, lá vinha ela diminuir o seu esforço. Assim, Mugo vivia assombrado pela imagem da própria inadequação. Ela possuía um modo de acabar com ele, numa pergunta, talvez, sobre suas roupas, sua cara ou suas mãos, que fazia todo seu orgulho despencar. Ele fingia ignorar as opiniões dela, mas como podia fechar os olhos a suas expressões e sorrisos enviesados?

Seu único desejo era matar a tia.

Uma noite esse pensamento demente o possuiu. Ele fervia por dentro. Naquela noite Waitherero estava sóbria. Ele não usaria um machado ou panga. Iria pegá-la pelo pescoço e estrangulá-la com as próprias mãos. Dê-me forças; dê-me forças, meu Deus. Olhava-a se debater, como uma mosca entre as patas de uma aranha; seus gemidos e gritos abafados pedindo piedade chegavam a seus ouvidos. Ele apertava com mais força, obrigava-a a sentir a força de suas mãos de homem. O sangue acorria para a ponta de seus dedos. Ofegante, estava profundamente fascinado pela audácia e a coragem do próprio gesto.

"Por que você está me olhando assim?", Waitherero perguntou, rindo guturalmente. "Eu sempre disse que você era esquisito, do tipo capaz de matar a própria mãe, hein?"

Ele se encolheu. A forma como ela o via por dentro era dolorosa.

Waitherero morreu de repente de velhice e de tanto beber. Pela primeira vez desde o casamento, suas filhas vieram até a cabana, fingiram não ver Mugo, e a enterraram sem fazer perguntas nem derramar lágrimas. Voltaram para casa. E então, estranhamente, Mugo sentiu falta da tia. Quem mais poderia agora chamar de parente? Queria alguém, qualquer um, que representasse uma família para ele, não importava se fosse bom ou mau. Tanto fazia, desde que ele não ficasse abandonado, excluído.

Ele se dedicou à terra. Trabalharia, suaria e, por meio da riqueza e do sucesso, obrigaria a sociedade a reconhecê-lo. Para ele então era um consolo o próprio ato de cavar a terra: enterrar as sementes e observar as folhas verdes fazendo força para romper o solo, cuidar das plantas até que amadurecessem, e depois a colheita; essas coisas faziam parte do mundo que ele criara para si mesmo e formavam o pano de fundo contra o qual seus sonhos voavam alto até o céu. Mas então Kihika entrara na sua vida.

Mugo foi para casa mais cedo que de costume. Não trabalhara muito, mas estava cansado. Andava como alguém que sabia estar sendo seguido ou vigiado e que mesmo assim não queria revelar que sabia através de seu comportamento ou postura. De noite ouviu passos lá fora. Quem poderia ser seu visitante? Abriu a porta. De repente a mistura de sensações do dia inteiro se cristalizou em medo e animosidade. Warui, o ancião, liderava o grupo. Em pé a seu lado, Wambui, uma das mulheres do rio. Ela agora sorria, expondo a gengiva desdentada do maxilar inferior. O terceiro sujeito era Gikonyo, que casara com a irmã de Kihika.

"Entrem", ele disse numa voz que mal podia disfarçar seu nervosismo. Pediu licença e rumou para a latrina. Precisava fugir de todo esse pessoal... Eu não me importo mais... eu não me importo mais. Foi ao cubículo da privada, um buraco no chão, e arriou as calças até os joelhos: seus pensamentos giravam em torno das imagens fugazes dos visitantes sentados na cabana. Tentou várias vezes expelir alguma coisa no buraco fedorento. Sem êxito, levantou as calças, mas mesmo assim sentiu-se melhor pela tentativa. Voltou para as visitas e só então lembrou que não as cumprimentara.

"Somos apenas porta-vozes enviados pelo Partido", disse Gikonyo depois que Mugo apertara a mão de todos.

"O Partido?"

"Porta-vozes do Movimento!", murmuraram Wambui e Warui juntos.

Dois

Quase todo mundo era membro do Movimento, mas ninguém podia dizer com justeza quando ele nasceu: para a maioria, especialmente os da nova geração, ele sempre estivera presente, como centro de incitação ao ativismo. Mudou de nome, os líderes surgiam e desapareciam, mas o Movimento ficava, abrindo novas visões, acumulando cada vez mais força, até que na véspera da Uhuru sua influência se estendia de um horizonte, rente ao mar, até o outro, sobre o grande Lago.

Suas origens, como diz o povo, remontam ao dia em que o homem branco chegou ao país segurando firme o livro de Deus com ambas as mãos, sinal mágico de que o branco era um mensageiro do Senhor. Sua língua era só doçura; sua humildade, comovente. Durante algum tempo as pessoas ignoraram a voz do vidente dos gikuyu que certa vez disse: chegará um povo vestido como as borboletas. Eles lhe deram, ao estranho com a pele escaldada, um local onde erigir um abrigo temporário. Pronta a cabana, o estranho construiu outra casa a metros de distância. A qual chamou Casa de Deus, aonde as pessoas podiam ir para adorar e fazer sacrifícios.

O homem branco contou sobre outro país além-mar, onde uma mulher poderosa ocupava o trono enquanto os homens e mulheres dançavam sob a sombra de sua autoridade e benevolência. Ela estava pronta para estender essa sombra para cobrir os agikuyu. Eles riram desse homem excêntrico, cuja pele havia sido tão escaldada que o lado negro de fora havia descascado. A água quente devia ter entrado na sua cabeça.

Contudo, suas palavras sobre uma mulher no trono encontraram um eco qualquer no coração deles, bem no fundo de sua história. Fazia muitos, muitos anos. As mulheres governavam a terra dos agikuyu. Os homens não tinham propriedade, existiam apenas para servir aos caprichos e necessidades das mulheres. Esses foram anos duros. Então eles esperaram que as mulheres fossem à guerra, planejaram uma revolta, fazendo um juramento secreto para mantê-los ligados na busca comum da liberdade. Eles iriam dormir com todas as mulheres ao mesmo tempo, pois não era verdade que as heroínas voltariam famintas de amor e descanso? O destino fez o resto; as mulheres engravidaram; a tomada do poder encontrou pouca resistência.

Mas isso não foi o fim do poder da mulher no país. Anos depois, uma mulher se tornou líder e reinou sobre uma grande parte de Muranga. Ela era bonita. Nas danças, rebolava as cadeiras para lá e para cá; o cabelo trançado levantava e caía no mesmo ritmo de seus passos. Isso, junto do fulgor dos dentes brancos como leite, fazia os homens estalarem os lábios e enrolarem a língua de desejo. Jovens e velhos não tinham vergonha de se deixar ficar na sua corte, cultivando a esperança. A mulher escolhia jovens guerreiros que se tornavam objeto de inveja e ciúme dos outros menos favorecidos. Ainda assim, mais homens a reverenciavam; jamais perdiam uma dança de que ela participava, muitos almejavam desesperadamente entrever suas coxas. Chegou uma noite em que, sem dúvida induzida pela admiração que despertava, ou talvez querendo gratificar o anseio impudico dos homens, ela exagerou. Tirando toda a roupa, dançou nua ao luar. Por um momento os homens foram dominados pelo poder do corpo nu de uma mulher. O luar dançava sobre ela: um êxtase, mistura de prazer e agonia, pairava sobre o rosto da mulher. Talvez ela também soubesse que aquilo era o fim: mulher alguma jamais andava ou dançava nua em público. Ela foi deposta do trono.

Quanto a Jesus, primeiro eles não conseguiam compreender, pois como Deus permitiria que o pregassem numa árvore? O homem branco falava daquele Amor que superava todo entendimento. Para o homem, não havia maior Amor que aquele, ele lia no pequeno livro preto: dar a vida por seus amigos.

Os poucos que foram convertidos começaram a pregar uma fé estranha aos costumes da terra. Pisavam em lugares sagrados para mostrar que nenhum mal podia recair sobre os protegidos pela mão do Senhor. Dentro em breve as pessoas perceberam que o homem branco adquirira imperceptivelmente mais terra para preencher as necessidades crescentes de sua posição. Já demolira a cabana de teto de palha e construíra um prédio mais permanente. Os anciãos da terra protestaram. Eles olharam além da cara sorridente do homem branco e de repente viram uma longa fila de outros estrangeiros avermelhados, que traziam não a Bíblia, e sim a espada.

Waiyaki e outros líderes guerreiros empunharam armas. A cobra de ferro de que falara Mugo wa Kibiro serpenteava depressa em direção a Nairóbi para a completa exploração do interior. Poderiam eles mudar seu curso? A cobra grudava na terra, rindo desdenhosamente dos esforços deles. O homem branco, com varas de bambu que vomitavam fogo e fumaça, contra-atacou; seu riso ameaçador permaneceu ecoando no coração das pessoas muito tempo depois de Waiyaki ter sido preso e levado para a costa, com pés e mãos amarrados. Depois, assim dizem, Waiyaki foi enterrado vivo em Kibwezi, com a cabeça em direção ao centro da terra, um lembrete vivo àqueles que, em anos vindouros, talvez desafiassem a mão da mulher cristã, cuja sombra protetora se projetava agora tanto sobre a terra quanto sobre o mar.

Na época ninguém notou; mas olhando para trás podemos ver que o sangue de Waiyaki continha uma semente, um grão, que fez nascer um movimento cuja força principal nascia dali para a frente de uma ligação com a terra.

Enquanto isso, os centros missionários produziam novos líderes, que se recusavam a comer as boas coisas do Faraó: optando em vez disso por cortar capim e fazer tijolos com as outras crianças.

Então em Harry Thuku as pessoas viram um homem com uma mensagem de Deus: vá ao Faraó e diga a ele: liberte meu povo, liberte meu povo. E as pessoas juraram que seguiriam Harry pelo deserto. Elas apertariam os cintos, prontas para aguentar sede e fome, sangue e lágrimas, até pisar na costa de Canaã. Afluíam a suas reuniões, esperando que ele desse o sinal. Harry denunciava o homem branco e maldizia aquela benevolência e aquele paternalismo que negavam às pessoas terra e liberdade. Ele espantava as pessoas lendo em voz alta cartas ao homem branco, cartas em que ele expunha de modo claro o descontentamento do povo com os impostos, trabalhos forçados na terra do colono branco e o esquema de assentamento para os soldados que, depois da primeira grande guerra, deixou muitos negros sem moradia ou terra em volta de Tigoni e outros lugares.

Harry pediu a eles que se juntassem ao Movimento e acumulassem força através da unidade.

Eles falavam dele nas suas casas; cantavam louvores a ele nas casas de chá, nos mercados e a caminho das igrejas independentes dos gikuyu, nos domingos. Qualquer palavra saída da boca de Harry virava notícia e passava de grotão em grotão, de um lado a outro do país. As pessoas estavam na expectativa de que algo acontecesse. A revolta camponesa estava prestes a ocorrer.

Mas o homem branco não dormira. O jovem Harry foi posto em grilhões, escapando por pouco do buraco onde Waiyaki fora enterrado vivo. Seria esse o sinal que o povo esperava? As pessoas foram a Nairóbi; juraram passar dias e noites diante do palácio do governo até que o próprio governador lhes devolvesse o seu Harry.

Warui, então jovem, foi a pé desde Thabai para se juntar à passeata. Ele jamais esqueceu o grande acontecimento. Quando Jomo Kenyatta e outros líderes do Movimento foram presos, em 1952, Warui se lembrou da passeata de 1923.

"Os jovens deviam fazer por Jomo o que nós fizemos por Harry. Eu nunca vi nada igual ao tamanho daquela massa de homens e mulheres", declarou, puxando delicadamente a barba. "A gente veio dos rincões daqui, rincões dali, de todo canto. A maioria a pé. Teve gente que não levou comida. Dividimos qualquer migalha que trouxemos. Vi um grande amor ali. Um caroço de feijão caía no chão e era rapidamente dividido entre as crianças. Ficamos três dias reunidos em Nairóbi; escrevemos com o próprio sangue um juramento para libertar Harry."

No quarto dia eles avançaram, cantando. A polícia, que estava esperando por eles com fuzis com baionetas, abriu fogo. Três sujeitos levantaram os braços no ar. Dizem que quando caíam apanhavam terra com as mãos que se fechavam. Outra descarga dispersou a multidão. Um homem e uma mulher caíram, jorrando sangue. As pessoas corriam em todas as direções. Dentro de poucos segundos a grande multidão se dispersara; nada restou senão cento e cinquenta manifestantes estropiados no chão, do lado de fora do palácio do governador.

"Algo deu errado na última hora", Warui disse, e parou de puxar a barba. "Talvez se a gente tivesse armas..."

A revolta dos camponeses fracassara; o fantasma da grande mulher cuja mão cristã acabara com as guerras tribais aquietara-se. Ela agora descansaria em paz no seu túmulo.

O jovem Harry foi mandado para um lugar remoto do país.

O Movimento ficou temporariamente desanimado. Mas foi nessa época que o homem do olhar flamejante entrou em cena. Pouca gente então o conhecia. Mas depois, é claro, ele ficou conhecido no mundo como a Lança Ardente.

Mugo fora uma vez a uma reunião do Movimento no mercado de Rung'ei porque correram boatos de que Kenyatta, que voltara recentemente da terra do homem branco, ia falar. Apesar de a reunião ter sido marcada para a tarde, às dez horas mal havia lugar para sentar na praça do mercado. As pessoas ficavam em cima dos telhados das lojas. Pareciam bolos de gafanhotos pousados nas árvores. Mugo sentou num lugar de onde podia ter uma boa visão dos oradores. Gikonyo, então um carpinteiro bem conhecido em Thabai, sentou-se a poucos passos de distância. Ao lado do carpinteiro, Mumbi. Ela era tida como uma das mulheres mais bonitas em todas as oito serranias. Algumas pessoas a chamavam Wangu Makeri por causa de sua aparência.

O comício começou uma hora atrasado. As pessoas ficaram sabendo que Kenyatta não compareceria. Havia, contudo, grande quantidade de oradores de Muranga e Nairóbi. Havia também um orador Luo, de Nyanza, mostrando que o Movimento derrubara as barreiras entre as tribos. Kihika, de Thabai, foi um dos oradores muito ovacionados pela multidão. Ele não falava mais em termos de mandar cartas ao homem branco, como costumava ser na época de Harry.

"Hoje nós não estamos em 1920. O que queremos agora é ação, um golpe que deixe sua marca", disse ele, enquanto as mulheres de Thabai puxavam as roupas e os cabelos, gritando de satisfação. Kihika, um filho da terra, tinha a marca de um dos heróis da libertação. Mugo, que vira Kihika na serra várias vezes, nunca desconfiara que o sujeito tivesse tanta força e saber. Kihika desfiou a história do Quênia, a vinda do homem branco e o nascimento do Partido. Mugo olhou de esguelha para Gikonyo e Mumbi. Os olhos deles estavam grudados em Kihika; suas vidas pareciam depender das palavras saídas de sua boca.

"Nós fomos às igrejas deles. Mubia, vestido em túnicas brancas, abria a Bíblia. Ele dizia: vamos nos ajoelhar para rezar. A gente se ajoelhava. Mubia dizia: vamos fechar os olhos. A gente fechava. Os dele, vocês sabem, continuavam abertos para poder ler a palavra. Quando abrimos os olhos, nossa terra tinha sumido e a espada flamejante estava em guarda. Quanto a Mubia, ele continuou lendo a palavra, suplicando que depositássemos nossos tesouros no céu, onde nenhuma traça os comeria. Mas ele depositou o dele na terra, em nossa terra."

As pessoas riram. Kihika não. Era um sujeito pequeno com uma voz forte. Falando lentamente e frisando as palavras importantes, uma ou duas vezes, ele apontou para o céu e para a terra, como se os invocasse para mostrar que falava a verdade. Falou sobre o grande sacrifício.

Mugo sentiu um aperto na garganta. Ele não era capaz de bater palmas para palavras que não o tocavam. Que direito tinha um garoto assim, provavelmente mais jovem que Mugo, de falar desse jeito? Que arrogância! Kihika havia falado de sangue com a mesma facilidade como se falasse de apanhar água no rio, pensou Mugo, sentindo uma repugnância no estômago diante da visão e do cheiro de sangue. Eu o detesto, ouviu-se dizer, e olhou temeroso para Mumbi, imaginando o que ela estava pensando. Os olhos dela ainda estavam fitos no irmão. Todos os olhares estavam sobre o palanque. Mugo sentiu uma fisgada de inveja ao se virar também e olhar o orador. Nesse momento, seus olhares se encontraram, ou então Mugo imaginou isso, com culpa. Por uma fração de segundo a multidão e o mundo em geral pareciam envoltos em silêncio. Somente Kihika e Mugo foram deixados no palco. Algo buscava expressão no coração de Mugo, algo que na realidade era uma vibração intensa de pavor e ódio.

"Estejam atentos e orem", disse Kihika, incitando sua plateia a se lembrar do grande provérbio suaíli: *Kikulacho Kimo nguoni mwako.*

Kihika viveu as palavras sobre sacrifício que ele pronunciara para a multidão. Logo depois que Jomo e outros líderes foram presos, em outubro de 1952, Kihika sumira na floresta, para ser seguido mais tarde por um punhado de jovens de Thabai e Rung'ei.

O maior triunfo de Kihika foi a célebre captura de Mahee. Mahee era uma grande guarnição de polícia do vale do Rift, no coração da serra, por muitos anos conhecida como Serra Branca. Em Mahee havia também uma prisão provisória para os homens e mulheres prestes a serem levados para os campos de concentração. Situado numa posição central, Mahee fornecia armas e munição para os outros postos militares e policiais menores, espalhados pelo vale do Rift, para proteger e elevar o moral dos colonos brancos. Se alguém se postasse em Mahee, a qualquer hora do dia, poderia ver as paredes da escarpa, guardiã de um dos mais belos vales da terra. As paredes se elevavam gradualmente até as terras altas; uma fileira de morros mais baixos, alguns com os cimos desbastados, outros com depressões e crateras de vulcão, a recuar até um envoltório de nevoeiro e mistério.

De noite o vale ficava encoberto pela escuridão, exceto pela luz de Mahee. Fazia silêncio. Os guardas, seguindo o exemplo dos oficiais brancos, acostumados a uma vida indolente, pois o próprio nome de Mahee era garantia contra qualquer ataque, já tinham bebido e ido dormir, deixando alguns outros para manter as aparências. De repente o silêncio da noite foi quebrado pelos ruídos simultâneos de clarins, pistões, cornetas e latas. De dentro da prisão veio em resposta um grito de Uhuru. O oficial em comando, desperto pelo estardalhaço do feitiço do uísque que ele bebera antes, instintivamente pegou o telefone, tentando fazer a mágica de ligar e ao mesmo tempo levantar as calças. De repente, a mão que segurava o fone deixou-o cair e as calças também rolaram pelo chão. Os cabos do telefone haviam sido cortados. Mahee não podia obter reforço dos postos ali perto. Apanhada desprevenida, a polícia ofereceu pequena resistência enquanto Kihika e seus homens invadiam a prisão. Alguns policiais escalaram e pularam os muros, em fuga. Os homens de Kihika arrombaram a prisão e levaram os prisioneiros noite adentro. O posto foi incendiado e os homens de Kihika voltaram correndo para a floresta, com novos suprimentos de armas e munição para continuar a guerra numa escala jamais sonhada nos dias de Waiyaki e o jovem Harry.

As pessoas passaram a conhecer Kihika como o terror do homem branco. Diziam que ele podia mover montanhas e evocar o trovão do céu.

Puseram sua cabeça a prêmio.

Quem trouxesse Kihika, morto ou vivo, receberia uma enorme soma de dinheiro.

Um ano depois, Kihika foi capturado sozinho na beira da floresta de Kinenie.

Essa notícia merecia crédito? O homem que movia árvores e montanhas, o homem que conseguia se arrastar quinze quilômetros na areia e no mato cheio de espinhos, certamente estava além do alcance do braço do homem branco.

Kihika foi torturado. Alguns dizem que enterraram um gargalo de garrafa no seu ânus enquanto os homens brancos do Setor Especial tentavam arrancar dele os segredos da floresta. Outros dizem que lhe ofereceram muito dinheiro e uma viagem de graça à Inglaterra para apertar a mão da nova mulher no trono. Mas ele não falava.

Kihika foi enforcado em público, num domingo, no mercado de Rung'ei, a pouca distância de onde ele antes estivera clamando por uma chuva de sangue para irrigar a árvore da liberdade. Uma força conjunta do exército e da polícia obrigou a chicotadas as pessoas de Thabai e outras serras a irem ver o rebelde pendurado na árvore, como lição.

O Movimento, contudo, permaneceu vivo e cresceu, como se dizia, sobre as feridas dos que haviam sobrevivido a Kihika.

Três

"Não vamos ficar muito tempo", Gikonyo disse, depois de um instante de silêncio. "A gente veio na realidade para conversar com você sobre as comemorações da Uhuru, na quinta."

Ao olhar para Gikonyo, era impossível acreditar que ele fosse o mesmo sujeito cujo casamento com Mumbi, treze anos atrás, aborrecera outros jovens pretendentes: o que Mumbi havia visto nele? Como uma mulher tão bonita podia adotar a pobreza de olhos bem abertos? Agora, quatro anos depois de ter voltado da prisão para casa, Gikonyo era um dos homens mais ricos de Thabai. Comprara havia pouco uma terra de um hectare; tinha uma loja — *Gikonyo General Stores* — em Rung'ei; e no outro dia comprara um caminhão de segunda mão para revender. Além disso, foi eleito secretário do braço local do Movimento, um tributo, diziam, a seu espírito másculo que nenhum campo de detenção podia alquebrar. Gikonyo era respeitado e admirado como um símbolo de tudo que todo mundo aspirava ser: ferozmente independente, empregando todos os esforços para o sucesso de qualquer empreitada.

"O que — o que vocês querem?", perguntou Mugo, erguendo o olhar para Warui.

A vida de Warui era, de certo modo, a história do Movimento; ele participara dos comícios do jovem Harry, ajudara a construir as escolas do povo e ouvira os discursos de Jomo nos anos 20. Warui foi dos poucos que viram naquele recém-empregado no conselho municipal de Nairóbi um homem destinado ao poder.

"Ele fará grandes coisas", costumava dizer de Jomo. "Dá para ver em seus olhos."

Warui olhou para a lareira. Um velho lampião a óleo cheio de fuligem em volta do gargalo e dos lados do vidro descansava sobre a pedra.

"Nós, da aldeia Thabai, também precisamos fazer a nossa parte", começou a dizer, com uma voz que, embora em tom baixo, abarcava a sala inteira. "Sim, precisamos dançar a música conforme sabemos dançar. Pois que jamais se diga que Thabai deixou na vergonha os nomes de seus filhos que perdeu na guerra. Não. Precisamos reerguê-los — mesmo dos mortos — para que compartilhem conosco. Gente, existe alguma cantiga mais doce que a liberdade? Do que a verdade, pela qual esperamos muitas noites em claro? Aqueles que se foram antes de nós, aqueles de nós incapazes de ver o sol de hoje, e até mesmo os que vão nascer amanhã, precisam participar da festa. No dia em que tivermos Wiyathi nas mãos, vamos querer beber da mesma cabaça — sim — beber da mesma cabaça."

A essas palavras seguiu-se o silêncio. Cada pessoa parecia absorta em si mesma, como se estivesse recapitulando as palavras na cabeça. A mulher deu um pigarro, uma indicação de que ia pegar o fio onde Warui o deixara. Mugo olhou para ela.

Wambui não era muito velha, embora tivesse perdido a maioria dos dentes. Durante a Emergência, levava mensagens secretas das aldeias para a floresta, e de volta para as aldeias e cidades. Ela conhecia o movimento clandestino em Nakuru, Njoro, Elburgon e outros lugares dentro e fora do vale do Rift. Contam uma história de como uma vez ela carregou uma pistola amarrada na coxa, perto da virilha. Ela estava vestida com roupas longas, largas e pesadas, o retrato da decrepitude e da decadência senil. Levava a arma para Naivasha. Por azar, foi apanhada numa daquelas batidas militares e policiais esporádicas que infernizavam o país. As pessoas foram agrupadas na praça atrás das lojas. Logo chegou a hora de ela ser revistada. Seu dente começou a doer; ela torceu os lábios, gemeu; a saliva jorrava pelos cantos da boca e descia pelo queixo. O policial gikuyu que a revistava estava dizendo em suaíli: Pole mama.

Fez outros ruídos simpáticos e continuou a revistar. Começou pelo peito, procurou nas axilas, avançando aos poucos em direção ao ponto vital. E de repente Wambui gritou. O homem parou, espantado.

"Vocês crianças de hoje em dia", começou ela a falar. "Vocês perderam toda a vergonha? Só porque o homem branco mandou, você vai tocar na própria mãe... a mulher que te deu à luz? Está bem, vou levantar minhas roupas para você olhar para sua mãe, tão idosa, e ver a vantagem que isso lhe trará para o resto da vida."

De fato, ela fingiu que ia levantar todas as roupas e expor sua nudez. O sujeito involuntariamente desviou o olhar.

"Vá embora daqui", rosnou para ela. "O próximo..." Wambui nunca contou essa história; mas nunca negou; quando as pessoas perguntavam, ela sorria enigmaticamente.

"É como nossos velhos que sempre derramavam um pouco de cerveja no chão antes de beber", Wambui agora disse. "Por que faziam isso? É porque sempre se lembravam dos espíritos dos que estão embaixo. Nós também não podemos esquecer nossos filhos. E Kihika era um homem e tanto, um grande homem."

Mugo estava sentado rigidamente no banco. Warui olhava o lampião que mal iluminava a cabana em meio a uma sinistra penumbra. Wambui descansou os cotovelos nos joelhos e enfiou o queixo nas palmas das mãos curvadas. Gikonyo olhava vagamente o espaço.

"O que vocês querem?", perguntou Mugo, com algo parecido com pânico na voz.

De repente soaram fortes batidas. Todos os olhos se viraram para a porta. A curiosidade aumentava a tensão. Mugo foi até a porta.

"General!", Warui exclamou tão logo os novos convidados entraram. Mugo voltou andando atrás dos dois homens. Um era alto, de rosto barbeado, com o cabelo cortado bem curto. O homem mais baixo tinha o cabelo trançado. Eles eram alguns dos Combatentes pela Liberdade que haviam deixado recentemente a floresta por causa da anistia da Uhuru.

"Sentem-se — na cama", convidou Mugo, espantado com o som da própria voz. Tão velha — tão enferrujada... hoje... esta noite... tudo é tão estranho... os gestos e a aparência das pessoas me dão medo... não tenho medo de fato porque... porque... a vida de um homem, como a minha, não é importante... e... e... meu Deus... deixei de me importar... eu não... eu não... A chegada dos dois homens quebrara a tensão crescente. Todo mundo falava. A cabana ficou animada, tomada por um murmúrio baixo e excitado. Wambui explicava alguma coisa sobre as preparações da Uhuru para o homem com o cabelo trançado. Na floresta o chamavam de tenente Koina. O alto era o general, general R.

"Um sacrifício! Um sacrifício", exclamou Koina, rindo. "E quero que me deixem comer a carne. Um carneiro inteiro. Na floresta a gente só comia brotos de bambu e animais selvagens—"

"O que você entende de sacrifícios?", Wambui interrompeu, juntando-se às risadas.

"Ah, a gente fazia sacrifícios — e comia a carne depois. Rezava duas vezes por dia, e uma vez ainda antes de qualquer expedição para roubar armas das fazendas europeias. Ficávamos de pé diante do Monte Quênia:

> "Mwenanyaga oramos para que você proteja nossos esconderijos.
> Mwenanyaga oramos para que você mande uma nuvem macia nos encobrir.
> Mwenanyaga oramos para que você nos defenda, na vanguarda e na retaguarda, de nossos inimigos.
> Mwenanyaga oramos para que você encha nossos corações de coragem.
> Thai thathaiya Ngai, Thaai.

> "A gente também cantava:
> "Jamais" descansaremos
> Sem terra.
> Sem liberdade de fato
> O Quênia é um país de homens negros."

Todo mundo havia parado de falar para ouvir a cantoria de Koina. E a nota melancólica de seus versos se chocava com sua alegria aparente. Houve um súbito silêncio constrangido. Nada disso é verdadeiro... logo acordarei do sonho... minha cabana estará vazia e me encontrarei sozinho como sempre estive... Gikonyo tossiu secamente. Warui interrompeu.

"Resfriado? Eu sempre digo. Os jovens de hoje perderam o seu vigor. Não conseguem resistir a uma doencinha de nada. Sabe que em nossa época a gente ficava deitada na floresta durante longas noites à espera dos Masai? O vento soprava em nosso pescoço. Nossas roupas ficavam ensopadas de sereno. No entanto, você não ouvia uma tosse de manhã. Não, nem mesmo uma pequena tosse."

Os dois combatentes da liberdade olharam para Warui. Haviam estado na floresta por mais de sete anos. Mas ninguém contestou a afirmação dela.

"O que significa uma oração?", o general R. perguntou de repente, como se continuasse a conversa de antes. "Não ajudou Kihika. Kihika acreditava na oração. Chegava até a ler a Bíblia todo dia, que levava com ele aonde fosse. O que eu nunca entendi foi isto: por que Deus não sussurrou uma palavra — uma palavra só — para avisá-lo a não cair numa armadilha?"

"Uma armadilha?", perguntou rapidamente Gikonyo. "Você quer dizer que Kihika foi traído?"

"No rádio disseram que ele foi capturado numa batalha, na qual muitos dos seus morreram", Wambui disse.

O general R. demorou para satisfazer esse interesse renovado. Fitou o chão, absorto.

"Naquele dia ele ia encontrar alguém. Muitas vezes saía sozinho para espionar ou dar cabo de algum sujeito perigoso, como o chefe do distrito, Robson. No entanto, ele sempre me contava seus planos. Naquele dia, ele não me disse nada. Parecia muito animado, digamos, quase feliz. Mas ficava zangado sempre que alguém o interrompia. Ele nunca se esquecia de levar a Bíblia. Mas naquele dia não levou. Talvez jamais pretendesse demorar."

O general R. remexeu nos bolsos e tirou uma pequena Bíblia, que passou para Gikonyo. Warui e Wambui esticaram o pescoço, excitados com aquilo, como crianças pequenas. Gikonyo folheou a pequena Bíblia, detendo-se em versos sublinhados em preto e vermelho. Seus dedos tremiam ligeiramente. Ele parou no Salmo 72, que tinha dois versos sublinhados em vermelho.

"O que são essas linhas vermelhas?", Wambui perguntou, com tímida curiosidade.

"Leia algumas linhas", Warui disse.

Gikonyo leu:

> Com justiça ele julgue os pobres do povo, salve os filhos do indigente e esmague seus opressores.
>
> Pois ele liberta o indigente que clama e o pobre que não tem protetor.

Isto foi novamente seguido de um profundo silêncio. Então o general R. continuou.

"Na verdade, Kihika nunca mais foi a mesma pessoa depois que matou o chefe do distrito Robson. É por isso que viemos aqui esta noite." Durante todo esse tempo o general R. manteve os olhos fitos num ponto só. E falou baixo, escolhendo as palavras como se estivesse endereçando perguntas ao seu próprio coração. Agora levantou os olhos de repente para Mugo. E os olhares de todos os outros também se dirigiram a ele.

"Acredito que foi você quem abrigou Kihika naquela noite. Por isso foi preso depois e mandado para a detenção, não é verdade? O que queremos saber é o seguinte. Kihika mencionou a você que ia encontrar alguém da aldeia — dentro de uma semana?"

A garganta de Mugo se fechou; se falasse, iria chorar. Sacudiu a cabeça e olhou bem para a frente.

"Ele não mencionou Karanja?"

Mugo tornou a sacudir a cabeça.

"Isso é tudo que queremos saber. Achamos que você talvez pudesse nos ajudar." O general R. recaiu no seu silêncio anterior.

"Ora, ora, quem haveria de imaginar —", Warui começou a dizer e então parou. Wambui parecia estar mais fascinado pela Bíblia do que pelas notícias do general R.

"Uma Bíblia! Parece até que o pai dele era padre...", gemeu ela. "Nosso filho devia ter sido padre..."

"Ele era padre... um alto sacerdote de nossa liberdade", Warui falou. Gikonyo riu sem jeito. Foi acompanhado por Wambui e o tenente Koina. Mugo e o general R. não riram. A tensão foi quebrada de novo. Gikonyo tossiu e pigarreou.

"General, você quase nos fez esquecer o motivo de virmos aqui", afirmou, agora com a voz do homem de negócios que não tem tempo para rituais. "Mas estou feliz por você ter vindo porque isso tem a ver também com você. É o seguinte. O Movimento e os líderes da aldeia acharam boa ideia homenagear os mortos. No Dia da Independência vamos lembrar as pessoas de nossa aldeia e das serras aqui perto que perderam a vida na luta pela liberdade. Não podemos deixar que o nome de Kihika morra. Ele viverá na nossa memória, e a história transmitirá o seu nome a nossos filhos por muitos anos por vir." Ele fez uma pausa e olhou diretamente para Mugo, e as palavras seguintes que dirigiu a ele estavam cheias de simples admiração. "Não quero entrar em detalhes — mas todos sabem o papel que você desempenhou no movimento. Seu nome e o de Kihika estarão para sempre ligados. Como disse o general aqui, você abrigou Kihika sem temer o perigo para sua própria vida. Você fez por Thabai, na detenção, o que Kihika fez na floresta. Portanto achamos que, nesse dia importante, você deveria conduzir o sacrifício e as cerimônias em homenagem àqueles que morreram para que pudéssemos viver. Os anciãos vão instruí-lo nos detalhes do ritual. O seu papel principal será discursar. Estamos organizando uma grande reunião no mercado de Rung'ei, em volta do local onde o corpo de Kihika foi pendurado na árvore. Você fará o principal discurso do dia."

Mugo olhou para um poste em frente; tentou entender o sentido do que Gikonyo havia dito. Ele sempre tivera dificuldade em tomar decisões. Fugindo, como que instintivamente, de deflagrar uma série de ações cujas consequências ele não podia determinar com antecedência, deixava-se levar pelas coisas ou era empurrado até elas por um demônio sinistro; viajava na onda das circunstâncias e descansava na sua crista, temendo mas se deixando fascinar pelo destino. Algo desse fascínio diabólico pareceu agora luzir nos seus olhos. Seu corpo estava mortalmente imóvel.

"O que você diz?", Wambui perguntou, ligeiramente impaciente com o olhar intenso de Mugo. Mas Warui era fascinado pelos olhos das pessoas e sempre dissera de Mugo: ele tem futuro, um grande futuro. Imagine se eu não saberia? Dá para ver em seus olhos. Mas agora disse:

"Você não precisa falar o dia inteiro. Já vi muitos estragarem bons discursos porque queriam falar até que toda a saliva secasse na boca. Uma palavra que toque os corações — só isso. Como aquilo que você falou naquele dia."

"Eu não compreendo", disse Mugo afinal.

"Nós de Thabai queremos homenagear nossos heróis. Qual a dificuldade disso?", perguntou Warui.

"Sei como você se sente", Gikonyo disse, "você quer ser deixado em paz. Lembre-se disto, porém: não é fácil ser deixado em paz quando se pertence a uma comunidade, especialmente um homem na sua posição. Não, não precisa decidir agora. Mas a gente gostaria de saber a resposta logo, só faltam quatro dias para o 12 de dezembro."

Dizendo isso, Gikonyo se levantou para sair. Os outros também se ergueram. Gikonyo hesitou um instante, como se algum pensamento não expresso se demorasse na sua cabeça.

"Outra coisa! Você sabe que o governo, agora que é controlado pelo Movimento, permite que os chefes sejam eleitos pelo povo. O ramo daqui quer que você represente esta região, quando o momento chegar."

Eles saíram.

Um sorriso se abriu lentamente a partir dos cantos da boca de Mugo. Podia indicar alegria, troça ou amargura. As visitas tinham deixado a porta entreaberta. Ele a fechou e sentou na cama. Aos poucos o sentido do que Gikonyo dissera começou a iluminar o abismo vazio da incompreensão. O que eles querem? O que eles realmente querem?, perguntou-se, segurando a cabeça entre as mãos para se aprumar.

Do lado de fora da cabana de Mugo os combatentes da floresta se separaram de Gikonyo, Wambui e Warui. Os dois compartilhavam uma cabana no final da aldeia. A cabana havia sido comprada para eles por alguns membros entusiásticos do ramo local do Partido, que acreditavam então que o Partido era a reencarnação do Movimento.

"Você acha que ele vai nos ajudar?", Koina perguntou de repente.

"Quem?"

"Aquele sujeito!"

"Ah, Mugo. Não sei. Kihika raramente falava nele. Na verdade, não sei se o conhecia bem."

Andaram pelo resto do caminho sem dizer outra palavra. Koina procurou fósforos no bolso para acender o lampião a óleo. Ele tinha ossos pequenos, pele clara e grandes veias que se destacavam no rosto e nas mãos. O general R. sentou na cama, absorto em pensamentos. Koina ficou em pé fitando a chama amarela.

"De qualquer modo, precisamos descobrir o traidor", o general R. falou, como se continuasse a conversa de antes. A voz dele era grave e transmitia uma determinação inflexível.

Koina não respondeu de imediato. Ele se lembrava do dia em que Kihika saíra para nunca mais voltar. Kihika comandava mais de trezentos homens, divididos em grupos de cinquenta, ou mesmo vinte e cinco homens. Os grupos viviam em separado, em diferentes cavernas, em volta da floresta de Kinenie, e só se juntavam para algum grande empreendimento como a captura de Mahee. Koina sempre ficara impressionado com o absoluto desprezo pelo perigo pessoal demonstrado por Kihika. A maneira como ele acabara com o chefe do distrito Robson já se tornara lendária nos campos em torno de Longonot, Ngong e até Nyandarwa. Koina sentia uma admiração reverente por Kihika. Nessas ocasiões ele jurava: "Eu jamais o abandonarei. Juro por Deus acima de mim que nunca abandonarei Kihika. Eu não tinha fé. Ele me deu fé". Sim, Kihika dera a ele, um mero cozinheiro, um novo ser, tornando-o consciente do poder negro. Koina sentiu isso no dia em que eles tomaram Mahee. Enquanto esperavam a volta de Kihika, ele sentiu agudamente a iminência desse poder negro. Mais tarde eles mandaram batedores, que relataram uma grande operação de contra-ataque. A palavra circulou. O general R. ordenou a seus homens que preparassem uma rápida retirada para Longonot, o outro grande esconderijo deles. Souberam que Kihika fora preso. Njeri chorara. E até mesmo ele, um homem, não conseguira esconder as lágrimas.

"Você acha que ele ia encontrar uma mulher?", perguntou Koina agora.

"Não, acho que não. Karanja é realmente o nosso homem, se o que você me conta sobre ele é verdade."

"Todo mundo em Githima diz a mesma coisa. Se você o toca por trás, ele treme incontrolavelmente. Nunca anda sozinho no escuro. Nunca abre a porta para ninguém depois das sete horas da noite. Tudo isso é sinal de um homem culpado, mas—"

"Meu Deus! Se esse miserável tiver alguma coisa a ver com a crucificação de Kihika!", disse o general R., pondo-se de pé num pulo. Andava para cima e para baixo no quarto. "Todos fizemos um juramento juntos. Fizemos o juramento juntos."

Koina sentou na cama, espantado com a paixão e a veemência na voz do general. Koina sempre tivera medo dele e até mesmo se sentia pequeno na sua presença. Ambos haviam participado da Segunda Guerra; o general combatera na Birmânia. Mas ele, Koina, jamais progrediu além do posto de cozinheiro. Depois da guerra, o general trabalhou como alfaiate. Koina mudava de um emprego para outro. Seu último emprego havia sido com a dra. Lynd, uma viúva branca feia que Koina detestou à primeira vista. Ele e o general ficaram se conhecendo realmente na floresta. Nos combates, o general R. saía do fogo sem transparecer emoção. Quando Kihika foi preso, o general R. permanecera calmo, não demonstrara surpresa ou sentimento de perda algum. Com o passar dos anos, Koina, que na época chorara, esqueceu a morte de Kihika e não sentia nenhuma urgência em se vingar. Agora era o general que tremia de paixão. Koina olhou em volta da cabana despojada, evitando a figura que andava por ali. Uma sufuria, dois pratos, garrafas vazias e uma lata de água jaziam no chão, de forma desconsolada. Ele pigarreou.

"Talvez não adiante. Talvez a gente deva esquecer tudo isso."

O general R. interrompeu as passadas abruptamente. Olhou para Koina, sopesando-o de cima a baixo. Koina se remexeu nervosamente no assento, sentindo o antagonismo no olhar do outro.

"Esquecer?", perguntou o general R. num tom de voz enganosamente calmo. "Não, meu amigo. Precisamos encontrar o nosso traidor, do contrário você e eu fizemos o juramento à toa. Os traidores e colaboracionistas não devem escapar da justiça revolucionária. Amanhã você precisa ir a Githima falar com Mwaura sobre o novo plano."

Os outros três emissários andaram uma boa distância da cabana de Mugo antes que alguém falasse.

"Ele é um sujeito esquisito", comentou Wambui.

"Quem?", perguntou Warui.

"Mugo."

"Foi o sofrimento", disse Gikonyo. "Sabe o que é viver na detenção? Talvez tenha sido mais fácil para nós que não éramos rotulados de radicais. Mas Mugo era. Por isso apanhou e não confessou o juramento."

"Não era como na prisão", continuou Gikonyo, espantado com a súbita explosão dos próprios sentimentos. "Na prisão você sabe qual é o crime. Você conhece suas penas. Tantos anos, um, dez, trinta — depois você sai."

De modo igualmente repentino Gikonyo diminuiu o passo. Não podia distinguir com clareza Wambui ou Warui no escuro. Parecia que ele falara apenas para o ar, para o vazio.

"Durmam bem", gritou Gikonyo do lado de fora da casa que ele construíra recentemente.

Warui e Wambui foram embora sem responder. O vazio silêncio atormentava Gikonyo. Ele não queria entrar na casa. A luz da sala aparecia através das cortinas e das janelas de vidro. Mumbi, então, ainda devia estar esperando por ele. Por que ela não ia para a cama? Ele caminhou se afastando da luz, sem saber para onde ia. Arrependeu-se da explosão recente na presença de Wambui e Warui. Por que não foi capaz de controlar suas emoções na cabana de Mugo? Um homem jamais devia gemer. E, para Gikonyo, o trabalho duro havia sido um remédio contras as memórias ruins.

Ele construíra uma casa, uma das melhores e mais modernas da aldeia; tinha dinheiro, ainda que não tanto, e uma posição política no país: tudo isso muitos anos depois de sua época de pobre carpinteiro. Contudo, essas coisas haviam perdido o sabor. Ele comia não pelo prazer da comida, mas porque um homem precisava comer para viver.

A aldeia estava agora bem para trás. A escuridão engrossara. Reparou, como se fosse uma nova experiência, que estava só. Escutou. Parecia ouvir, à distância, passos na calçada. Os passos se aproximavam dele. Ele caminhou mais depressa, mais depressa, fugindo dos passos. Mas, quanto mais depressa ele andava, mais altos se tornavam os passos. Ele ofegava. Estava todo acalorado, a despeito do ar frio. Em seguida começou a correr, desesperadamente. Seu coração batia com mais força. Os passos na calçada, tão próximos agora, seguiam o mesmo ritmo do seu coração, que martelava. Precisava falar com alguém. Precisava ouvir outra voz humana. Mugo. Mas o que eram meras vozes humanas? Não vivera com elas durante seis anos? Em vários campos de detenção? Talvez ele quisesse a voz de alguém que entendesse. Mugo. De repente parou de correr. Os passos na calçada se distanciaram ao longe. Eles voltariam, ele sabia que voltariam para infernizá-lo. Eu preciso falar com Mugo. As palavras que Mugo falara num comício dois anos atrás haviam tocado Gikonyo. Meu Deus, Mugo saberia.

Mas, quando chegou à cabana de Mugo, o ardor de sua resolução esfriara. Ficou do lado de fora da porta, pensando se deveria ou não bater: o que, na verdade, viera falar com Mugo? Sentiu-se tolo ali sozinho. Talvez fosse melhor voltar amanhã. Talvez da outra vez soubesse melhor como abrir o coração diante de outra pessoa.

Em casa, percebeu que Mumbi ainda não fora dormir. Ela havia trazido comida. Isso o fez lembrar que ele mal se alimentara durante todo o dia. Ela ficou sentada diante dele, olhando. Ele provou um pouco de comida e depois afastou o resto. Perdera o apetite.

"Me faz uma xícara de chá", disse entre dentes.

"Você precisa comer", suplicou Mumbi. Seu pequeno nariz brilhava à luz do lampião. A súplica em seus olhos e sua voz desmentia o rosto tranquilo e a postura orgulhosa de seu corpo bem-feito. Gikonyo fitou a nova mesa de mogno polido. Talvez ele devesse ter chamado Mugo para uma conversa entre homens.

"Eu não quero comer nada", ele resmungou.

"É minha comida que você não quer."

Gikonyo ficou calado. Na detenção, ele ansiara voltar para Mumbi. Era esta a mesma mulher? Ele a olhou. Ela voltara seu rosto para a porta. Talvez estivesse chorando.

"Não estou com vontade de comer, só isso", ele disse, cedendo um pouco.

"Está bem", ela sussurrou. Foi até outro cômodo na casa e trouxe xícaras, um bule, folhas de chá, leite e açúcar. Ela acrescentou mais carvão ao braseiro e o levou para fora para ser abanado e avivar as chamas. Ficou lá fora, no escuro.

Gikonyo tirou um velho caderno escolar de um bolso de dentro de seu paletó. Remexeu o bolso à procura de um lápis, achou-o, viu que estava quebrado e fez a ponta com um canivete. Escreveu números; somou, subtraiu, multiplicou, cancelou; eles o distraíam fazendo-o se concentrar, de modo que Gikonyo esquecia por um tempo outras coisas que não as entradas do dia e a perspectiva de negócios amanhã.

Mumbi trouxe de volta o braseiro. Pôs o bule cheio d'água em cima do fogo e sentou-se para observar o marido. Ela parecia expectante, um pássaro pronto para voar ao primeiro sinal ou palavra do senhor. Mas Mumbi aprendera a modular seus desejos, a aceitar o que a vida e o destino lhe ofereciam.

"Você viu Mugo?", ousou perguntar.

"Vi."

"Ele disse que seria nosso líder?"

"Vai pensar." Gikonyo não levantou a cabeça do caderno.

"Wambui me contou." Ela penetrou nos pensamentos dele. Ele não respondeu.

"Por que você não me contou?", continuou ela. "Não esqueça que Kihika e eu viemos do mesmo ventre."

"Desde quando você e eu compartilhamos segredos?"

Ele se odiou imediatamente por ter adotado esse tom. Jurara que sempre seria educado com ela, que nunca deixaria que sua voz traísse nenhuma amargura ou seu tumulto interno.

"Desculpe", disse ela, humilhada. "Eu tinha esquecido que sou uma ninguém."

O chá ficou logo pronto. Ela o serviu e encheu uma xícara para si. Então, como se impelida por uma grande força interna, Mumbi deixou seu assento e ficou diante do marido. Ela pôs suas pequenas mãos em volta do pescoço dele, descansando-as nos seus ombros. Seus olhos brilhavam. Seus lábios tremiam.

"Vamos conversar", sussurrou ela.

"Sobre quê?", ele perguntou, levantando a cabeça.

"O filho."

"Não há nada para conversar a esse respeito", disse ele, pondo uma ênfase acre na voz.

"Então venha para a cama esta noite. Esperei só por você durante esses anos."

"O que há com você?" Gikonyo retirou os braços dela de seu pescoço e a empurrou ligeiramente. "Vá se sentar, por favor. Ou, melhor, vá dormir. Você está cansada."

Mumbi ficou ali, fria. Seus seios subiam e desciam. Abriu a boca como se fosse gritar. Então de repente pegou seu tricô do chão e correu para o quarto. Na verdade, era Gikonyo que se sentia cansado, cansado e envelhecido. Ele apoiou a cabeça na mão esquerda, com o cotovelo plantado na mesa. Levantou o lápis com a direita e tentou rabiscar um número. Mas sua mão não estava firme, deixou o lápis cair. Levantou-se com esforço, pegou o lampião e se demorou alguns segundos na porta do quarto de Mumbi. Em seguida se afastou, resoluto, em direção a seu quarto.

Disse o Senhor a Moisés:
"Vai ter com o faraó e dize-lhe:
'Assim fala o Senhor:
Deixa o meu povo partir.'"

Êxodo 8,1

(*versículo sublinhado em vermelho na Bíblia pessoal de Kihika*)

Quatro

Nos dias em que os imigrantes europeus e indianos lutavam para controlar o Quênia — naquela época, era totalmente inimaginável pensar que uma pessoa negra pudesse estar próxima do poder — o sr. Rogers, funcionário agrícola, certa vez, ao viajar de trem de Nairóbi para Nakuru, avistou as densas florestas de Githima e de repente viu sua mente de planejador ser atraída por elas. Sua paixão não era política, algo estranho naquela época, e sim o desenvolvimento agrário. Por que não um Posto de Pesquisa Florestal?, perguntou-se enquanto o trem ribombava em direção ao declive e até o grande vale logo abaixo. Mais tarde ele voltou a Githima para ver a floresta. Seu plano começou a tomar forma. Escreveu cartas a toda pessoa de certa importância e chegou a solicitar, sem êxito, uma entrevista com o governador. Maluco, é o que achavam dele: a ciência na África negra?

Githima e a floresta densa o possuíram, como um demônio maligno. Mas ele não parava; falava consigo mesmo sobre o plano, falava com todo mundo. Um dia foi atropelado por um trem no cruzamento de Githima e morreu instantaneamente. Mais tarde foi criado um Posto de Pesquisa Florestal na região, não como tributo ao seu martírio, mas como parte de um novo plano de desenvolvimento colonial. Em breve o Posto de Pesquisa Florestal e Agrícola de Githima fervilhava de cientistas e administradores europeus.

Dizem que o fantasma dele assombra o cruzamento ferroviário e que todo ano o trem ribombante exige um sacrifício humano do povoado de Githima; a última vítima foi o dr. Henry Van Dyke, um meteorologista gordo e bêbado que sempre jurara, segundo os trabalhadores africanos, que se mataria se Kenyatta algum dia fosse libertado de Lodwar e Lokitaung. Seu carro foi atropelado no trem pouco depois do retorno de Kenyatta para casa, de Maralal. As pessoas de Githima, até mesmo seus inimigos, ficaram consternadas com a notícia. Tinha sido acidente ou o homem se suicidara?

Karanja, que trabalhava na Biblioteca de Githima, espanando livros, mantendo-os eretos nas prateleiras e escrevendo etiquetas, se lembrava do dr. Van Dyke em grande parte por causa de uma estranha mania sua: ele se aproximava dos trabalhadores africanos, passava o braço sobre seus ombros e depois, de repente, dava um tapa nas suas bundas incautas. Costumava pousar a mão e apalpar suas nádegas, despejando um bafo alcoólico sobre os ombros de suas vítimas. Em seguida tinha uma inesperada explosão de riso alto e solto. Karanja detestava esse riso; ele nunca sabia se o dr. Van Dyke esperava que ele também risse ou não. Portanto, Karanja afivelava um sorriso nervoso na cara que o fazia detestar ainda mais o dr. Van Dyke. Mesmo assim, a notícia da morte do homem, com o carro e o corpo totalmente estraçalhados pelo trem, lhe provocara ânsia de vômito.

Karanja pegou um estêncil virgem de uma pilha em cima da mesa e começou a escrever etiquetas. Os livros recentemente encadernados em Githima pertenciam ao Ministério da Agricultura, em Nairóbi. Logo a mente de Karanja perdeu a consciência de outras coisas. Uhuru ou o dr. Van Dyke, e ele se concentrou na etiqueta à mão: ESTUDOS DE AGRONOMIA VOL. — De repente sentiu a presença de um homem na sala. Deixou cair o estêncil e girou na cadeira. Seu rosto escureceu um tom. Tentou, com dificuldade, controlar a caneta trêmula na mão.

"Por que vocês não batem na porta antes de entrar correndo?", ele sibilou para o sujeito na porta.

"Eu bati três vezes."

"Não bateu, não. Você sempre entra como se isto aqui fosse a thingira de seu pai."

"Eu bati nesta porta, aqui."

"Mas fraco, como uma mulher? Por que você não pode bater com força, com força, como um homem circuncidado?"

Karanja alteou a voz, batendo ao mesmo tempo na mesa, para frisar todos esses pontos.

"Pergunte a sua mãe, quando eu fodi ela—"

"Você está insultando minha mãe, seu—"

"Mesmo agora posso repetir a dose com ela, ou com a sua irmã. São elas que podem dizer a você que Mwaura é um homem circuncidado."

Karanja se levantou. Os dois lançaram olhares de fúria um para o outro. Por um instante, parecia que a coisa ia acabar em pancadaria.

"Você me diz isso assim, sem mais nem menos? É a mim que dirige tantos insultos?", disse, com veneno na língua.

O lábio inferior de Mwaura caiu. Sua barriga inflava e desinflava. A respiração era rápida e pesada. Em seguida pareceu se lembrar de algo. Conteve a língua.

"De qualquer maneira, sinto muito", disse ele de repente, mas numa voz com um toque de ameaça.

"Pois devia sentir. O que quer aqui?"

"Nada. É só que o Thompson quer te ver, só isso." Mwaura saiu. A tensão de Karanja se transformou em ansiedade. O que Thompson queria? Talvez dizer algo sobre pagamento. Ele bateu no seu guarda-pó cáqui, passou um pente no cabelo de cor amarronzada e correu pelo corredor até a sala de Thompson. Bateu com coragem na porta e entrou.

"O que é? Por que vocês batem com tanta força?"

"Pensei que o senhor tivesse me chamado", falou Karanja numa voz fraca, se apresentando como sempre se apresentava diante de algum branco, com os pés ligeiramente separados, mãos entrelaçadas nas costas, todo atenção obsequiosa.

"Ah, sim, sim. Você conhece minha casa?"

"Sim, senhor."

"Dê um pulo até lá e diga à sra. Thompson que não vou almoçar em casa. Eu vou — ah — espere um pouco. Vou te dar uma carta."

John Thompson criara a mania, no decorrer dos anos, de escrever cartas. Ele rabiscava bilhetes para todo mundo. Raramente mandava um mensageiro a qualquer lugar, fosse ao diretor, ao estoque para buscar papel, ou à oficina para um prego ou dois, sem um bilhete junto explicando meticulosamente todos os detalhes. Mesmo quando seria mais fácil encontrar pessoalmente o funcionário ele preferia mandar uma carta.

Karanja pegou o bilhete e se demorou um instante ou dois, na esperança de que Thompson falasse sobre o aumento de ordenado que ele pedira recentemente. O patrão, contudo, voltou a fitar vagamente a pilha de papel na sua mesa.

John Thompson e a sra. Dickinson usavam Karanja como menino de recados pessoal. Karanja aceitava as missões com diligência ressentida: não havia mensageiros pagos em Githima? A sra. Dickinson era a bibliotecária. Era uma mulher jovem, separada do marido, que não fazia segredo de viver com o namorado. Raramente estava na sua sala, mas, quando estava, homens e mulheres iam vê-la aos montes, e o aposento transbordava de risos e vozes agudas o dia inteiro. Entusiasta do rali East African Safari, ela sempre participava, como copiloto do namorado, mas nunca terminou a prova. As incumbências dela eram as que Karanja mais detestava: muitas vezes ela o mandava, por exemplo, aos bairros africanos para comprar carne para seus dois cachorros.

Hoje, enquanto seguia na sua bicicleta que rangia, ele estava mais uma vez cheio de planos: iria certamente reclamar junto a John Thompson desses mandados triviais. Não, o que mais aborrecia Karanja não eram os mandados e sua trivialidade, mas a maneira como eles afetavam a sua reputação entre os outros trabalhadores africanos. Contudo, Karanja preferia aguentar a humilhação a perder o bom nome que conquistara entre os brancos. Ele vivia desse nome e do poder que ele lhe dava. Em Githima, as pessoas acreditavam que bastava uma reclamação sua para fazer alguém perder o emprego. Karanja sabia desses temores. Muitas vezes, quando os homens entravam na sua sala, ele de repente dava um olhar frio, fazia insinuações ou simplesmente rosnava para eles; desse modo, aumentava o medo e a insegurança deles. Mas ele também temia os homens, e alternava essa postura feroz com a amizade servil.

Uma cerca bem podada de eucaliptos-de-gunn circundava o bangalô dos Thompson. Na entrada, trepadeiras verdes, enredadas num suporte de madeira, formavam um arco cheio em cima, caindo em seguida dos lados até a cerca. A cerca abrigava jardins de flores: gloriosas, ipomeias tricolores, buganvílias, girassóis. No entanto, era a cor do roseiral que se sobrepunha à das demais. A sra. Margery Thompson cultivava rosas vermelhas, rosas brancas, rosas rosadas — rosas de todos os tons. Agora ela surgiu desse jardim colorido e foi até a porta. Estava vestida de calças brancas finas e uma blusa que parecia pender de seus peitos pontudos.

"Entre aqui em casa", disse ela displicentemente, depois de ler o bilhete do marido. Estava entediada de ter de ficar sozinha em casa. Normalmente ela conversava com seu empregado doméstico ou com seu garoto-shamba. Às vezes se desentendia com eles e sua voz alta podia ser ouvida da rua. Os dois garotos tinham ido embora e foi durante esses dias que ela acabara percebendo como eles eram uma parte importante da casa.

Karanja ficou espantado porque ela nunca o convidara antes a entrar. Ele ficou sentado na borda da cadeira, com as mãos inseguras nos joelhos, olhando displicentemente para o teto e as paredes, para evitar a visão dos seios dela.

Margery sentiu um poder sensual diante do temor e constrangimento que ela infligia em Karanja. Por que ele não olhava para ela? Ela já o vira várias vezes, mas nunca pensara nele como homem. Agora ela sentiu uma súbita curiosidade de saber que pensamentos havia dentro de sua cabeça: o que ele pensava da casa? Da Uhuru? Dela? Deixou fluir sua imaginação. Sentiu um calor percorrê-la e se levantou, ligeiramente irritada pela excitação.

"Você gostaria de chá, café ou outra coisa?"

"Eu... eu preciso ir!" Karanja exprimiu seus pensamentos gaguejando.

"Tem certeza de que não quer café? Não ligue para a sra. Dickinson", disse ela sorrindo, sentindo-se indulgente, quase contente com a cumplicidade.

"Está bem", ele respondeu, afundando-se cada vez mais na poltrona, com os olhos a ansiar pela porta e a cerca mais além. Mesmo agora ele não tinha coragem de se recostar e se sentir confortável. Ao mesmo tempo, queria desesperadamente que um dos trabalhadores estivesse ali para ver que uma branca lhe servia café, a mulher do Secretário da Administração.

Na cozinha, Margery brincava com bules e xícaras. A despeito de sentir vergonha pela excitação, não abdicou dela. Ela só conseguia se lembrar de ter sentido um fogo assim uma vez antes. Foi no dia em que dançara com o dr. Van Dyke no albergue de Githima. Isso foi pouco depois do desastre de Rira. Ela se sentia atraída, e ao mesmo tempo nauseada, pelo seu bafo de bêbado. Quando mais tarde da noite ele a levou para um passeio de carro, ela se submeteu ao seu desejo. Deixou que ele fizesse amor com ela e viveu, pela primeira vez, a terrível beleza da rebeldia.

À espera na sala, Karanja viu seu constrangimento nervoso ser substituído por um desejo diferente. Será que ele deveria perguntar a ela?, pensou. Talvez ela lhe desse o que ele realmente queria: a negação do boato de que os Thompson voltariam de avião para a Inglaterra. Muitas vezes Karanja caminhara em direção a Thompson resolvido a perguntar-lhe de modo direto. Mas sua barriga se enchia de água fria, o coração sacolejava violentamente quando ele chegava perto do homem branco. Sua determinação sempre acabava do mesmo modo: cumprimentava John Thompson e em seguida passava por ele como se tivesse algo a fazer mais adiante. O que Karanja temia mais que os boatos era a possibilidade de serem confirmados. Desde que ele não soubesse a verdade, podia interpretar a história da única maneira que alimentava sua esperança: o surgimento do governo negro não significaria, jamais poderia significar, o fim do poder branco. Thompson, como Diretor do distrito e agora Secretário da Administração, sempre parecera a Karanja a expressão inelutável desse poder. Como era possível, então, que Thompson partisse?

Margery voltou com duas xícaras de café.

"Você usa açúcar no café?"

"Não", ele respondeu automaticamente, percebendo, ao mesmo tempo, que não tinha coragem de perguntar a ela sobre os boatos. Karanja detestava chá ou café sem muito açúcar.

Margery se sentou diante de Karanja e cruzou as pernas. Botou sua xícara no braço da poltrona. Karanja segurava a sua com ambas as mãos, com medo de derramar sequer um pingo no tapete. Ele estreitava os olhos toda vez que levava a xícara perto dos lábios e das narinas.

"Quantas mulheres você tem?", ela perguntou. Esta era sua pergunta predileta aos africanos; começou quando ela descobriu que seu último cozinheiro tinha três mulheres. Karanja estremeceu como se Margery tivesse arranhado uma ferida cicatrizada apenas superficialmente. *Mumbi.*

"Eu não sou casado."

"Não é casado? Achei que vocês — Você vai comprar uma mulher?"

"Não sei."

"Você tem alguma amiga mulher?" Ela insistia, com a curiosidade aumentando; tinha um tom caloroso na voz. Algo na característica de sua voz tocou Karanja. Será que ela compreenderia? Será?

"Eu tive uma mulher. Eu — eu a amava", disse audaciosamente. Ele fechou os olhos e, com um esforço súbito, engoliu o café amargo.

"Por que não se casou com ela? Ela morreu ou—"

"Ela não me quis", ele respondeu.

"Sinto muito", disse ela com emoção. Karanja se lembrou de quem ele era e onde ele estava.

"Posso ir agora, Memsahib? Algum recado para Bwana?"

Ela esquecera por que Karanja entrara em casa. Leu de novo o bilhete do marido.

"Não, muito obrigada", ela disse na porta.

Era quase meio-dia quando Karanja deixou a casa dos Thompson. A ferida que Margery arranhara ardeu por um tempo. Em seguida ficou muito contente, queria que Mwaura o tivesse visto na casa. Ele também desejou que o empregado doméstico estivesse presente, porque assim a informação de sua visita se espalharia. No caso, ele mesmo teria de contar: isso teria menos força e resultado. Sendo quase hora do almoço, foi direto para a cantina no bairro africano, pensando na sua visita e na xícara de café amargo.

A cantina se chamava *Seu amigo até a morte,* abreviado para *Amigo.* As paredes de pedra estavam cobertas de gordura, campo fértil para moscas. Elas zumbiam em volta dos fregueses, pulavam em cima das xícaras e dos pratos, e às vezes até faziam amor em cima da comida trazida à mesa. Rosas de plástico, em latas, decoravam cada mesa que rangia. O lema da casa estava pintado em letras de forma na parede: VENHAM A MIM TODOS OS QUE TÊM FOME E SEDE E EU OS SACIAREI. Em outra parte da parede, perto do caixa, havia um poema cuidadosamente enquadrado.

Já que os homens entre si só fazem se enganar,
Mostre-me em quem posso confiar.
Em muitos confiei numa ânsia vã,
Então se quer fiado, amigo, volte amanhã.

Amigo era a única cantina autorizada em Githima.

Foi lá que Karanja encontrou Mwaura. Não era bom criar inimigos, dizia sempre Karanja a si mesmo, depois de se afastar de algum outro trabalhador.

"Sinto muito pelo incidente", disse rapidamente Karanja, afabilidade que não emplacou. "Espero que você encare isso como um pequeno shauri entre amigos. Sabe, tem gente que não compreende que o nosso trabalho de escrever etiquetas para todos esses livros científicos exige concentração. Se alguém abre a porta com violência sem avisar, aquilo perturba e estraga as letras. Eu te digo, se você conhecesse essa bibliotecária como eu conheço — você pensaria que ela se separou do marido por nada — Garçom, duas xícaras de chá, e rápido... Agora, quais são as novas de Rung'ei?"

* * *

John Thompson — alto, com a pele coriácea grudada no osso — não foi a Nairóbi, mas ficou em Githima durante a hora do almoço, fazendo menção de trabalhar: isto é, levantar, ir ao armário na parede, tirar uma pasta e voltar à mesa, com seu rosto que o sol curtira até ficar permanentemente impessoal, quase como se sua cabeça estivesse em coisas distantes e remotas. As mãos finas e os olhos claros percorriam cada arquivo meticulosamente antes de devolvê-lo ao armário. Endireitou--se uma ou duas vezes na cadeira e seu dedo brincou com algumas pregas acumuladas no canto da boca.

No entanto, Thompson contemplava o mata-borrão limpo na mesa, a caneta e o porta-lápis, o tinteiro, as paredes e o teto do escritório caiados de branco, como se procurasse um padrão que mantivesse a coerência das coisas na sala: mas sua cabeça só pulava de pensamento em pensamento. Ele então pegou o exemplar do dia — segunda-feira — do *East African Standard,* o diário mais antigo do Quênia, e se recostou na cadeira. Passando os olhos pelas reportagens sobre as preparações para a Uhuru na quinta, Thompson se encolheu com uma vaga sensação de traição. Ele não sabia o que havia no jornal, desde o governo autônomo de junho, que lhe causava essa sensação — se eram as notícias da Uhuru, que ele já conhecia, ou o tom de aceitação demasiadamente fácil das coisas. Depois que viu o retrato do primeiro-ministro na primeira página, não conseguiu olhá-la de novo e passou rápido para a segunda página: depois sentiu vergonha dessa reação, mas não conseguiu se obrigar a voltar atrás. Thompson já sabia que o Duque de Edimburgo representaria a Rainha. Quaisquer notícias da Uhuru sempre o faziam recordar o fato de que ele tinha esta informação reservada. Não importava como encarasse a coisa, Thompson ficava mordido pela tristeza em saber que o duque ficaria sentado vendo a bandeira ser arriada, para jamais ser hasteada de novo naquele recanto distante da costa de Albion. Essa tristeza se acentuou ao recuar em sua mente até 1952, quando a Rainha, então princesa, visitara o Quênia. Por um instante, Thompson esqueceu o jornal e reviveu aquele momento em que a jovem mulher apertara sua mão. Ele era então chefe do distrito. Ficou emocionado: seu coração se acelerara como se um pacto tivesse sido firmado entre eles. Naquele momento, ali, ele teria feito tudo por ela, teria se esfaqueado para provar sua disposição em cumprir aquela missão que, apesar de implícita, parecia personificada pela pessoa e pelo sorriso dela. Ao relembrar esse enlevo, Thompson afastou involuntariamente o jornal e se levantou. Tinha um reflexo instável, um brilho aquoso nos olhos. Caminhou até a janela murmurando baixo:

"Que diabos significa tudo isso?"

Passada a excitação momentânea, instalou-se uma dureza no seu abdome. Inclinou-se para a frente, com o olhar a vistoriar displicentemente o panorama: diante dele jaziam os tetos baixos de ferro corrugado dos três laboratórios — um de fitopatologia e reflorestamento, um de física de solos e outro de composição de solos. À esquerda, havia estufas espalhadas em grupos de duas ou três. Ele observou a dra. Lynd, fitopatologista do posto, atravessar a rua de macadame; ela sumiu rapidamente atrás das estufas; alguns segundos depois seu cão, um bullmastiff marrom com papada preta, veio correndo dos laboratórios atrás dela. À direita, ele podia ver a biblioteca: um grupo de africanos deitados na grama sob o beiral. Tudo tão silencioso, pensou Thompson, passando a vista agora pelo gramado verde até o prédio de química, o laboratório mais próximo. Tubos de ensaio e mais tubos de ensaio jaziam perfeitamente arrumados ao lado da janela de vidro. Essas coisas continuariam depois de quinta-feira? Talvez por dois meses: e então — os tubos de ensaio e as provetas estariam quebrados ou espalhados e sujos no cimento, as estufas e sementeiras cheias de pragas, e o mato externo, que havia sido cuidadosamente podado, avançaria gradualmente sobre a área cercada dos prédios repleta de lixo.

O bullmastiff surgiu do outro lado do prédio de química; ia farejando a superfície do gramado. Em seguida parou e levantou a cabeça em direção à biblioteca. Thompson ficou tenso: alguma coisa ia acontecer. Ele sabia e ficou à espera, incapaz de dominar aquela fria excitação. De repente o cão começou a latir enquanto atravessava o pátio em direção ao grupo de africanos. Alguns deles gritaram e se dispersaram em várias direções. Alguém não conseguiu correr a tempo. O cão se atirou sobre ele. O sujeito tentou sair de lado, mas o cão o imprensou contra a parede. De repente ele se abaixou, pegou uma pedra e ergueu-a no ar. O cão estava agora a poucos passos de distância. Thompson ficou à espera de que acontecesse o que ele temia. No momento exato, a dra. Lynd surgiu em cena e, quando o cão estava prestes a pular sobre o sujeito, gritou algo. Thompson recuperou o fôlego, primeiro inspirando profunda e longamente, depois respirando rápido, aliviado e meio decepcionado por não ter acontecido nada.

Ele deixou a sala e atravessou o pátio gramado em direção à biblioteca, onde se aglomerara o pequeno grupo de africanos. A dra. Lynd segurava seu cachorro pela coleira com a mão esquerda, apontando um dedo acusador da direita para Karanja.

"Que papelão! Que grande vergonha", ela dizia, pondo o máximo de desdém possível na voz. Karanja olhava para o chão; com medo e raiva no olhar; as gotas de suor no rosto ainda não haviam secado.

"O cachorro — o cachorro — veio vindo — Memsahib", gaguejou ele.

"Eu jamais imaginaria isso de você — jogando pedras no meu cachorro."

"Pedras, não — eu não joguei pedras."

"Ah, como vocês mentem—", ela disse, olhando para os outros em volta. Em seguida voltou-se para Karanja. "Eu não te peguei segurando uma pedra? Devia ter deixado que ele te pegasse. Agora mesmo quase tenho vontade de fazer isso—"

Nesse ponto John Thompson entrou em cena. Os africanos abriram alas, a dra. Lynd parou de recriminar Karanja e sorriu para Thompson. Karanja levantou a cabeça, esperançoso. Os demais africanos olharam para Thompson e pararam de murmurar e reclamar. O súbito silêncio e os múltiplos olhares perturbaram Thompson. Ele se lembrou dos detentos de Rira no dia em que fizeram greve. Sentiu agora o mesmo ar de hostilidade. Precisava manter sua dignidade — até o fim. Mas foi tomado de pânico. Sem olhar especialmente para ninguém, ele disse as primeiras palavras que lhe vieram à cabeça em suaíli:

"Eu resolvo isso." E sentiu imediatamente que era a coisa errada a dizer — cheirava demais a uma desculpa. Quebrou-se o silêncio. Os homens agora gritavam, apontando para o cachorro: outros faziam gestos vagos no ar. Karanja olhava Thompson com gratidão. Thompson passou o braço rapidamente sobre o ombro da mulher e a tirou dali.

Ele a levou pelo corredor estreito que ligava o bloco da biblioteca ao prédio da administração, sem saber para onde ia. Tudo parecia uma revivescência do passado: Rira e o cão. A dra. Lynd falava o tempo todo.

"Eles estão ficando grosseiros porque a Uhuru vem aí — até mesmo os melhores estão mudando."

Ele queria falar com ela sobre o cachorro, mas de certo modo achava difícil. Sabia que devia ter feito alguma coisa. E se o cachorro chegasse a Karanja? Como Secretário da Administração, ele supostamente tinha que lidar com as relações dos funcionários com os trabalhadores; e ele recebera um monte de reclamações sobre o cachorro da dra. Lynd da parte do secretário do Sindicato dos Funcionários Públicos (filial de Githima). Eles tinham chegado agora a um grande viveiro de árvores cercado por um alambrado. Sentaram-se numa parte gramada. Ele queria dizer a ela a verdade — mas seria obrigado também a lhe revelar sua própria inércia — como ficara ali fascinado pela expectativa do sangue.

"Na verdade, não foi culpa do garoto..." Ele fitou-a. "Eu vi o cachorro correndo na direção deles."

Como muitos europeus no Quênia, Thompson tinha um xodó especial por animais de estimação, especialmente cães. Um ano atrás ele levara Margery a Nairóbi para ver *Annie Get Your Gun,* encenada no National Theatre pelos City Players. Jamais fora a esse teatro — porque nunca passava nada ali — e sempre ia ao Donovan Maule Theatre Club. A estrada de Githima a Nairóbi cruzava o campo. Estava muito escuro. De repente os faróis iluminaram um cachorro prestes a atravessar a estrada. Thompson poderia ter freado, diminuído a marcha ou buzinado. Tinha bastante tempo e distância. Mas continuou como vinha. Não queria matar o cachorro, mas sabia que ia atropelá-lo. Estava grudado no assento — temendo o inevitável. De repente ouviu-se um ganido. A energia de Thompson voltou. Ele freou até parar, abriu a porta e saiu, levando uma lanterna de bolso. Andou em volta alguns metros; não havia cachorro em lugar algum. Olhou em ambos os lados da estrada, mas não viu sinal do cachorro — nem mesmo algum rastro de sangue. No entanto ele ouvira o baque e o ganido. De volta ao carro, encontrou Margery chorando baixinho. E surpreendeu-se ao perceber que ele também estava trêmulo e não conseguia consolá-la. "Talvez esteja debaixo do carro", ela disse. Ele saiu de novo e olhou debaixo do carro. Não havia nada. Prosseguiu com tristeza, como se tivesse assassinado um homem.

Ele revivera a cena terrível no momento em que viu o bullmastiff correr em direção a Karanja; o incidente ainda arranhava a sua sensibilidade quando ele tentou contar à dra. Lynd o que acontecera — a dificuldade residia em separar o que ocorrera fora de sua sala, no gramado — contar-lhe só isso — daquilo que se passara dentro dele.

Para sua surpresa e constrangimento, ele viu que ela chorava, e desviou o olhar: o cachorro passeava entre as árvores novas; parou ao lado de um grupo de árvores de cânfora, levantou a pata de trás e urinou.

"Sinto muito", a dra. Lynd disse, dando uma fungada e levando um lenço branco aos olhos. Ela era uma mulher grisalha, com a pele murcha sob os olhos e nas faces. Vivia zanzando o dia inteiro no posto — entre as estufas, os laboratórios e as sementeiras — um ser solitário, como um fantasma.

"Não deixe que isso a preocupe", ele disse, seguindo o cão com um olhar vago.

"Eu tentei, mas — mas — eu os detesto. O que posso fazer? Toda vez que os vejo eu me lembro — eu me lembro—"

Ele se remexeu na grama, e percebeu sua posição ridícula frente àquela mulher que ele queria evitar, agora que o impulso de lhe contar sobre o cachorro amainara. Mas a dra. Lynd estava naquele ânimo — numa súbita e santa eclosão de pura autopiedade — quando sentimos a maior intimidade com outra pessoa, mesmo com um estranho, e ficamos prontos para lhe confidenciar os nossos mais íntimos temores e pesares. Então ela lhe contou sobre o incidente que atormentara sua vida, que tinha desgraçado sua existência. Ela vivia sozinha, em Muguga, num velho bangalô com mato por todos os lados, da altura do telhado. Adorava a casa, a solidão, a paz. Foi durante a Emergência. O chefe do distrito avisou-a várias vezes que deixasse o lugar isolado e fosse para Githima ou Nairóbi, onde certamente teria proteção e segurança. Ela não quis saber disso: os casos das mulheres assassinadas em suas remotas sedes de fazenda não lhe metiam medo. Ela viera ao Quênia para fazer um trabalho e não para se meter na política. Gostou do país e do clima e resolveu ficar. Nunca prejudicara ninguém. É verdade que muitas vezes ralhava com seu empregado doméstico, mas também lhe dava presentes, roupas, construiu uma pequena casa de tijolos para ele nos fundos, e nunca exigiu que trabalhasse demais. Ele era um kikuyu baixo, de Rung'ei, que aparentemente fora cozinheiro, ou algo assim, durante a Segunda Guerra Mundial, mas estivera muito tempo desempregado antes de vir trabalhar para ela. Entre o empregado e o cachorro criou-se uma amizade comovente de se ver. Certa noite, estava escuro lá fora quando o garoto pediu-lhe que abrisse a porta com urgência. Ao abri-la, dois homens a pegaram à força e a arrastaram até a sala de visitas, com o empregado a segui-los. Amarraram suas pernas e mãos e a amordaçaram. Ela esperava que eles a matassem, pois, depois do impacto inicial, resignara-se a morrer. Mas o que se seguiu não foi menos bárbaro e cruel do que se eles a tivessem matado. O cão havia latido para os dois sujeitos. Mas, ao ver o empregado, abanou o rabo e conteve o ataque. Mas o rapaz o fez em pedaços.

O sangue espirrou nas roupas dela. Ela queria desmaiar ou morrer naquela mesma hora. Mas essa foi a parte terrível, ela viu tudo, estava plenamente consciente... Eles pegaram as armas e o dinheiro do cofre. Mais tarde, dois homens foram pegos e enforcados; o empregado nunca foi apanhado. Ela foi obrigada a comprar e adestrar outro cachorro. Jamais fora capaz de superar o cheiro acre, os olhares loucos e maliciosos daqueles homens — não — não, ela jamais esqueceria, até o dia de sua morte.

Thompson olhou para ela, se retraindo diante de sua voz, de seu corpo, de sua presença. Ambos deixaram o local, tomando caminhos diferentes, quase como se estivessem envergonhados de sua intimidade recente. Ele sentia, mais que percebia, o medo que havia sido despertado nele. No seu escritório, tentou amenizar a intensidade degradante do medo, mas só pensava no cachorro. E recordava o outro cão quando os faróis se refletiram em seus olhos. O que acontecera a ele? O que teria acontecido se o bullmastiff tivesse pulado em Karanja e arrancado a sua carne? A hostilidade que ele viu nos olhares dos homens quando ele se aproximou deles. O silêncio. Súbito. Como em Rira. Lá os detentos haviam se recusado a falar. Sentaram-se e se recusaram a comer ou beber. A resistência era férrea. Seus olhares o seguiam em todo canto. A agonia, a insônia, pensando em como quebrar o silêncio. E, no escuro, ele podia distinguir os seus olhares. Nos homens na biblioteca ele reconhecera os olhares, a mesma expressão.

John Thompson trabalhara como chefe do distrito em muitas partes do Quênia. Trabalhava muito, e sua habilidade para lidar de modo rápido e eficaz com os africanos era amplamente reconhecida. Uma brilhante carreira na administração colonial o esperava. Durante a Emergência, fora realocado para os campos de detenção, para reabilitar os adeptos dos Mau Mau a viver uma vida normal como cidadãos britânicos. Em Rira, ocorrera a tragédia de sua vida. Uma greve de fome, um pequeno espancamento e onze detentos mortos. O fato vazou. Como ele era o oficial em comando, o nome de Thompson foi amplamente brandido na Câmara dos Comuns do parlamento e na imprensa mundial. Ele se tornara subitamente uma celebridade. Criou-se uma comissão de inquérito.

Ele foi rapidamente afastado para Githima, exilado da administração pública que ele amava. Mas a ferida jamais fechara. Bastava tocá-la, e ela trazia de volta toda a humilhação que ele sentira na época.

E agora, ao ver os seus olhares, percebeu neles uma nova e terrível possibilidade: teria sido obrigado a aguentar novo inquérito, desta vez sob um governo negro, se alguma coisa tivesse acontecido com Karanja?

Ele não conseguiu trabalhar e mesmo assim a tarde passou depressa. Talvez voltasse amanhã para acabar o serviço. Fechou a janela e reviveu a cena e seu temor. No final do corredor, Karanja esperava por ele. O que queria? O que queria?

"Sim?"

"Levei a carta."

"Então?"

"Quero lhe agradecer."

Thompson se lembrou de sua mentira; olhou fixo para o menino e seguiu adiante. Pensou de novo e chamou Karanja.

"Sobre aquele cachorro—"

"Senhor?"

"Não se preocupe com isso, hein? Eu resolverei este assunto."

"Obrigado, senhor."

E Thompson se afastou fervendo por dentro. Será que precisava amansar Karanja? A que ponto as coisas haviam chegado!

Sentiu lágrimas nos cantos dos olhos. Correu às cegas para o carro.

Cinco

John Thompson queria contar a Margery sobre a dra. Lynd; ficou intrigado com a coincidência de ela ter-lhe contado sobre a morte de seu cachorro, quando ele estava pensando na morte de outro cachorro: por duas vezes abrira a boca e acabou apenas reclamando do calor do dia. Ele tentou fixar sua mente no futuro: a festa de despedida amanhã; o voo para casa no dia seguinte: a vida nova na Inglaterra. Mas sua cabeça só se detinha no passado, e no lado trivial das coisas: como o incidente com o cão mais cedo naquele dia.

"O que você andou fazendo em Nairóbi?", ela perguntou, intuindo o mal-estar dele, embora entregue aos próprios pensamentos.

"Na verdade, não consegui ir até lá", ele disse.

"Por quê?"

"Muito trabalho no escritório", murmurou, pegando um velho exemplar da *Punch* como se fosse para se proteger da mulher.

"Espero que esteja tudo bem agora — quero dizer, no escritório."

"Está. Andei verificando alguns arquivos. Restam uns poucos para ver amanhã e algumas cartas urgentes para responder. E tudo pronto para o novo substituto."

"Acharam alguém?"

"Sim — não — acho que não."

"Talvez um africano? Eles não estão africanizando tudo agora?"

Ele pousou a revista nos joelhos. Ficou rígido, como se um alfinete tivesse espetado suas nádegas. A visão que ele tivera mais cedo naquele dia voltou agora com mais nitidez ainda: jarros e tubos de ensaio no chão dos laboratórios, agora incluindo seu escritório entupido de cartas sem resposta, poeira e papéis jogados no chão. Sentia ciúmes do escritório, da ordem que ele criara; sentia ódio pelo sujeito que ia substituí-lo, e desejava que ele ao menos protegesse sua cadeira de quaisquer maus-tratos. Thompson sentia aquela dor calada, quase agonia, que as pessoas sentem quando percebem que talvez não sejam indispensáveis, afinal; que o colégio que deixaram, a universidade, o clube, iam aceitar novos membros, não importava quão irresponsáveis ou descuidados fossem, sem pena, como se elas jamais tivessem existido, como se elas jamais tivessem deixado uma marca nas coisas que consideravam suas. E, por nenhum motivo aparente, Thompson sentiu essa raiva se voltar contra a mulher; queria fazer-lhe uma pergunta, apresentar-lhe um desafio, descobrir se ela também estava contra ele. O que ele realmente queria saber era isto: se ele tivesse morrido ontem em Rira, na Floresta Kinenie, se morresse hoje, ela arranjaria outro homem? De repente ele abandonou a *Punch* e caminhou até a outra sala, sem responder à pergunta que Margery fizera. Alguns minutos depois voltou com uma pasta que continha livros de anotações e documentos, e começou a examiná-los.

Margery se levantou para retirar as xícaras e os pires. Ela se demorou diante da xícara dele, olhou-o e se lembrou dos dias antes de terem ingressado no serviço colonial, quando ele costumava abrir seu coração para ela, transportando-a na crista das ondas de sua visão moral e de seu otimismo. Isso foi quando John voltou para Oxford, depois das campanhas africanas da Segunda Guerra Mundial. Enternecida por essa recordação, ela percebia agora o estresse no rosto dele, e por um momento desejou desfazer aquilo com delicadeza, para sempre. E então pensamentos e memórias indóceis mataram esse desejo: quando, exatamente, eles tinham começado a seguir cada um o seu próprio caminho? Ela pegou depressa as coisas que faltavam e foi para a cozinha. Talvez tenha sido o trabalho o que o afastara. Pois à medida que ele se deixava absorver pelas tarefas cotidianas da administração, visando ser promovido, seus ideais foram perdendo o viço, e ela achou cada vez mais difícil penetrar no seu rosto inescrutável, até que por fim ficou difícil até ser capaz de sentir um mínimo de emoção e ternura por ele. Durante a calamidade de Rira ela fez um tremendo esforço para apoiá-lo e consolá-lo. Mas onde estava a verdadeira simpatia que ela, como esposa, deveria ter sentido? Ela não foi capaz de compartilhar sua agonia. Em vez disso, sentira a vergonha que uma criança sente quando de repente flagra um adulto correndo sobre campos e estradas para pegar uma borboleta.

Margery nunca permitiu que um pensamento a dominasse por muito tempo. Agora, na cozinha lavando pratos, ela se viu revivendo o ardor que sentira mais cedo no dia. Que ridículo, disse consigo mesma, se lembrando de cada mínimo detalhe do encontro com Karanja. Talvez seja porque eu estou indo embora da África. Não, talvez eu esteja ficando velha. Dizem que o calor da África provoca essas coisas nas mulheres. Ela riu baixinho, mas parou de repente: será que ela estava realmente usando a cozinha pela última vez? Será que ela nunca, nunca mais veria Githima de novo? Suas flores teriam algum valor para quem a viesse substituir naquela casa? Cada canto dela, as cadeiras, a mesa, as camas e até as paredes encerravam uma memória para Margery; na sua perambulação de distrito em distrito por todo o Quênia, nenhuma outra casa, nenhum outro lugar se ligara tão intimamente a ela. Nenhum outro lugar lhe dera tamanha sensação de alívio, de liberdade, de poder.

Foi em Githima que ela conheceu o dr. Van Dyke e algo nela, algo que nunca pensara ter, foi violentamente despertado. Ela se sentia fraca, alegremente fraca diante do homem. E no entanto, como eram repugnantes seus hábitos de beberrão, suas risadas excessivamente altas. Ele era certamente um contraste com John, sempre vestido de forma correta, sabendo como se comportar, jamais se permitindo ficar bêbado. Mesmo assim, Margery ganhou uma nova energia; o segredo, a audácia, a alegria anárquica de quebrar a lei aguçavam a excitação do caso deles. A primeira noite havia sido especialmente maravilhosa, um momento repleto de medo, curiosidade e espanto. Ela sabia que algo ia acontecer no momento exato em que seu marido abandonou o baile. Quando Van se ofereceu para levá-la em casa, ela se sentiu tão grata que poderia ter apertado seu braço. No carro, estacionado em uma das muitas florestas plantadas em Githima, ela fechou os olhos e os lábios dele tocaram os seus.

"Vamos para o banco de trás", suspirou ele no ouvido dela.

"Hoje não, Van, hoje não", sussurrou ela debilmente.

"Hoje. Agora", disse ele quase arrancando as roupas dela enquanto subia no assento traseiro.

Ela o seguiu, obediente, mal podendo falar.

"Por favor, vamos ter cuidado." Ela havia recuperado a voz enquanto o apalpava.

"Sim, sim."

"Seja delicado...", ela gritou, e suas palavras foram interrompidas pelo ímpeto do corpo dele; ela se agarrou a ele, temendo que o carro e o mundo inteiro cedessem debaixo dela. O silêncio na escuridão, o zumbido incessante na floresta acrescentaram algo mais ao momento. Depois ela chorou, pensando em como ia encarar o marido.

"Por que está chorando?"

"Meu marido."

"Que diabos!", ele praguejou baixinho.

O caso deles nunca foi feliz. Ela se tornou cada vez mais ciumenta. Nas festas, detestava vê-lo conversando ou rindo com outras mulheres. Mas não podia fazer uma cena em público, ou reclamar abertamente. Por isso suas brigas e discussões ocorriam em particular, nos momentos preciosos, já que roubados, quando eles deveriam estar sendo felizes. Um dia, John Thompson foi a uma conferência em Uganda. O dr. Van Dyke foi até a casa dela e pela primeira vez falou com ela sobre o seu trabalho. Falou sobriamente, sem palavrões, com um toque de orgulho.

"As pessoas não percebem o que enfrentamos aqui no Quênia. Você sabe, num país como a Inglaterra, que é relativamente plano, é fácil determinar, digamos, os movimentos de uma área de baixa pressão sobre o país. Mas no Quênia, onde a grande altitude tende a efetuar súbitas e inesperadas mudanças nas áreas de pressão, é muito mais difícil prever o tempo."

"Mas deve haver contrapartidas."

"Ah, sim. Com tantos fatores a considerar, a meteorologia em lugares como o Quênia ou a África do Sul fica muito mais animada..."

Ela penetrou num novo mundo e viu que havia mais coisas do que ela aprendera no colégio sobre índices pluviométricos, cataventos, linhas isobáricas, áreas de baixa pressão, massas de ar. Ela sabia que ele nascera e fora educado na Rodésia do Sul, que em cada lugar ele se sentia assombrado por coisas que não conseguia compreender; não parava de fugir, por assim dizer, até que veio para Githima, onde somente a bebida, assim ela concluíra, o mantinha reconciliado consigo mesmo. Mas aquela havia sido a primeira vez que ele falara sobre seu trabalho. Aos poucos a conversa se desviou para a vida deles e ela começou a sondar seus casos com outras mulheres. "Que inferno! Eu não sou seu marido!", gritou ele, e saiu no meio da noite, deixando-a no sofá, solitária, arrasada. "Eu nunca mais quero vê-lo de novo", disse consigo mesma. No dia seguinte lhe enviou um bilhete, pedindo que voltasse rápido para ela.

Muitas vezes ela ficava num ânimo de feroz autoanálise. Via sua relação com o marido de uma nova maneira. Era impossível negar que John tivesse uma ascendência sobre ela, e era a ele que ela realmente pertencia. Seria este o único significado do casamento? Em momentos assim, ao se atolar no pesadelo da culpa e do ódio a si mesma, ela sentia ternura por ele. O desejo impulsivo de confessar, de admitir a verdade, era muito forte. Ela odiava o dr. Van Dyke. Mas, quanto mais o detestava, maior era o poder que ele exercia sobre ela: ela desejava seu corpo, o mergulho desvairado na escuridão desconhecida, uma orgia de repugnância, desespero e atração. O ciúme e o temor das coisas que ele fazia por trás de suas costas corroíam sua paz e tranquilidade.

E então, inesperadamente, o trem reclamou o seu amante: de modo surpreendente, ela não sentiu tristeza nem nada; na realidade, a primeira reação foi uma sensação de paz reconquistada. Em pouco tempo, contudo, ela ficou inquieta, como alguém que sente falta de algo sem saber exatamente o que perdeu. Começou a cultivar flores (abandonara esse hobby durante o caso) com um entusiasmo renovado.

Todas essas coisas passavam pela sua cabeça enquanto ela lavava os pratos. A tristeza se transformou em fadiga e impaciência com o marido. Eles estavam à beira de uma mudança, refletiu ela, e mesmo assim ele não queria falar. A Uhuru criara uma crise na vida deles e ele se comportava como se nada tivesse acontecido. Não que ela soubesse exatamente o que queria que ele dissesse: mas que marido e mulher pelo menos compartilhassem suas ansiedades sobre tudo: seu passado, a festa amanhã, seu voo para casa na quarta.

Sim, ela o obrigaria a falar esta noite, resolveu, parando de secar os pratos, voltando para a sala de estar, determinada. John estava olhando para o monte de livros de anotações e papéis diante dele, por vezes rabiscando algo com a mão que parecia trêmula. Ela se debruçou sobre ele, pôs o braço em volta de seu pescoço e tocou ligeiramente o lóbulo de sua orelha esquerda com os lábios. Ficou espantada consigo mesma, já que não fazia isso havia anos. De repente, sua feroz determinação de obrigar seu relacionamento a assumir abertamente uma crise amainou.

"Boa noite."

"Boa noite."

"E não demore", falou ela a caminho do banheiro e, a seguir, da cama.

Thompson veio primeiro para a África Oriental durante a Segunda Guerra Mundial, como oficial, destacado para o King's African Rifles. Tomou parte ativamente nas campanhas de

Madagascar em 1942. Fora isso, passou a maior parte do tempo no Quênia, cumprindo tarefas de treinamento na guarnição. Depois da guerra voltou para seus estudos interrompidos em Oxford. Foi lá, estudando história, que descobriu seu interesse pela evolução do Império Britânico. De início, era um interesse de historiador, sem envolvimento pessoal. Mas, quando chegou a ler os poemas de Rudyard Kipling, sentiu uma rápida centelha, uma chama que se avivava. Viu-se como um homem que possuía um destino, um homem com vocação para grandes coisas no futuro. Ele estudou a obra e a vida de Lord Lugard. E depois um encontro casual com dois estudantes africanos cristalizou seus anseios, transformando-os numa convicção concreta. Eles falavam sobre a literatura, a história e a guerra; eram todos entusiastas da missão mundial que cabia aos britânicos. Os dois africanos vinham de uma família de chefes da então Costa de Ouro, e tinham uma verdadeira compreensão da história e da literatura. Isto encheu Thompson de espanto e admiração. Sua mente começou a trabalhar. Ali estavam dois africanos que se vestiam, falavam e possuíam uma potência intelectual em nada diferente dos britânicos. Onde estavam a irracionalidade, a inconsistência e a superstição tão características das raças africanas e orientais? Elas haviam sido substituídas pelos três princípios básicos da mente ocidental: i.e., o princípio da Razão, da Ordem e da Medida. Durante dias e semanas ele pensou sobre isso com uma impressão recorrente: os dois africanos pareciam orgulhosos de sua tradição e herança britânicas. Thompson ficou excitado, consciente de estar à beira de uma grande descoberta: o que, exatamente, era a natureza dessa herança? Acordou exultante uma noite e viu seu destino figurado numa ideia.

"Meu coração se encheu de alegria", escreveu ele mais tarde. "De um lampejo, fiquei convencido de que o crescimento do Império Britânico representava a evolução de uma grande ideia moral: isto significa que ele devia certamente levar à criação de uma só nação britânica, abarcando povos de todas as cores e crenças, baseada no princípio justo de que todos os homens foram criados iguais.

"Para mim, uma grande luz se acendera na escuridão."

Transformar o Império Britânico numa só nação: isso não explicava uma série de coisas? O motivo, por exemplo, pelo qual tantos africanos haviam se oferecido em sacrifício na guerra contra Hitler?

Desde o início, tão logo botou as mãos numa caneta para registrar seus pensamentos, o título do manuscrito já flutuava diante dele. Ele o chamaria: PRÓSPERO NA ÁFRICA. Nele, argumentava que ser inglês era basicamente uma atitude mental: era uma maneira de encarar a vida, o relacionamento humano, a ordenação justa da sociedade humana. Não seria possível reorientar as pessoas para essa forma de vida, alterando seu ambiente social e cultural? *Próspero na África* era o resultado de um mergulho assíduo na história inglesa, e na história geral da colonização, da era romana até o presente. Ele era influenciado pela política francesa da assimilação, mas criticava os franceses, assim como aquilo que chamava de "conceito retrógrado de Lugard sobre o Governo Indireto".

"Precisamos evitar o erro francês de assimilar somente a minoria educada. O camponês da Ásia e da África precisa ser incluído nesse esquema moral de reabilitação. Na Grã-Bretanha nós já tivemos o nosso camponês, e agora o nosso trabalhador, e eles não deixam de ser parte integral de nossa sociedade."

Era para Margery que ele muitas vezes revelava sua ambição. A primeira coisa que a fez sentir atraída por ele foi a tristeza e a distância presentes em seu rosto. Ela admirava o seu brilhantismo. Sua paixão moral dava sentido à vida. Uma vez foram passear em Londres. Ficaram, durante algum tempo, em St. James Park, com os olhos erguidos em direção à Abadia de Westminster, à Câmara dos Comuns e além. Margery descansou a cabeça em seu ombro, como se quisesse que ele a levasse para aquelas terras das quais falava. Ele levou. Alguns anos mais tarde, o sr. e a sra. Thompson tomaram um navio para a África Oriental, para estarem no centro do drama da administração colonial.

"Estou encantado", escrevera ele ao chegar a Mombaça, "em tocar a terra vermelha do Quênia. Estive aqui durante a guerra e gostei do clima. Nessa época eu nunca soube que voltaria numa missão diferente."

Ele sempre recordara essas palavras. E mesmo hoje, na véspera de sua partida da África Oriental, o toque dos dedos de Margery havia recuperado uma centelha da fé da qual estivera então imbuído. Sua fé no Imperialismo Britânico o fizera certa vez declarar: administrar um povo é administrar uma alma. Ele estava então conversando com um grupo de oficiais no New Stanley Hotel. Depois do jantar, escrevera as palavras no seu diário — não, não era um diário, e sim uma porção de anotações que rabiscava em vários momentos e locais de sua carreira, na esperança de incorporá-las a uma filosofia coerente em *Próspero na África*. Estas eram as anotações que se encontravam agora diante de Thompson; ele as folheou, demorando-se sobre as que chamavam sua atenção.

Nyeri é cheia de montanhas, morros e vales profundos cobertos de florestas impenetráveis. Essas árvores primevas sempre atemorizaram a mente primitiva. A escuridão e o mistério da floresta levaram-no (o homem primitivo) à magia e ao ritual.

O que é esse negócio chamado Mau Mau?

O dr. Albert Schweitzer diz: "o negro é uma criança, e em se tratando de crianças não se pode fazer nada sem o uso da autoridade". Agora que já trabalhei em Nyeri, Githima, Kisumu, Ngong, eu concordo.

Estou de volta a Nyeri. As pessoas estão se mudando para aldeias para cortar a ligação entre elas e os terroristas. Ao queimar casas na antiga aldeia, senti de repente que minha vida estava chegando a um cul-de-sac.

O coronel Robson, Chefe Sênior de distrito em Rung'ei, Kiambu, foi barbaramente assassinado. Vou substituí-lo em

Rung'ei. É preciso usar um porrete. Nenhum governo pode tolerar a anarquia, nenhuma civilização pode ser construída com essa violência e selvageria. O Mau Mau é o mal: um movimento que, se não for barrado, significará a destruição de todos os valores com base nos quais nossa civilização tem prosperado.

"Todo homem branco corre continuamente o perigo de se arruinar moralmente nesta disputa diária e a cada hora com o africano." Dr. Albert Schweitzer.

Ao lidar com o africano você é obrigado muitas vezes a fazer o que é inesperado. Um sujeito veio à minha sala ontem. Ele me falou sobre um líder terrorista procurado. Desde o início eu tinha a convicção de que ele estava mentindo, estava representando, talvez para me enganar ou esconder sua própria participação no movimento. Ele parecia estar rindo de mim. É preciso lembrar que o africano é um ator nato, e por isso acha tão fácil mentir. De repente cuspi na sua cara. Não sei por quê, mas foi o que fiz.

Thompson abriu os olhos de volta para o presente. Fitava o manuscrito sem ver nada. Antes de Rira, seu caminho ascendente era claro, totalmente aberto. Agora, em Githima, ele percebeu a ironia das palavras que havia escrito, ironia realçada pelo fato de o consorte da Rainha ser o convidado de honra da cerimônia da Uhuru. Seu ideal, vividamente ressuscitado pelo toque de sua mulher, zombava dele: o que teria acontecido se ele houvesse atingido o cume, como Comissário Distrital, Comissário Provincial ou Governador? Tudo isso ficaria para trás, como esta casa, o escritório, Githima e o país. Que os tolos como a dra. Lynd permanecessem. Mas todos acabariam sendo expulsos sem nenhuma cerimônia. É por isso que Thompson havia pedido demissão, para fugir antes da Uhuru. Por que as pessoas deveriam esperar para serem expulsas pelos seus criados? Lembrou-se da dra. Lynd e sua história. A mentira dele a Karanja. Queria conversar com Margery. Naquela noite, de qualquer forma, porque ela renovara sua fé nele. Seus olhares suaves e sua voz delicada exorcizariam as alucinações que o atormentavam. Como envelhecemos nesse período. Ele se preparou para o esforço. Seu coração se avivou de medo e esperança quando ele entrou no banheiro para os preparativos da grande confissão.

Abriu a porta do quarto com cuidado e entrou. Não ligou a luz, sentindo que a escuridão criaria a atmosfera certa. O homem era feito para morrer continuamente e começar de novo. Suas mãos tremiam ligeiramente, e ele sentiu que a escuridão o envolvia quando estendeu a mão para a cama. Mas Margery já estava dormindo. Thompson percebeu e sentiu um enorme alívio e gratidão. Meteu-se na cama, mas levou um bom tempo para pegar no sono.

Seis

Deus ajuda a quem madruga, é o que se diz, de dedo apontado para alguém que conseguiu sucesso pelo próprio esforço e conquistou riqueza e posição social, esquecendo que milhares trabalham e passam fome todo dia, sem jamais melhorar sua situação material. Essa moral, aplicada tão rotineiramente, parecia ser verdade no caso de Gikonyo. As pessoas em Thabai diziam: os campos de detenção o ensinaram a cuidar de si mesmo.

Gikonyo participou de um dos primeiros grupos de detentos a passar pela peneira e voltar à aldeia. (A peneira era o eufemismo oficial para a rede de campos de concentração pelos quais todos os detentos precisavam passar.) Quando voltou, seus únicos companheiros eram um velho serrote e um martelo. Felizmente, ele voltara durante as colheitas de agosto e setembro, quando há uma grande demanda de carpinteiros para construir paióis e galpões para o milho, o feijão e as batatas. As pessoas em Thabai o conheciam desde antes da Emergência. Ele agora trabalhava com mais afinco e aprontava cada paiol no prazo. Recebia mais encomendas. Mas se ele cumpria prontamente sua parte do contrato, esperava que a outra parte cumprisse do mesmo modo. Assim insistia em receber no dia e na hora combinados. Não perdoava o atraso. Tratava os pobres e os ricos da mesma maneira. A única diferença é que dava um prazo maior para conseguir o dinheiro a quem assim o solicitasse. Mas, na data combinada, seja um, dois ou três meses depois, o dinheiro tinha que estar ali. "A detenção o mudou", gemiam eles. Mas confiavam e vieram a respeitar seus escrúpulos e sua honestidade. Pelo menos ele cumpria no prazo sua parte do negócio.

Em vez de comprar roupas para ele e para a família, Gikonyo fez o que os comerciantes indianos costumavam fazer. Comprou milho e feijão baratos durante a colheita, ensacou-os e os guardou na cabana fuliginosa da mãe. Era lá que ele e Mumbi também moravam. Ele raciocinava: elas (a mulher e a mãe) andaram nuas e com fome durante os últimos seis anos. Alguns meses de espera não fariam grande diferença. Quando a grande oferta de empregos criados pela colheita acabava, Gikonyo fazia biscates aqui e ali, à espera de uma oportunidade. Em Thabai e nas aldeias em volta de Rung'ei, a maioria das famílias havia consumido toda a sua colheita ao chegar janeiro. Então sempre se seguiam um ou dois meses de seca antes que as grandes chuvas de março começassem. Mesmo assim, as pessoas precisavam esperar que a plantação crescesse. Essa era a época em que Gikonyo abandonava o trabalho de encomendas de carpintaria para entrar no mercado. Ele ia para o mercado cedinho de manhã, comprava uma ou duas sacas de milho no atacado de fornecedores legais, e às vezes do mercado negro do vale do Rift. Mais tarde sua mulher e sua mãe vinham ter com ele. Junto das outras mulheres do mercado, Mumbi e Wangari vendiam o milho a varejo, usando pequenas cabaças como medida. Com o dinheiro apurado, Gikonyo novamente regateava uma nova saca, que as duas mulheres vendiam a varejo. O lucro obtido era reinvestido no negócio no próximo dia de mercado. Às vezes Gikonyo comprava uma saca de milho e vendia ali mesmo para outra pessoa a um preço maior. Jamais era grosseiro com os fregueses. Falava convicta e humildemente e se punha a serviço deles; sempre pronto para se desculpar, ele insistia em dar atenção imediata à freguesia. Deste modo, induzia o dinheiro a entrar. As mulheres, especialmente, gostavam de negociar com ele. "Fala tão bem, e é tão honesto, além disso", diziam. Assim sua fama se espalhou pelo mercado. Gikonyo sempre esperava que o milho ficasse muito escasso. O fornecimento das fazendas europeias do vale do Rift era severamente controlado. Na hora certa, ele despejava no mercado o que havia guardado, a um preço alto.

Tinha sido uma vida de luta. Primeiro os outros homens o desprezavam por fazer um trabalho de mulher. Roçando o corpo nos vestidos das mulheres. Mas quando sua sorte mudou, eles começaram a respeitá-lo. Alguns até tentaram seguir o seu exemplo, com vários graus de sucesso.

A história do enriquecimento de Gikonyo, embora em pequena escala, encerrava uma lição moral que toda mãe em Thabai ensinava aos filhos.

"Sua mulher e sua velha mãe não precisam mais roçar vestidos com as outras mulheres no mercado. Isso só aconteceu porque o filho não teve medo de sujar as mãos. Ele nunca dormiu até o meio-dia, como um europeu."

É verdade que Gikonyo sempre acordou cedo. Não deixava que problemas sentimentais ou quaisquer outros o desviassem de seu objetivo imediato. Na manhã seguinte à visita a Mugo, por exemplo, ele acordou antes das galinhas e foi a Kiriita, além das terras altas, onde comprou verduras que mais tarde levaria para Nairóbi. Fornecer verduras para Nairóbi (Gikonyo tinha muitas encomendas de lá) era um negócio lucrativo, especialmente se você azeitasse com dinheiro o seu relacionamento com a polícia de trânsito e a do mercado, que sempre podiam criar problemas para os negociantes africanos. O governo autônomo não mudara o tratamento preferencial dado aos europeus e asiáticos. Já que Gikonyo não dirigia, empregara dois sujeitos, um motorista e um ajudante, que cuidavam dessa parte do negócio. Mas Gikonyo mantinha um olho em tudo. De qualquer maneira, gostava de dar o tom para os seus empregados. Durante a hora do almoço, ele se reunia com o comitê responsável pela decoração do campo onde haveria atividades esportivas e danças no dia da Uhuru.

À tarde tinha um encontro com o deputado da área. Cerca de um mês antes, Gikonyo e cinco outros sujeitos haviam resolvido se associar e comprar juntos uma pequena fazenda pertencente a Richard Burton. Burton foi um dos primeiros colonos que, encorajados pelo governo britânico a se assentar no Quênia depois do término da ferrovia para Uganda, vieram e compraram a terra por uma ninharia. Seus filhos nasceram no Quênia, estudaram lá — os meninos na Prince of Wales School, e as meninas na Kenya High School (ou, como a chamavam, a *Heifer Boma*), e depois foram para a Inglaterra fazer os estudos universitários. A maioria ficou na Inglaterra, mas um filho e uma filha haviam voltado para o Quênia. O filho trabalhava para uma das grandes companhias de petróleo, em Nairóbi. Já velho, Burton, na verdade, não conhecia outro lar senão o Quênia, e nunca pretendera deixar o país (jamais chegou a ir à Inglaterra de férias ou por motivos de saúde) até que percebeu, sem dúvida alguma, que o poder ia para as mãos dos negros. Pois, como muitos colonos, e a despeito das dicas de seu líder, sir Michael Blundell, Burton jamais acreditou que o governo britânico abdicaria do poder. Agora Burton queria vender a terra que ele amava, e na qual investira tanto de sua vida, para voltar à Inglaterra. Gikonyo já fizera contato com Burton e combinara os primeiros passos. Já que os cinco sujeitos só conseguiram levantar metade da quantia (Burton queria em espécie), Gikonyo fora ao deputado para ver se ele podia recomendá-los, ou usar sua influência por debaixo dos panos, para que obtivessem um empréstimo bancário subsidiado pelo governo. O deputado ouvira seriamente as necessidades deles, anotando todos os detalhes da fazenda. Em seguida dissera a Gikonyo que voltasse naquele dia. "Este é o autêntico espírito Harambee. Esta é a autêntica autoajuda", disse ele a Gikonyo, apertando sua mão com firmeza.

E Gikonyo estava muito esperançoso ao sair, apressado, da reunião para pegar um ônibus para Nairóbi. O ônibus, chamado UM FILHO DILIGENTE, pertencia a uma dessas pessoas de Rung'ei que haviam feito fortuna durante a Guerra de Independência. Eram sujeitos que, através da cooperação ativa com o governo colonial, haviam adquirido licenças de comércio e até empréstimos para desenvolver seus negócios. Apesar de esperançoso, Gikonyo se sentia ligeiramente amargurado por ter de fazer aquela viagem toda até Nairóbi. Poucos deputados tinham escritórios nas regiões que representavam. Tão logo eram eleitos, corriam para Nairóbi e eram raramente vistos em suas bases, exceto quando voltavam com líderes nacionais para fazer grandes comícios. Antes de chegarem a Nairóbi, o ônibus foi parado por dois policiais africanos. Um entrou e contou o número de passageiros enquanto o outro pedia a carteira do motorista. O ônibus tinha dois passageiros a mais. O motorista discutiu com os policiais. Em seguida o cobrador levou os policiais para fora e acenou ao motorista que prosseguisse. O motorista entendeu o sinal. Andou alguns metros e parou. O cobrador logo veio correndo e entrou no ônibus. "Eles só queriam uns xelins para o chá", disse, e as pessoas no ônibus riram. UM FILHO DILIGENTE continuou sua viagem até a cidade. A rodovia Uhuru (ex-Princesa Elizabeth) estava ladeada de colunas com as novas bandeiras pretas, verdes e vermelhas do Quênia, e bandeiras de outros países africanos. Por um momento Gikonyo esqueceu sua missão à cidade e seu coração tremulou com as bandeiras. Ele desceu do ônibus e caminhou pela avenida Kenyatta, sentindo por um instante como se a cidade realmente lhe pertencesse. A estátua de Lord Delamere que havia orgulhosamente dominado a avenida (que antes ostentava seu nome) fora substituída por uma fonte ao redor da qual se agrupavam africanos e africanas, espalhados pela área do New Stanley Hotel, todos apontando e falando sobre os esguichos rotatórios da água. "São muitos pênis esguichando água, em disputa", Gikonyo ouviu uma mulher dizer. As outras ao redor dela riram. Para Gikonyo, Nairóbi parecia pronta para a independência. Ele decidiu que, quando voltasse a Thabai, tentaria injetar algum entusiasmo na decoração de Rung'ei.

Atravessou Goverment Road até Victoria Street e sua mente de homem de negócios começou a funcionar de novo. Começou a pensar, muitas vezes o fazia quando atravessava essas duas ruas, por que não havia uma única loja africana em toda a área central e de negócios de Nairóbi. Na verdade, Nairóbi, diferentemente de Kampala (pelo menos é o que disse Kariuki), nunca foi uma cidade africana. Os indianos e os europeus controlavam a vida comercial e social da cidade. Os africanos só entravam para varrer as ruas, dirigir os ônibus, fazer compras e depois voltar para casa na periferia, antes do cair da noite. Gikonyo previu que homens de negócios africanos, como ele, ocupariam todos aqueles espaços!

Uma multidão esperava do lado de fora do escritório do deputado, porque ele não estava. Mas as pessoas estavam acostumadas a compromissos furados e promessas furadas. Às vezes continuavam a vir, dia após dia, sem que vissem seu representante.

"É como tentar encontrar Deus", reclamou uma mulher.

"Por que, o que você quer com ele?"

"Meu filho quer uma bolsa para a América. E você?"

"Só problemas em casa. No sábado passado vieram e prenderam meu homem porque ele não tem pagado impostos. Mas como ele vai pagar pelo título de eleitor? Está desempregado. Nossos dois filhos tiveram de abandonar a escola porque não há dinheiro..."

Algumas pessoas tinham vindo por problemas fundiários, outras para aconselhamento sobre problemas conjugais, e outras ainda formavam uma delegação que buscava o apoio do deputado para a criação de uma escola secundária na sua serrania.

"Nossos filhos não têm para onde ir depois da escola primária", explicava um dos anciãos.

Depois de uma hora mais ou menos o deputado chegou; vestia um terno escuro e portava uma pasta de couro. Fumava cachimbo. Saudou a todos como um pai ou diretor de colégio saúda os filhos. Entrou no escritório sem se desculpar. As pessoas foram entrando uma a uma.

O coração de Gikonyo batia cheio de esperança. Se eles conseguissem obter esse empréstimo! A visão de um novo futuro se descortinou diante dele. Eles tocariam a fazenda numa base cooperativa — teriam vacas de qualidade, cultivariam píretro, chá, milho — tudo. Mais tarde a cooperativa poderia ser ampliada para conter mais gente. Uma nova irmandade negra nos negócios! Finalmente, chegou sua vez. O deputado pareceu espantado em vê-lo.

"Sente-se, sente-se, sr. Gikonyo", disse ele generosamente, mostrando uma cadeira com a mão esquerda, enquanto a direita apoiava o cachimbo na boca. Tirou uma pasta da gaveta, abriu-a e por alguns minutos pareceu realmente absorto. Gikonyo esperava em suspense. O deputado ergueu o rosto da pasta e se recostou na cadeira. Tirou o cachimbo da boca.

"Agora vamos falar desses empréstimos. Eles são difíceis de obter. Mas estou tentando ao máximo. Dentro de poucos dias talvez eu tenha boas notícias para lhe dar. Sabe, esses bancos ainda são controlados pelos brancos e indianos. Mas alguns já estão percebendo que não podem dispensar a *ajuda* de nós, políticos. Gikonyo, irmão, eles *precisam* da gente!"

"Quando posso voltar?", perguntou Gikonyo, incapaz de esconder sua decepção.

"Ah! Vamos ver. Hoje é..." Ele folheou sua agenda e depois levantou os olhos para Gikonyo.

"Vamos deixar as coisas assim: digamos que eu vá te ver, ou mesmo te escreva, quando tiver resultados, certo? Você tem uma loja em Rung'ei, não tem?"

"Tenho."

"Isso evita uma porção de complicações. Vamos deixar assim?"

"Está bem", disse Gikonyo se levantando. Na porta, virou-se.

"Você acha que é possível a gente conseguir o empréstimo ou devemos seguir em frente e descobrir outros meios de arranjar o dinheiro?"

Gikonyo achou ter detectado um sobressalto na expressão do outro.

"Ah, não, não", disse ele, levantando-se. E caminhou com passos medidos até onde estava Gikonyo. "Não há dificuldade quanto a isso. Os empréstimos existem. É só uma questão de conhecer os caminhos certos. Eu te disse: os brancos não podem nos dispensar!... Deixe comigo. Está certo?"

"Está certo!", Gikonyo disse, resolvido a ir ver o sr. Burton no dia seguinte. Se o sr. Burton aceitasse metade do dinheiro agora, eles certamente lhe dariam o resto quando o empréstimo saísse, ou então levantariam o dinheiro por outros meios. Antes que Gikonyo tivesse andado alguns metros, ele ouviu gente assobiando às suas costas. Virou a cabeça e viu que as pessoas o chamavam. O deputado o chamara de volta. Então ele subiu novamente a escada até o escritório.

"É sobre essas comemorações da Uhuru em Rung'ei. Por favor, agradeça ao braço do Partido e aos anciãos por me convidar. Mas nesse dia todos os parlamentares foram convidados para várias funções aqui na *capital.* Sabe, a gente tem tantos convidados estrangeiros para cuidar. Por isso peça desculpas por mim ao povo e diga que eu não posso ir."

"Uhuru!"

"Uhuru."

Dois dias depois, as pessoas falavam de Mugo nas oito serras em volta de Thabai, com vários graus de exagero, sobre como ele organizara a greve de fome em Rira, um ato que fez Fenna Brokowi levantar várias questões na Câmara dos Comuns na Inglaterra. Seus hábitos solitários e comportamento excêntrico nas reuniões o marcavam como um homem escolhido. Merecia ser lembrado também que os anos de detenção e sofrimento haviam reforçado, em vez de diminuído, sua forte compleição. Ele era alto, com olhos grandes e escuros; as linhas do rosto eram retas, bem demarcadas, quase talhadas em pedra — uma dessas pessoas cujo aspecto é o bastante para infundir esperança e confiança.

Mas nem no domingo nem na segunda Mugo teve algum pressentimento da adoração generalizada com que ele ainda se defrontaria. Na verdade, a súbita proposta do Partido o desequilibrara. Ele acordou de manhã na esperança de que a experiência da noite anterior tivesse sido apenas mais um sonho. Mas a visão dos bancos onde os emissários haviam se sentado dissolveu essa ilusão. As palavras ditas passaram pela sua cabeça com uma urgência de pesadelo. Por que eles queriam que ele liderasse as comemorações da Uhuru? Por que não Gikonyo, Warui ou um dos combatentes da floresta? Por que Mugo? Por quê? Por quê?

Ele pensou em ir ao shamba. Não, ele não conseguiria trabalhar. Além do mais, não queria andar pela aldeia. Não queria encontrar Warui, Wambui, Githua ou a velha. Uma caminhada até Rung'ei seria melhor. Era mais um dia de calor; a areia queimava seus pés descalços; a poeira se juntava e aderia a seus artelhos suados. O calor acentuava a excitação febril e a confusão na sua cabeça. Sim... eles me querem... eu... para fazer um discurso... elogiar Kihika... e tudo isso... Meu Deus... nunca fiz um discurso... ah, sim!... já fiz... eles disseram que sim... disseram que foi bom... Rá-rá-rá... contei a eles mentiras e mais mentiras... eles acreditaram... qualquer um... por que eu... eu... eu... eles querem me pegar... Gikonyo — cunhado de Kihika... o general R.... o tenente Koina... Ah, sim... um discurso... falar... palavras...

Mugo só fizera um discurso de verdade na vida. Foi num comício que ocorreu do lado de fora das lojas de Kabui, perto de Thabai. O Movimento patrocinou o evento para apresentar ao público os detentos que estavam de volta. Mugo concordou em ir porque, então, havia pensado que poderia voltar a ter uma vida normal na aldeia: para que chamar atenção sobre si mesmo recusando-se a ir? Muita gente de Thabai ia ao comício porque, como vocês devem se lembrar, só recentemente fora permitido que tivéssemos reuniões políticas; outros vinham, na esperança de se divertir com casos de fugas e outros feitos heroicos. A situação do Quênia na época era esta: o Estado de Emergência acabara oficialmente (quase um ano antes), mas Jomo Kenyatta e seus cinco compatriotas do julgamento de Kapenguria ainda estavam presos. Também as muitas feridas que nosso povo sofrera ainda estavam muito abertas para serem vistas ou tocadas.

Os líderes do Partido do distrito foram os primeiros a falar. Disseram que Jomo Kenyatta precisava ser solto para liderar o Quênia até a Uhuru. O povo não aceitava nenhum outro como primeiro-ministro. Pediram a todo mundo que votasse nos candidatos do Partido nas próximas eleições: um voto no candidato era um voto em Kenyatta. Um voto em Kenyatta era um voto no Partido. Um voto no Partido era um voto no Movimento. Um voto no Movimento era um voto no Povo. Kenyatta era o Povo! O comício havia sido convocado, de fato, para apresentar os homens cujo sacrifício e lealdade à pátria tinham tornado essas eleições possíveis.

O tom retórico fora compreendido pelos detentos que se levantaram para discursar. Eles falaram do sofrimento sob os brancos, ilustrando isso com episódios que revelavam seu profundo amor pelo Quênia. No intervalo entre os oradores as pessoas cantavam: o Quênia é o país dos negros. Esses discursos foram resumidos por um detento, que disse: "O que pode ser maior que o amor pelo país da gente? O meu amor pelo Quênia me manteve vivo e capaz de suportar tudo. Portanto é verdade, o Quênia é o país dos negros".

Foi nessa hora que alguns detentos que tinham ouvido falar sobre o caso de Mugo em Rira empurraram-no para a frente. Entre eles estava Nyamu (mais tarde eleito secretário do braço local do Partido), que também estivera em Rira na semana em que os onze detentos haviam sido mortos a pancadas. Mugo ficou diante da multidão. Sua voz, inexpressiva, enferrujada, o espantou. Falou num tom monótono seco, cansado, quase como se estivesse contando cenas que não queria recordar.

"Eles nos levaram para as estradas e pedreiras, até os que nunca tinham feito nada. Chamaram a gente de criminosos. Mas não porque a gente tinha roubado alguma coisa ou matado alguém. A gente só tinha pedido algo que nos pertencia desde o tempo de Agu e Agu. Dia e noite, eles nos obrigavam a cavar. Ficamos doentes, muitas vezes dormíamos de barriga vazia, e nossas roupas viraram trapos e farrapos, de modo que a chuva, o vento e o sol conheciam a nossa nudez. Naqueles dias não permanecemos vivos por acreditar que a nossa causa fosse forte. Nem mesmo por amar nosso país. Se isso fosse tudo, quem não teria morrido?

"Só pensávamos na nossa casa.

"A gente ansiava pelo dia de ver nossas mulheres rir, ou mesmo ver nossos filhos brigar e chorar. Quando a gente pensou que um dia voltaria para ver os rostos e ouvir as vozes de nossas mães e nossas mulheres, e nossos filhos, a gente se tornou forte. Sim. Se tornou forte mesmo nos dias em que a causa pela qual o sangue foi derramado parecia — parecia—"

De início Mugo gostou da distância que ele criara entre ele mesmo e a voz. Mas rapidamente a voz o repugnou. Ele queria gritar: isso não é tudo; eu não queria voltar; eu não ansiava voltar para minha mãe, mulher ou filho porque eu não tinha nada disso. Digam então, a quem eu poderia ter amado? Ele parou no meio de uma frase e desceu do palanque em direção a sua cabana.

Depois do comício Mugo se refugiou no mutismo. As pessoas continuaram com seu trabalho cotidiano, reconstruindo o que havia sido quebrado. Vieram as eleições. O povo botou o Partido no poder e retomou a labuta. Mugo achou que Thabai o esquecera. Mas há lendas que vicejaram em terreno menos fértil. As pessoas no comício disseram que ele ficou tão emocionado que não conseguiu mais falar. E toda vez que Warui comentava o comício, jamais se esquecia de dizer: "Aquelas foram palavras saídas de um coração fora do comum".

Mugo caminhava com determinação, como se pretendesse chegar cedo ao seu destino. Sua mente de repente via todo seu passado num clarão — como quando um raio divide a noite ao meio. Sua vida inteira se condensava no clarão. Em seguida ele escolhia os acontecimentos, tentando pular os que o faziam sofrer. Ele se lembrou daquele comício — e então sua mente voltou para a reunião da noite anterior. "Julgue ele os aflitos do povo, salve os filhos do necessitado, e esmague o opressor." As palavras o emocionaram; uma luzinha dançou mais uma vez diante dele. Ele ficou ali, paralisado. Então, de repente, outros pensamentos o inundaram e apagaram a luzinha. A não ser que desconfiassem dele, o general R. teria feito aquelas perguntas incisivas? Encontrar alguém uma semana depois? Karanja? Sim, será que eles poderiam realmente ter pedido que ele assumisse seu lugar na sociedade tecendo loas ao sujeito que ele traíra de forma tão desleal?

Mugo se sentia oprimido por esses temores, esperanças e dúvidas, quando de noitinha Gikonyo disse "hodi" na porta e entrou. Durante um momento os dois ficaram ali, constrangidos pelas respectivas presenças.

"Sente-se." Mugo lhe ofereceu um banco perto do fogo.

"Tenho certeza de que você não me esperava", começou Gikonyo a dizer encabulado, depois de ter se sentado.

"Não tem problema. Suponho que você veio saber a minha decisão."

"Não. Não é isso que me trouxe aqui esta noite." Ele contou a Mugo sobre a viagem a Nairóbi e o encontro com o deputado.

Mugo, que estava sentado na cama diante de Gikonyo, esperou que ele continuasse. O fogo, contido por três pedras na lareira, brilhava no meio deles.

"Mas não foi isso que me trouxe aqui. São meus problemas, problemas do coração." Gikonyo sorriu e tentou ser casual. "Eu realmente vinha para te fazer uma pergunta", terminou ele com uma pausa dramática.

O coração de Mugo murchou entre o medo e a curiosidade.

"Você sabe que numa época você eu estivemos no mesmo campo de detenção?", disse Gikonyo, tateando o caminho para a conversa.

"Estivemos? Não consigo lembrar." Embora ligeiramente aliviado, Mugo ainda desconfiava. "Havia tanta gente", acrescentou ele depressa.

"Foi no campo de Muhia. Nós soubemos que você seria levado para lá. É claro que já tínhamos ouvido falar de você em conexão com a greve de fome em Rira. As autoridades não nos disseram nada. Era supostamente um segredo, mas nós sabíamos."

Mugo se lembrava nitidamente de Rira e de Thompson, que batera nele. De Muhia, só conseguia se lembrar do arame farpado e do campo seco e plano. Mas a maioria dos campos era em regiões assim.

"Por que você está me contando tudo isso? Eu não gosto de lembrar."

"Você alguma vez se esquece?"

"Eu tento. O governo diz que devemos enterrar o passado."

"Eu não consigo... jamais esquecerei", gritou Gikonyo.

"Você sofreu muito?", perguntou Mugo com simpatia.

"Não, não sofri. Quero dizer... sabe que nunca me bateram, nem uma vez. Isso te surpreende?"

"Havia alguns que não apanhavam, eu sei."

"Você apanhava?"

"Sim. Muitas vezes."

"Você foi corajoso em não confessar. A gente admirava a sua coragem, e escondíamos nossas cabeças, de vergonha."

"Não havia nada a confessar."

"A gente confessava. Eu teria feito qualquer coisa para voltar para casa."

"Você tinha uma mulher. E uma mãe."

"Sim. Você compreende."

"Não, eu não compreendo, eu não compreendo nada", declarou Mugo, com a voz alterada.

"Por que você falou assim, então?"

"Quando?"

"No comício! Lembra? Muitos de nós falávamos assim porque queríamos nos enganar. Diminuir a culpa. Falávamos de lealdade ao Movimento e do amor à pátria. Sabe que houve um tempo em que eu não dava mais importância à Uhuru para o país. Eu só queria voltar para casa. E eu teria vendido o Quênia para os brancos para comprar minha própria liberdade. Eu admiro gente como Kihika. Eles são tão fortes que morrem pela verdade. Eu não tenho essa força. Era por isso que na detenção nós tínhamos orgulho de você, nos incomodávamos com você e odiávamos você — tudo junto.

Você sabe, gente como você, que se recusava a trair as próprias crenças, nos mostrava como devíamos ser — mas não tínhamos espinha dorsal. Éramos covardes."

"Não foi covardia. Eu teria feito o mesmo."

"E por que não fez?"

"Você quer saber, não é?", disse Mugo, quase abandonando a reserva. Em seguida a tentação lhe fugiu.

"Eu não tinha casa para onde voltar", disse em voz baixa, sem emoção. "Acho que não queria voltar."

"Não, não é isso", disse Gikonyo num vendaval de genuína admiração. "Você tem um grande coração. É gente como você que devia ser a primeira a saborear os frutos da independência. Mas, agora, quem é que nós vemos andando em grandes carros e os trocando diariamente, como se carros fossem roupa? Foram aqueles que não participaram do Movimento, os mesmos que foram procurar abrigo nas universidades e na administração. E até mesmo alguns traidores e colaboradores declarados. Há alguns que há poucos dias estavam cantando músicas compostas para eles pelos Blundell: Uhuru bado! Ou vamos dividir o Quênia em pedacinhos! Nos comícios a gente os ouve gritar Uhuru, Uhuru, foi para isso que lutamos. Eles lutaram onde? São meros garotos incircuncisos. De sofrimento só conhecem a palavra. Deviam ter ouvido o seu discurso naquele dia. Todos eles. Enquanto você falava eu sentia que você estava lendo meu coração..."

"Foi duro para você esperar?" Mugo falou de modo distante, como se quisesse mudar de assunto. Gikonyo precisava apenas de um pequeno encorajamento.

"Foi. Porque eu pensava que jamais voltaria. Sabe, com a experiência da dureza durante a detenção, eu sabia que, se eu saísse, poderia construir algo de importante para a minha vida com Mumbi."

Gikonyo falava de um mundo em que o amor e a alegria eram possíveis. Por que então estava agora tão aflito?, pensou Mugo. Ele tinha tudo de que um sujeito precisava para ser feliz: riqueza, posição e parentes que gostavam dele.

"Você ama sua mulher", observou Mugo.

"Amava!", Gikonyo disse lenta e enfaticamente. Fez-se o silêncio na cabana. O fogo ainda brilhava no meio deles. O lampião a óleo continuava a bruxulear.

"Ela era minha vida, toda a minha vida", declarou Gikonyo, fitando a lareira, no mesmo tom baixo. "Você sabe que quando finalmente eu voltei, bem, para mim tudo mudara; os shambas, e as aldeias e o povo..."

"Mumbi?"

"Ela também mudara", Gikonyo disse quase num sussurro. "Meu Deus, para que vendi minha alma? Onde está a Mumbi que deixei?"

Sete

Então, como agora, a serra de Thabai descia delicadamente dos cumes a oeste até uma pequena várzea onde ficava o centro do comércio de Rung'ei. O centro era um conjunto de prédios cobertos de tetos de zinco, em duas alas que se defrontavam. O espaço no meio servia de mercado onde as mulheres de várias serranias se juntavam para vender e comprar comida, e trocar boatos. Os negociantes indianos de Nairóbi também haviam descoberto esse mercado, onde muitas vezes vinham, regateavam preços com as mulheres, deixavam escapar um ou dois palavrões que as levavam a acessos de riso obsceno, e depois levavam as verduras e outros artigos para Nairóbi, onde os vendiam para os citadinos a um preço muito mais alto. Outros indianos haviam se estabelecido na área; cinco minutos a pé a partir das lojas africanas levavam você ao setor indiano, onde os prédios, também em alas, eram feitos de chapas de zinco corrugado. Esses indianos também traziam batatas, ervilhas, feijão e milho do mercado de Rung'ei, durante a colheita. Mas eles os guardavam nos fundos de suas lojas, e mais tarde os vendiam na época das vacas magras.

As lojas africanas, embora tivessem muitas vezes telhados de lata apodrecida, tinham a virtude suprema de ter paredes de pedra ou tijolos. As pessoas alegavam que Rung'ei era o primeiro centro a ter prédios assim em todo o território gikuyu. Rung'ei tinha outras virtudes também. A serpente de ferro primeiro rastejara por essa várzea antes de subir a escarpa a caminho de Kisumu e Kampala; durante muito tempo Thabai foi objeto de inveja de muitas serranias não agraciadas com uma ferrovia. Até mesmo gente de serranias na divisa com o território Masai vinha fazer uma visita de vez em quando só para ver o trem tossindo e vomitando fumaça enquanto seguia estrepitosamente. Thabai tinha orgulho de Rung'ei. O pessoal sentia que o centro pertencia à serrania, que até mesmo a ferrovia e o trem tinham uma união mística com Thabai. Não haviam sido eles os primeiros a dar as boas-vindas ao trem que adentrava o coração do país? Sobre a história, ainda corrente nos dias de hoje em outras serranias, de como os homens, mulheres e crianças abandonaram Thabai por uma semana inteira quando a serpente de ferro, prevista pelo vidente gikuyu, apareceu pela primeira vez na região, eles guardavam um discreto silêncio. Correram buscando refúgio nas serranias vizinhas, assim corre o caso, e só voltaram aos poucos, e, assim mesmo, com cautela, depois que os guerreiros espiões, armados de lanças e simis, trouxeram a notícia de que a serpente era inofensiva, e que os próprios estrangeiros vermelhos pegavam nela.

Mais tarde, a plataforma da estação tornou-se o ponto de encontro dos jovens. Conversavam em grupos em casa, iam dar passeios no campo, alguns até iam à igreja; mas em suas cabeças havia a presença constante do trem aos domingos. Na tarde de domingo, o trem de passageiros para Kampala e para Mombaça se encontravam na estação de Rung'ei. As pessoas não compareciam, como se poderia pensar, para receber amigos chegados de Mombaça, Kisumu ou Kampala — compareciam apenas para se encontrar, conversar, fofocar, rir.

Muitas vezes ali se incubavam paixões amorosas; muitos casamentos com seus gritos concomitantes de mágoa ou de alegria tiveram origem na plataforma.

"Você vai para o trem hoje?"

"Vou, sim."

"Não me deixe para trás, amigo."

"Então precisa estar pronta na hora. Você leva o dia inteiro só para se vestir."

"Isso é uma mentira clara como o dia."

As garotas iam normalmente para o rio no sábado lavar suas roupas. As manhãs de domingo eram o momento de passar a roupa e arrumar o cabelo. Na hora do almoço, estavam prontas para andar ou correr até a estação. Os homens não tinham rituais assim. Eles estavam prontos o tempo todo e, de qualquer modo, a maioria passava o tempo nas lojas de Rung'ei, apenas a uma pequena distância da estação.

O trem tornou-se uma obsessão: se você o perdesse, a tristeza tomava conta de seu coração pelo resto da semana; você ansiava pelo próximo trem. Então vinha o domingo, você comparecia na hora e era imediatamente curado.

Da estação eles normalmente iam dançar na floresta de Kinenie, que dava para o vale do Rift. Os violonistas ocupavam um lugar de honra nessa comunidade; eram cercados de belas garotas que lhes rendiam tributo com seus olhares. Os homens pagavam uma dança. Quando alguém pagava uma dança, o violonista tocava só para ele. Louvando seu nome e sua família. O homem dançava sozinho ou convidava os amigos para dançarem juntos, enquanto os outros só ficavam olhando. Ninguém mais podia participar. As convenções que regiam as danças na floresta já eram habituais.

Muitas vezes as danças acabavam em briga. Novamente isso era bem habitual, e os homens vinham preparados, às vezes cortejando o perigo com palavras provocadoras e músicas insultantes. Os homens se organizavam em grupos de acordo com suas serranias de origem. Thabai era célebre porque seus homens eram bem-sucedidos nas brigas com outros grupos, dos quais roubavam as mulheres. As garotas adoravam os homens de Thabai, então cativá-las não era exatamente um feito difícil.

Na plataforma as coisas eram diferentes. Ninguém pensava em começar uma briga. Lá, o sujeito que derrotara você no domingo anterior e roubara sua mulher era um amigo. Você conversava e ria com ele. Mas ele sabia que mais tarde, na floresta, você procuraria uma oportunidade de esfaqueá-lo e tirar sua mulher.

"Eu raramente perdia o trem", Gikonyo lembrava agora, anos depois, quando isso era apenas um mito. "Adorava me misturar com os homens e as mulheres.

"No entanto, o dia em que perdi o trem foi o mais feliz da minha vida", disse ele a Mugo.

Gikonyo trabalhou como carpinteiro em Thabai. Embora fosse imigrante na serra, ele e sua mãe haviam sido absorvidos por essa comunidade e seus rituais cotidianos. Ele chegou a Thabai ainda criança, amarrado às costas da mãe, vindo da região da província do vale do Rift, onde seu pai, Waruhiu, trabalhava como diarista nas fazendas europeias. Por ser um homem muito trabalhador, não demorou para que Waruhiu se visse como centro de atração para muitas mulheres. Ele adquirira novas mulheres e reclamava que as coxas da primeira mulher não irradiavam mais calor. Ele batia nela, na esperança de que isso a afugentasse. Wangari resistiu. Finalmente, Waruhiu ordenou que ela abandonasse a casa e condenou a mãe e o filho a uma vida de eterna errância na face da terra de Deus. Mas Wangari não perambulou por muito tempo; certamente seria bem acolhida no território gikuyu. "Waruhiu acha que vou morrer porque sou pobre e não tenho nada que comer", disse ela certa vez, sentada numa pedra perto da estação de Elburgon. "Mas não existe lar com um menino novo em que uma cabeça de bode não possa ser cozinhada", disse ela e, segurando a criança contra o seio, lançou um desafio silencioso a Waruhiu, pegando um trem que a levou a Thabai.

Wangari mandou seu filho para a escola. Mas Gikonyo não ficou lá por muito tempo porque ela não tinha dinheiro suficiente para pagar as mensalidades. Felizmente, na escola ele aprendera um pouco de carpintaria, que resolveu usar como meio de vida.

Adorava a carpintaria.

Segurar uma plaina, aplainar um pedaço de madeira, tudo isso provocava uma emoção feita de medo e espanto no jovem rapaz. O cheiro da madeira o fascinava. Logo seus sentidos desenvolveram um agudo senso de discriminação, de modo que ele podia dizer qual era o tipo de qualquer madeira por uma mera fungada. Não que o jovem carpinteiro fizesse a coisa parecer tão fácil assim. Na verdade, Gikonyo costumava criar um pequeno ritual cujo desempenho variava de acordo com quem estivesse presente. A atuação era assim:

Uma mulher trazia um pedaço de madeira — ela quer saber o tipo da madeira. O carpinteiro a pega, lança um olhar displicente nela, e então a joga descuidadamente em cima de uma pilha de outros pedaços. Continua com o trabalho em curso. A mulher fica ali admirando o movimento de seus músculos. Depois de algum tempo, ele levanta o pedaço de madeira, descansando a extremidade mais afastada em cima da mesa. Ele fecha o olho esquerdo e olha para a madeira com o olho direito entreaberto. Em seguida fecha o olho direito e repete o desempenho com o outro olho. Tendo acabado, bate rapidamente nela, de forma cadenciada, com o nó do indicador direito, como se estivesse exorcizando espíritos da madeira. Em seguida pega o martelo; bate, escuta, bate, escuta. Depois cheira meticulosamente a madeira (isto é, profissionalmente) e a devolve à mulher. Retoma o seu serviço.

"Que madeira é? É podo—?", a mulher se arrisca a perguntar, esmagada pelas fungadas e pausas profissionais.

"Podo? Hum. Traga ela aqui." Ele dá uma cheirada de novo, gira a madeira devagar mais de uma vez, balançando a cabeça sabiamente. Em seguida passa alguns minutos explicando por que o pedaço de madeira não é podo.

"É cânfora. Já ouviu falar dela? Dá principalmente nas terras altas de Aberdares e em volta do monte Quênia. Madeira excelente. Qual o motivo, você acha, dos brancos terem se apropriado desta terra?", declara o carpinteiro, com tranquila sabedoria.

A oficina consistia de uma pequena mesa encostada na parede da cabana de Gikonyo. Chegando o pôr do sol, Wangari sempre vinha à oficina remexer nos restos de madeira, na esperança de pegar um ou dois pedaços sem serventia, para o fogo.

"Você precisa disto?", ela perguntava, sorrindo.

"Ah, deixa isso aí, mãe. Você não consegue ver um pedaço de madeira sem que queira queimá-lo. Custa dinheiro, sabe? Mas isso é algo que uma mulher jamais compreenderá."

"E isto aqui?" Wangari não era facilmente intimidada. Adorava ouvir a voz do filho ralhando com ela.

"Está bem. Mas não venha de novo."

No dia seguinte, mais ou menos na mesma hora, lá estava ela. Pegava um serrote ou um martelo e os examinava atentamente, como se fossem objetos misteriosos. Gikonyo era obrigado a rir.

"Acho que você teria dado uma boa carpinteira, mãe."

"Sejá lá o que dissermos, essa gente é mesmo inteligente. Como puderam inventar essas ferramentas que cortam qualquer coisa?" Wangari sempre se referia aos homens brancos como essa gente.

"Vá cozinhar. Essas coisas são incompreensíveis para as mulheres."

"Você precisa deste pedaço aqui?"

"Ah, mãe!"

A ambição secreta de Gikonyo era ter um pedaço de terra onde pudesse se estabelecer com sua mãe. Mas para isso precisava de dinheiro. A ambição de ficar rico aumentava toda vez que ele via ou pensava em Mumbi, uma garota cujas feições e voz lhe causavam uma palpitação angustiada. Porém, ele imaginava que seu coração batia no deserto. É certo que Mumbi, a garota mais bonita da serrania, jamais iria se dignar a oferecer-lhe uma cabaça cheia de água fresca e dizer: beba isto por mim. Ainda assim, ele ia esperando e tateando devagar no seu caminho. Viu Mumbi andando pelas veredas do campo, entre as flores de ervilha, entre os pés verdes de milho e feijão, e se preparou para lhe dar a conhecer os seus desejos. Mas a coragem falhou. Saudou-a e seguiu adiante.

O pai de Mumbi, Mbugua, era um velho bem conhecido na serrania. Seu lar consistia em três cabanas e dois paióis onde ele guardava os frutos das colheitas. Um matagal — uma massa densa de trepadeiras, moráceas, plantas espinhosas, urtigas — formava uma cerca natural em volta da casa. A velha Thabai era, na verdade, uma aldeia de cabanas assim, de tetos de palha, distribuídas esparsamente ao longo da serrania. As cercas raramente eram podadas; animais selvagens antigamente moravam ali. Mbugua conquistara sua posição na aldeia por suas próprias qualidades de guerreiro e agricultor. Bastava ouvirem seu nome, assim diziam, para que as tribos inimigas tremessem de medo. Aqueles eram os dias em que os brancos haviam acabado com as guerras tribais para introduzir as guerras mundiais. Mas a reputação de Mbugua sobrevivera ao tempo de paz. Sua palavra tinha peso quando algum problema era trazido diante do conselho dos anciãos. Wanjiku, sua única mulher, sempre o chamava de seu jovem guerreiro. Era uma mulher pequena, em agudo contraste com seu guerreiro de longos membros. Sua voz vibrava de calor humano e bondade. Havia sido a sua voz (ela costumava cantar nas reuniões de dança, na sua época) que seduzira o coração de Mbugua. Entre seus dois filhos, Kihika e Kariuki, Wanjiku preferia Kariuki, sobretudo por ser o mais novo, o caçula. Mbugua admirava intimamente Kihika por ser provavelmente o que puxaria sua coragem e arrogância equilibrada.

Kariuki também admirava e idealizava Kihika. O garoto ansiava pelo momento em que se juntaria às fileiras dos homens e teria liberdade de tocar nos seios pontudos das garotas iniciadas, que muitas vezes vinham à casa deles de noite. Kariuki frequentava a escola em Manguo, uma das mais antigas escolas independentes gikuyu do país. Gostava de livros e de noite lia à luz do fogo de lenha. Mas como era possível se concentrar quando todos os rapazes e moças da rika de seu irmão brincavam e contavam piadas e casos apimentados? Ele não devia ver ou ouvir nada daquilo. "Você será expulso desta casa, Kihii", avisavam os rapazes quando o pegavam rindo. Gikonyo muitas vezes comprava doces e pequenas coisas para ele. Por isso Kariuki gostava do carpinteiro. Gikonyo costumava contar casos engraçados que Kariuki realmente apreciava. Mas, à medida que os meses e anos passavam, Gikonyo foi ficando cada vez mais quieto, e raramente falava quando Mumbi estava presente. Era Karanja, de fato, que ocupava o proscênio e sempre provocava acessos de riso obsceno nas mulheres. Karanja tinha uma maneira de contar casos e episódios em que, mesmo sem dizer nada, ele acabava sendo o herói. Como resultado disso, Kariuki viera a admirar sua coragem, sabedoria e versatilidade.

Lares como o de Mumbi, com belas garotas, eram populares entre os rapazes e moças. Wanjiku precisava sempre ter uma reserva de comida. Uma casa cheia de crianças jamais é solitária, costumava dizer. Quando os rapazes chegavam ela pedia licença e saía discretamente da cabana. "Serve comida para eles", dizia a Mumbi.

Aos domingos Mumbi muitas vezes ia à estação. O trem sacolejante sempre a excitava. Às vezes ela ansiava ser o próprio trem. Mas nunca ia às danças na floresta. Sempre voltava para casa, depois do trem, e, junto a uma ou duas garotas, cozinhava ou ajeitava, desmanchava e tornava a ajeitar o cabelo. Seus olhos escuros tinham um aspecto sonhador que ansiava por algo que a aldeia não podia dar. Ela tomava sol e ansiava ardentemente por uma vida em que o amor e o heroísmo, o martírio e o sofrimento fossem possíveis. Era jovem. Havia se alimentado de histórias em que as mulheres gikuyu haviam enfrentado os terrores da floresta para salvar pessoas, e belas garotas eram dadas em sacrifício aos deuses antes das chuvas. No Velho Testamento ela se identificava muitas vezes com Ester: assim ela adorava o momento em que Ester finalmente respondia à pergunta do rei Assuero e apontava dramaticamente para Amã, dizendo: o adversário e inimigo é o perverso Amã.

Ela apreciava a admiração que despertava no olhar dos homens. Quando ria, jogava a cabeça para trás e seu pescoço reluzia à luz do fogo. Nessas ocasiões, Gikonyo não tinha confiança em si mesmo para falar. Diziam que Richard, o filho do reverendo Jackson, tinha proposto casamento a Mumbi. Jackson era um clérigo destacado em Kihingo. Corriam boatos também de que Richard, que estava no último ano da escola secundária de Siriana, iria depois para Uganda ou para a Inglaterra completar seus estudos. De qualquer maneira, Mumbi rejeitou sua proposta sem ferir seu orgulho, de modo que continuaram bons amigos. Richard muitas vezes fugia de casa à noite para ir ver Mumbi em Thabai. Então Gikonyo se perguntava: se ela recusou um sujeito assim, que chance eu terei?

Ele se entregou ao trabalho. Fez cadeiras para o pessoal de Thabai; consertou seus armários quebrados; colocou portas e janelas novas em suas cabanas. Uma mulher lhe trouxe uma cadeira quebrada: queria que ele botasse uma perna nova. Ele a olhou com cuidado, assobiando uma canção popular.

"Três xelins", disse.

"O que, três xelins, meu filho?"

"Não posso fazer de graça, sabe."

"Meu filho. Sou sua mãe. Deixe por um xelim."

"Está bem", respondeu, sabendo que ela provavelmente não lhe pagaria sequer um xelim.

E a mulher ia embora sabendo que ele acabaria consertando a cadeira (podia levar dois meses, ou mais) e ela só lhe pagaria metade do preço combinado. Se ela chegasse a lhe pagar, dividiria o pagamento em várias prestações mensais.

"Deste modo, morrerei pobre", reclamava para a mãe.

"Deixa pra lá", dizia-lhe Wangari muitas vezes. "Você sabe que, se eles tivessem dinheiro, pagariam."

Sentindo-se cansado, um dia ele tirou seu violão e começou a tocar. Passara a manhã e a tarde fazendo mobília para um casal recém-casado. O sujeito prometera pagar no final do mês; Gikonyo gostava de seu violão. Era velho, mas ele pagara ao comerciante indiano uma quantia bastante grande por ele.

Ele tocava suavemente, cantando sozinho, experimentando uma nova melodia. Logo ficou absorto com a própria voz e o instrumento que tocava, e a tensão começou a abandonar seus músculos. O sol se punha, aos poucos as sombras alongadas das árvores e das casas se fundiam.

Em seguida as cepilhas fizeram barulho. Gikonyo se assustou, e ficou meio encabulado e excitado quando viu Mumbi: ela fazia crochê e trazia a peça debaixo do braço.

"Por que parou?", perguntou ela, sorrindo.

"Ah, eu não queria que você ouvisse minha voz de carpinteiro nem visse minhas mãos assassinando tanto a música quanto as cordas."

"É por isso que você quase não fala quando vai lá em casa?" Havia uma centelha de malícia no seu olhar.

"Eu não falo?"

"*Você* devia saber... De qualquer maneira, fiquei aí o tempo todo ouvindo você tocar e cantar. Foi bom."

"Minha voz ou minhas mãos?"

"Ambas!"

"Como sabe se toco bem ou mal? Você nunca vai às danças aos domingos."

"Ah, é verdade que nunca vou. Mas você acha que todos os homens são mesquinhos feito você? Karanja muitas vezes toca sozinho para mim em casa. Fico sentada. Faço meu suéter, ele toca. Toca bem."

"É um bom músico", concordou secamente Gikonyo. Mumbi não notou que Gikonyo engoliu em seco. Pois seu ânimo mudara de jocoso para sério.

"Mas você também estava tocando — eu nunca soube que você sabe tocar — e foi emocionante, talvez porque você estivesse tocando para você mesmo", disse ela com uma franqueza que Gikonyo apreciou.

"Quem sabe às vezes eu possa tocar para você."

"Toque agora, por favor, toque para mim", disse ela ansiosamente. Gikonyo tomou isso como um desafio e temeu que sua força o abandonasse.

"Então você tem que cantar enquanto toco. Sua voz é tão bonita", ele disse, e pegou o instrumento.

Mas percebeu que as mãos tremiam. Dedilhou um pouco as cordas, tentando se acalmar. Mumbi esperava que ele tocasse a música. À medida que sua segurança aumentou, Gikonyo sentiu que Thabai estava na palma de sua mão. A voz de Mumbi fez um calafrio descer pela sua espinha. Seus dedos e seu coração estavam prontos. Então ele se aproximou às apalpadelas, lentamente, às cegas, de Mumbi. Ele tocou, apelou, sabia que o coração dava força a seus dedos. Sentiu-se leve, quase alegre.

E a voz de Mumbi tremia de paixão quando ela a entremeava nas cordas vibrantes. Ela sentiu a oficina, Thabai, a terra, o céu, sentiu a união deles. Então, de repente, seu coração ficou exaltado, ela agora cavalgava estranhas ondas: sozinha desafiando o vento e a chuva; sozinha lutando contra a fome e a sede no deserto; sozinha lutando contra estranhos demônios na floresta, trazendo boas-novas a seu povo.

A música terminara. Gikonyo quase podia tocar a tranquilidade sólida do crepúsculo.

"Por que o campo está tão quieto e em paz agora?", ela perguntou.

"É sempre assim antes da noite cair."

"Sabe, eu me senti como Rute colhendo feixes, sozinha no campo."

"Eu acho que você vai para o céu. Você sempre fala da Bíblia."

"Não zombe", ela continuou, séria. "Você acha que será sempre assim, quero dizer, no país?"

"Eu não sei, Mumbi", ele respondeu, contaminado pela solenidade dela. "Você ainda não ouviu a nova canção?"

"Qual? Cante."

"Você também a conhece. Acho que foi Kihika que a introduziu aqui. Só lembro as palavras do coro:

'Gikuyu na Mumbi,
Gikuyu na Mumbi,
Gikuyu na Mumbi,
Nikihiu ngwatiro.'"

Foi Mumbi quem agora quebrou a solenidade. Ela ria baixo.

"O que foi?"

"Ah, carpinteiro, carpinteiro. Então você sabe por que vim?"

"Não sei, não", disse ele, perplexo.

"Mas você canta para *mim* e *Gikuyu* dizendo que *ele* está com o cabo queimado."

Nessa altura, Wangari, que fora buscar água no rio, apareceu em cena. Ficou contente em ver Mumbi.

"Você devia ter tido uma garota em vez de um homem preguiçoso", Mumbi brincou com ela.

"Foi meu azar", respondeu Wangari, rindo. "Mas não importa. As necessidades de uma velha são pequenas. E esse homem é tão preguiçoso que nunca desperdiça água para se lavar ou lavar suas roupas."

"Você é injusta comigo, mãe. Fará todas as garotas fugirem de mim."

"Quer tomar um chá?"

"Não", disse depressa Mumbi. "Preciso chegar em casa antes de escurecer."

Ela se virou para uma pequena cesta que carregava e tirou um panga.

"Veja, este panga precisa de um cabo de madeira. O velho queimou no fogo por engano. Minha mãe tem pressa porque é o único que ela tem para plantar."

Gikonyo pegou o panga e o examinou com um olhar crítico.

"Quanto?", Mumbi perguntou.

"Não é nenhuma tragédia. Não é nada."

"Mas você não pode trabalhar de graça."

"Não sou um comerciante indiano", disse ele, irritado.

Karanja, Kihika, Gitogo e outro sujeito chegaram. A oficina de Gikonyo era outro lugar onde os rapazes costumavam se encontrar para bater papo. Karanja gritou para Wangari.

"Mãe, chegamos. Faz um chá para a gente."

"Espere um pouco." A voz de Wangari os alcançou da cabana. "A água já está no fogo."

Mumbi conversou com Gitogo e, por meio de sinais, disse que ia para casa. Os homens protestaram em coro. Mas ela insistiu em ir embora.

"Está bem. Eu te acompanho", ofereceu-se galantemente Karanja.

"Vamos, meu fiel escudeiro", Mumbi disse numa voz cantada. Em um instante Karanja e Mumbi tinham sumido na escuridão que engrossava.

"Vamos para a cabana", disse Gikonyo para os outros, com a voz inusitadamente baixa. Ele tinha inveja da facilidade e segurança de Karanja com as mulheres. Até o pensamento de que Karanja tocava violão para Mumbi o aborreceu bastante.

Quando Karanja voltou, todo mundo notou que ele estava quieto e pensativo.

"Ei, cara", o sujeito a seu lado zombou, "você se apaixonou por essa garota?"

Todo mundo, exceto Gikonyo, riu. Até Karanja sorriu.

No dia seguinte, cedo, Gikonyo começou a trabalhar no cabo. Leves ondas de excitação deixavam seu coração animado enquanto escolhia um pedaço de madeira para trabalhar. O toque na madeira sempre o fazia querer criar alguma coisa. Mas agora ele sentiu que sua vida dependia de uma entrega total àquela incumbência. Sentiu firmeza nas mãos. Passou a plaina (que comprara recentemente) na superfície áspera, tirando lascas e mais lascas. Gikonyo viu o andar de Mumbi, os próprios gestos dela, na sensação e no movimento da plaina. A voz dela pairava no ar enquanto ele traçava o formato do panga na madeira. A respiração dela lhe dava força.

E agora ele punha essa força na tora de podo. Escavou com o enxó as partes desnecessárias para fazer dois pedaços do formato certo. Tomou um cuidado especial para fazer os buracos. A madeira em forma de verme saía serpenteando da furação circular da broca para cair na mesa. Os buracos estavam prontos. Em seguida cortou três pregos com os quais fixou os dois pedaços de madeira no panga. Enquanto martelava as extremidades finas dos pregos até ficarem chapadas, outra onda de força percorreu-o. Sua mão direita se encheu de um novo vigor. Bateu, ergueu, bateu o martelo. Sentia-se livre. Tudo, Thabai, o mundo inteiro estava sob o controle de sua mão. De repente a onda de força se tornou extasiante, uma grande alegria. A paz desceu sobre seu coração. Uma santa paz; estava apaixonado pela terra inteira.

Pensou em levar o panga no domingo de manhã. Quando chegou a hora, as dúvidas começaram a espicaçar sua complacência. Achou defeitos; a lisura e a forma haviam ficado piores do que a ideia que ele teve em mente. O cabo pareceu vagabundo, o tipo de coisa que qualquer carpinteiro podia fazer. E a madeira? Certamente provocaria bolhas nas mãos de uma mulher em poucos minutos de uso. Ele adotou um ânimo desafiador. Qual o problema se Mumbi gostasse ou não? Se ela não gostasse do presente desajeitado, ela mesma que fizesse o trabalho de carpintaria ou pedisse a Karanja que a ajudasse. De qualquer modo, ela podia não estar em casa. Sim. Ele adoraria que ela não estivesse. Mas, ao chegar ao caminho estreito que levava ao pátio além da cerca, começou a temer que ela não estivesse em casa; sua tarefa não estaria completa sem a participação dela.

Ele a encontrou sentada num banco de quatro pernas, do lado de fora da cabana da mãe. Gikonyo adotou um ar displicente.

"Sua mãe está?", perguntou casualmente, com as mãos coçando para mostrar o panga a Mumbi.

"O que você quer com a mãe? Não sabe que ela é casada?" Ela lançou um olhar sorridente para ele. Gikonyo não conseguiu reagir a seu sorriso. Teve dificuldade, e ficou mais solene.

"Sente", disse ela, levantando-se para lhe dar o assento. Então ela viu o panga. Correu e o arrancou das mãos dele. Permaneceu por um instante admirando o novo cabo. De repente saiu aos pulos em direção à cabana, gritando: "Mãe! Mãe! Vem ver!".

Um calor doce tomou conta de Gikonyo. A alegria o perturbava. Seu trabalho fora feito. Pelo sorriso de Mumbi, por aquele olhar de apreciação, ele continuaria a fazer cadeiras, mesas, armários; restaurar tetos com goteiras e casas caindo; consertar portas e janelas em toda Thabai sem receber um só centavo. Jamais ganharia dinheiro, ficaria pobre, mas ela seria dele.

Ele ainda estava em pé, gozando essas vagas resoluções, quando Mumbi saiu com outra cadeira e o convidou de novo a sentar.

"Estou com muita pressa", protestou ele sem muita convicção.

"Vai a algum casamento?"

"Não, não, a não ser que seja o seu!", ele riu, mas, lembrando-se de Karanja, parou ali e se sentou sem nenhuma outra palavra.

"Por que toda essa pressa? Nós não vamos te comer", ela disse, tentando em vão emprestar alguma raiva à sua voz, o que agradou a Gikonyo.

Ele ficou olhando Mumbi arrumar o cabelo: como ansiava tocá-lo, e ao pensar nisso o sangue refluiu para as pontas dos seus dedos. Com um pequeno espelho preso entre os joelhos, braços dobrados nos cotovelos e mãos se juntando no alto da cabeça, os dedos de Mumbi brincavam com o cabelo. Vez por outra ela dava a Gikonyo um rápido olhar de esguelha e um sorriso. Gikonyo sorvia tudo aquilo.

Então Kihika e Karanja entraram em cena, e Gikonyo os detestou por quebrarem o monopólio da atenção que Mumbi lhe dava; por que tinham de aparecer naquele momento? Resignando-se ao inevitável, Gikonyo juntou-se à conversa que inevitavelmente levava à política e à tempestade que se acumulava no país.

O interesse de Kihika pela política começou quando ele era um menino pequeno e se sentava aos pés de Warui, ouvindo casos de como a terra havia sido tomada dos negros. Isso foi antes da Segunda Guerra Mundial, isto é, antes de os africanos serem recrutados para lutar ao lado da Inglaterra contra Hitler numa guerra que nunca pertenceu a eles. Warui precisava apenas de um ouvinte: contou os feitos de Waiyaki e outros guerreiros que, pelos idos de 1900, haviam sido mortos na luta para expulsar o branco da terra; do jovem Harry e do destino que sobreveio à procissão de 1923; de Muthirigu e as escolas das missões que proibiram a circuncisão para devorar, como os insetos, tanto as raízes como o talo da sociedade gikuyu. Sem dar mostras disso aos que viviam à sua volta, o coração de Kihika endureceu em relação a "essa gente", muito antes até de ter encontrado uma cara branca. Os soldados voltaram da guerra e contaram histórias do que haviam visto na Birmânia, no Egito, na Palestina e na Índia; não estava o Mahatma Gandhi, o santo, liderando o povo indiano contra o regime inglês? Kihika se alimentava dessas histórias: sua imaginação e observação diária completavam a informação; desde cedo ele se via como um santo a liderar o povo do Quênia rumo ao poder e à liberdade.

Kihika primeiro foi mandado para Mahiga, um colégio da Igreja da Escócia, que não era longe de Thabai, aconselhado pelo reverendo Jackson Kigondu. Jackson, como era popularmente conhecido, era amigo de Mbugua e gostava de visitar as casas das pessoas, e, durante suas conversas ao final da tarde, soltava uma ou duas palavras sobre Cristo. Toda vez que vinha a Thabai, visitava Mbugua e lhe pregava a fé cristã. "Ngai, o deus gikuyu, é o mesmo Deus que mandou Cristo, o Filho, para vir nos mostrar o caminho das trevas para a luz", raciocinava Jackson, tentando mostrar que a fé cristã tinha raízes nas próprias tradições veneradas pelos gikuyu. Mbugua ouvia atentamente, depois ia a um canto, trazia uma cabaça de cerveja e a oferecia a Jackson.

"E agora que conversamos", dizia, "vamos ficar com a água dos velhos para matar a nossa sede."

Rindo dessa tentação, Jackson saía, resolvido a voltar para continuar o jogo inacabado de gestos e palavras. Era baixo e magro, tinha um rosto de pele esticada e olhos fundos que pareciam transmitir anos de sabedoria. Usava sempre colarinho clerical e um chapéu que cobria sua calva luzidia. Jackson era um ancião respeitado nas serranias ao redor de Rung'ei; muitas vezes o conselho dos anciãos da aldeia o convidava a participar de importantes questões que afetavam as serranias. Eles o encaravam como um ancião entre anciãos, e ele também se portava como um deles.

"O reverendo vai ler as palavras de seu livro e nos dizer o que acha disso", dizia um ancião. Tudo isso continuou por muitos anos antes de o movimento revivalista chegar ao

Quênia e grassar pelas serranias como um incêndio vingativo. O movimento pertencia aos cristãos, independentemente da denominação, que haviam enxergado a luz. Ao confessar publicamente seus pecados, eram salvos. Dizem que esse movimento evangélico (seus remanescentes sobrevivem nas aldeias até os dias de hoje) foi iniciado por um missionário branco em Ruanda, tendo se espalhado rapidamente para Uganda e o Quênia. Alguns meses antes de o Estado de Emergência ter sido declarado, Jackson de repente se converteu a esse movimento. Ele se pôs diante da congregação em Mahiga e, como alguém possuído, tremia e batia no peito, dizendo: "Eu vinha me dizendo cristão. Botei um colarinho branco no pescoço pensando que isso me salvaria do fogo por vir. Vaidade das vaidades, disse o pregador, vaidade das vaidades. Tudo era vaidade. Pois meu coração estava cheio de raiva, orgulho, ciúmes, desejo de roubar e pensamentos adúlteros. Eu caminhava nas trevas atolado na lama dos pecados. Eu não vira Jesus. Eu não encontrara a luz. Então, na noite de 12 de janeiro de 1953, de repente fui atingido por um raio do Senhor e gritei: Senhor, o que preciso fazer para ser salvo? E ele pegou minhas mãos e as levou às suas e percebi a marca dos pregos nas suas mãos. E gritei de novo: Senhor, lave-me no teu sangue. E ele disse: Jackson, siga-me". Então ele confessou como fazia o jogo do diabo: comendo, bebendo e rindo com pecadores; sendo tolerante demais com os anciãos da aldeia e com quem rejeitara Cristo, ao não deixar que o sangue de Cristo regasse a semente para que ela se enraizasse. Agora ele era um soldado de Cristo, marchando como se fosse para a guerra; a política era uma sujeira, e a riqueza, um pecado.

"Minha casa é no céu: aqui na terra sou um peregrino."

Os Irmãos e Irmãs no Senhor se ergueram e começaram a cantar e pular pela igreja: outros foram para a frente e abraçaram Jackson e lhe deram um santo beijo. Jackson arrancou o colarinho e o chapéu — sinal de humildade e de um coração partido em pedaços pelo Senhor. O movimento revivalista era o único movimento permitido no Quênia durante a Emergência. Jackson tornou-se o líder na região de Rung'ei.

Ele pertencia ao primeiro grupo de cristãos a ser morto em Rung'ei.

Seu corpo foi achado numa manhã retalhado por pangas, em pequenos pedaços: o corpo e sua propriedade foram incendiados até virar cinzas e carvão. Sua mulher e filhos mais novos estavam ilesos. Mas ficaram sem lar! Richard estava então na Inglaterra. As notícias sobre a morte de Jackson se espalharam pelos corações das pessoas em Thabai e nas serranias vizinhas. Que outros traidores seriam golpeados da próxima vez pelos Mau Mau?, especulavam as pessoas, lembrando o professor Miniu (outro revivalista, também com fama de ser informante da polícia), que havia sido morto por métodos semelhantes poucos dias antes. Os revivalistas louvavam Deus e diziam que Jackson e Maniu, através de suas mortes, haviam seguido apenas as pegadas do Senhor. Que maior honra podia acontecer a um cristão? Mas o povo rezava diferente: sim, que todos os traidores fossem liquidados!

Pouca gente teria previsto esse tumulto nos dias em que Kihika frequentava a escola e descobria o mundo da palavra impressa. O garoto ficou emocionado pela história de Moisés e dos filhos de Israel, que ele aprendera na Escola Dominical — parte integral da educação — dada na igreja pelo diretor. Tão logo aprendeu a ler, Kihika comprou uma Bíblia e leu a história de Moisés de novo e de novo, sem parar, mais tarde contando-a a Mumbi e a qualquer outra pessoa disposta a ouvir.

Kihika deixou a escola de Mahiga com alguma desonra. Foi assim que aconteceu. Durante uma aula no domingo de manhã, o professor Miniu falou sobre a circuncisão das mulheres e chamou o costume de pagão.

"Como cristãos, somos proibidos de participar dessas práticas."

"Perdão, senhor!"

"Sim, Kihika."

O garoto se levantou, tremendo de medo. Já naquele tempo Kihika gostava de chamar atenção dizendo e fazendo coisas que ele sabia que outros meninos e meninas não ousavam fazer ou dizer. Neste caso, foi sua imensa arrogância que lhe permitiu aguentar o silêncio e deixar escapar:

"Isso não é verdade, senhor."

"O quê?!"

Até mesmo o professor Muniu pareceu ter medo do súbito silêncio. Alguns meninos esconderam o rosto, excitados, mas temerosos de que a ira do professor os alcançasse.

"É só gente branca que diz isso. A Bíblia não fala nada sobre circuncidar mulheres."

"Sente-se, Kihika."

Kihika caiu no assento. Segurou-se na carteira e lamentou seu desabafo impulsivo. O professor Muniu pegou uma Bíblia e, sem pensar, mandou que os alunos consultassen 1ª Coríntios, 7, versículo 18, em que são Paulo debate a circuncisão. Muniu triunfantemente começou a ler alto, e só depois de uma ou duas frases percebeu o erro que cometera. Não só não havia menção a mulheres como nem mesmo a circuncisão da carne era especificamente condenada. Fechou a Bíblia, tarde demais. Pois Kihika sabia que vencera a disputa e não pôde deixar de buscar a aprovação nos olhares dos outros garotos, que gostavam intimamente de ver um professor humilhado por um dos seus. Muniu explicou, contrafeito, o mal-entendido dos versos e depois dispensou a garotada. Kihika virou o centro das atenções, um pequeno herói, enquanto os meninos debatiam e tentavam descobrir o que o professor faria em seguida. Na segunda-feira, o professor Muniu não disse nada. Na manhã de terça, reuniu todo o colégio (alunos e funcionários) na igreja. Numa voz trêmula de emoção, ele os avisou para ter cuidado com a blasfêmia contra a palavra sagrada.

"Pois quem somos nós para dizer que a palavra da própria boca de Deus é mentira?" Sua voz grave ressoou pelo prédio.

Contudo, depois de debater o incidente de domingo com os anciãos da igreja, ele resolvera dar ao menino uma chance de salvar a sua alma. O professor decidira, então, açoitar o menino dez vezes nas nádegas desnudas diante de toda a assembleia — para o bem da própria alma do menino e de todos. Depois da surra, Kihika teria de agradecer ao professor e também retirar suas palavras do domingo anterior. A igreja ficou totalmente imobilizada. Somente uma ou duas tossidelas aumentaram a tensão. Muniu virou-se para um colega e pediu-lhe que pegasse as duas varas que jaziam proeminentemente no altar.

"Kihika, levante-se." Até aquele momento o professor não mencionara o nome de Kihika; falara apenas de determinado aluno. Agora muitos meninos, inclusive aqueles que haviam se identificado orgulhosamente com ele no momento de triunfo no domingo, lhe lançavam olhares hostis que os dissociavam de sua culpa.

"Adiante-se!"

Os pés de Kihika grudaram ao chão. Seu interior estava oco, como se tudo tivesse sido esvaziado. Antes mesmo de ele começar a se mexer, os outros haviam aberto alas para ele.

"Eu disse, adiante-se."

Ele fez menção de se mover. Seus olhos se viraram para o teto, para o professor, para as varas, para o altar.

"O senhor só vai me bater depois de me dizer exatamente os erros que cometi!", disse Kihika, tremendo de raiva. Muniu avançou em sua direção. De repente Kihika trepou na mesa, pulou noutra e, antes que as pessoas se dessem conta do que estava acontecendo, alcançou a janela mais próxima e pulou para fora da igreja rumo ao lar e à liberdade. Não parou de correr um só momento até chegar em casa, onde se jogou no chão, chorando de medo.

"Eu prefiro trabalhar na terra", disse a seu pai, que havia sugerido outra escola.

Por muito tempo esse incidente esquentou sua cabeça. Ele leu mais; chegou mesmo a aprender sozinho a escrever em suaíli e inglês. Anos depois, finda a guerra, foi trabalhar em Nairóbi, onde frequentava reuniões políticas e descobriu o Movimento. Havia encontrado uma nova visão.

* * *

"Você me pergunta o que a gente precisa fazer", Kihika dizia agora. "Vou te dizer. O nosso povo já falou demais."

"O que podemos fazer?", perguntou Karanja, cujo olhar não parava de passar de Kihika para Mumbi. "Eles têm as armas e as bombas. Olha só como bateram Hitler. A Rússia agora é o único país que faz os ingleses tremerem."

"É uma questão de unidade", explicou, excitado, Kihika. "O exemplo da Índia está aí diante de nossos narizes. Os ingleses estão lá há centenas e centenas de anos. Eles devoraram as riquezas da Índia. Beberam o sangue da Índia. Nunca deram ouvidos à conversa política de alguns indivíduos. O que aconteceu? Surgiu esse sujeito chamado Gandhi. Prestem atenção, Gandhi conhece bem os homens brancos. Circula organizando as massas indianas e transformando-as numa arma mais forte do que uma bomba. Eles dizem todos juntos: queremos nossa liberdade de volta. Os ingleses riram: são bons em rir. Mas tiveram de engolir seu riso quando as coisas ficaram sérias. O que fizeram os tiranos? Mandaram Gandhi para a prisão, não uma, mas muitas vezes. As paredes de pedra da prisão não puderam detê-lo. Milhares foram presos; muitos mais foram mortos. Homens, mulheres e crianças se jogavam na frente de trens em movimento e eram atropelados. O sangue jorrou como água nesse país. A bomba não podia matar o sangue, sangue vermelho do povo, gritando que queria ser livre. Meu Deus! Quantas vezes é preciso que órfãos berrem, viúvas chorem nesta terra para que o tirano local aprenda?"

Suas palavras e sua voz meio rachada impressionaram os presentes. O efeito se fez sentir no silêncio que se seguiu. Mumbi sempre ficava emocionada pelas palavras e visões do irmão sobre o passado heroico de outras terras, marcado por atos de martírio; uma névoa ritual envolvia essas terras e esses anos distantes, uma vaga riqueza que a excitava e a atraía. Ela não podia visualizar nada heroico em homens e mulheres sendo atropelados por trens. A imagem dessas cenas sombrias a revoltava. Sua ideia de glória era algo mais próximo à agonia de Cristo no Jardim de Getsêmani.

"Eu detestaria ver um trem atropelar minha mãe ou meu pai, ou meus irmãos. Ah, não sei o que eu faria!", exclamou depressa.

"As mulheres são covardes", disse Karanja, meio de brincadeira.

"Você gostaria que um trem passasse por cima de você?", retrucou Mumbi, zangada. Karanja percebeu a raiva e não respondeu.

"Carreguem a minha cruz, foi o que Cristo pediu a seu povo", continuou Kihika num tom mais jovial. "Se alguém quiser me seguir, negue-se a si mesmo, tome a sua cruz e me siga. Pois aquele que quiser salvar sua vida, a perderá; mas o que perder a sua vida por minha causa, a salvará. Sabe por que Gandhi teve êxito? Porque ele fez as pessoas abrirem mão de seus pais e mães e servirem à sua única mãe — a Índia. No nosso caso, nossa mãe é o Quênia."

Gikonyo ficou mais emocionado pela voz de Kihika e o brilho em seu olhar, do que pelo argumento, que na verdade ele não seguiu.

"Eu desmaiaria se visse sangue", comentou Mumbi.

"O que queremos no Quênia são homens e mulheres que não corram da espada", disse-lhe Kihika.

"E como a gente une o povo?", indagou Gikonyo, apenas para contribuir para o debate.

Wanjiku chegou à porta e avisou que o chá estava pronto. Eles disseram que queriam tomá-lo lá fora, no sol. Em breve, duas garotas de Thabai se juntaram a eles.

"Vocês viraram europeus, para tomar chá do lado de fora, no vento?", perguntou Wambuku.

"Sim, sim, verdadeiros europeus, não fosse a pele escura", respondeu Karanja, imitando uma voz europeia arrastada. Todo mundo riu.

"Você faz isso bem", disse Njeri.

Wambuku e Njeri eram amigas de Mumbi e muitas vezes caçoavam do amor de Karanja por ela.

Ao ver Wambuku, o rosto de Kihika se iluminou. Kihika quase sempre fazia par nas danças com ela, com quem de modo geral gostava de conversar. As duas garotas se juntaram à roda do chá. O olhar de Karanja raramente deixava Mumbi. Gikonyo ficou olhando para ver se Mumbi daria a Karanja um sorriso parecido com o que lhe dera. O olhar de Njeri se voltou para Kihika, que compartilhava uma piada com Wambuku. Deixada de fora, Njeri tentava se divertir observando a rivalidade entre Karanja e Gikonyo. O carpinteiro tentou conversar com ela, mas faltava entusiasmo a suas palavras. Mumbi, cujo cabelo estava agora arrumado, os deixou e entrou na cabana para botar suas roupas de sair. Njeri afastou-se preguiçosamente e subiu numa pequena elevação perto da cerca. De repente começou a gritar: "O trem! O trem!".

Ela saiu correndo morro abaixo: "Estamos atrasados para o trem".

Os outros também podiam ouvir o barulho estrondeante. Wambuku se levantou e, pegando Kihika pela mão direita, puxou-o para cima. Ela largou sua mão e começou a correr pela trilha, passando pela cerca, rumo à estação. Kihika a seguia. Ele era um sujeito baixo com uma cara meio triste. "Mumbi! Mumbi! O trem!", gritava Njeri ao pegar rápido o lenço em que estava sentada na cadeira e seguir os outros dois. Karanja e Gikonyo hesitaram um pouco, como se esperassem que o outro tomasse a iniciativa. Ambos haviam se levantado à primeira menção que Njeri fizera do trem e agora olhavam, em cômica sincronia, para a cabana e as figuras que corriam. Mumbi saiu ajeitando um cinto em torno da cintura estreita. A voz de Wanjiku a alcançou: veja, você esqueceu seu lenço. Ela mergulhou de volta na cabana. Karanja e Gikonyo ainda esperavam, fingindo já ter ido.

"Vamos", gritou Mumbi, já muitos metros à frente deles. Gikonyo a seguia, Karanja ia na retaguarda. O trem de Kisumu podia ser ouvido, encorajando-os: corre e corre, corre e corre. A trilha da casa de Mumbi até a estação passava por uma pequena mata na outra extremidade. Njeri já se aproximava dela. Já não se via mais Wambuku nem Kihika.

Ligeiramente mais alto, Karanja não demorou a se distanciar de Gikonyo. O carpinteiro reuniu toda sua energia na corrida por Mumbi. Karanja ultrapassou Mumbi e corria à frente; já antevia os louros da vitória em sua cabeça. O coração de Gikonyo murchou com medo da humilhação, ao ultrapassar também Mumbi; arquejava com força, percebendo que não alcançaria Karanja, que já havia desaparecido na mata.

Mumbi parou de correr e chamou Gikonyo, que diminuiu o passo e esperou por ela.

"Estou cansada", ela disse.

"Por que você parou? Vamos perder o trem."

"É tão importante assim para você? Vai morrer se deixar de vê-lo hoje?"

Gikonyo ficou espantado: por que ela estava zangada com ele?

"Eu não quero ir lá hoje", prosseguiu ela com mais delicadeza.

Andavam lado a lado. Gikonyo sofria com a derrota na corrida até a estação. Mas, ao chegarem à mata, o aborrecimento se dissolveu ao perceber subitamente que ele estava a sós com Mumbi, o verdadeiro objetivo da corrida. Lutava para encontrar as palavras certas, esperando, ao mesmo tempo, que a garota não ouvisse as batidas fortes de seu coração. Mumbi se recostou num tronco de árvore e Gikonyo viu que o humor voltara ao olhar dela. A mata era um anteparo fresco ao sol. O capim e a densa folhagem baixa, repleta de flores, estavam crescidos, o alto das copas e os galhos das árvores pareciam mais perto do chão. Mumbi disse:

"Você deve ter dado um duro danado para fazer o cabo daquele panga. Ficou leve e liso: minha mãe gostou muito."

"Não foi nada."

"Nada?"

"Quero dizer, foi um serviço simples, que gostei de fazer."

"E você diz que não foi nada?", ela riu baixinho. Seus pômulos estavam arredondados; sua voz penetrava agradavelmente no corpo dele.

"Tenho certeza", continuou ela, "que deve ser maravilhoso ser carpinteiro, trabalhar com madeira. Dos pedaços quebrados de pau, fazer algo."

"Você faz suéteres também."

"Não é a mesma coisa. Uma vez eu vi você na oficina e parecia — eu simplesmente tinha a impressão de que você estava conversando com as ferramentas."

"Vamos explorar a mata", sugeriu Gikonyo com a voz vibrante de emoção contida. Chegaram a uma clareira. O capim kigombe alcançava os seus joelhos. Ele ficou de frente para Mumbi e cedeu a uma força que ele sabia que os atraía. Segurou as mãos dela e seus dedos estavam vivos, sensíveis demais.

"Mumbi..." Ele tentou dizer algo ao abraçá-la. Ela descansou contra seu peito, seus corações batendo unidos. Estava tudo quieto. Mumbi tremia, e transmitiu um calafrio de medo e alegria que fez o sangue dele vibrar. Aos poucos ele a puxou para o chão, o longo capim os cobriu. Mumbi ofegava, mas não conseguia, não ousava falar. Gikonyo foi tirando uma a uma as roupas dela, como se estivesse desempenhando um ritual secreto na mata. Agora o corpo dela reluzia ao sol. Seus olhos eram doces, selvagens, submissos e rebeldes. Gikonyo passou as mãos nos cabelos e nos seios dela, aliciando e removendo lentamente a rigidez de seu corpo, até que ela ficou imóvel em suas mãos. De repente Gikonyo se viu suspenso num vazio, próximo ao ponto de ruptura, e, ao desfalecer no abismo escuro, ouviu um gemido que escapava dos lábios entreabertos de Mumbi. Ela o abraçou com força. A respiração deles era agora uníssona. A terra mexeu sob o corpo único deles, até parar.

Na estação, Karanja achou a multidão e o trem tediosos. Estava cansado, de barriga vazia. As possibilidades excitantes que ele sentira, realçadas pela presença de Mumbi, haviam sumido no ar. Era em vão que seus olhos buscavam Mumbi na multidão irrequieta.

As mulheres, como sempre, estavam vestidas de forma mais vistosa que os homens, usando modas que diferiam de serrania para serrania. As de Ndeiya e outras serras a muitos quilômetros de Rung'ei trajavam panos de cores azul vivo, verde ou amarela, que passavam sob as axilas e terminavam em nós complicados em formato de flor em cima do ombro direito. Cintos finos de lã ou algodão dançavam soltos em suas gordas cinturas. As longas tiras soltas do cinto batiam e ondulavam atrás delas enquanto as mulheres andavam pela plataforma, se exibindo para os homens. A maioria das garotas de Thabai, Kihingo ou Ngeca usava vestidos de algodão estampados, com dois ou três anos de atraso em relação à moda de Nairóbi.

Mas os homens, não.

Alguns vinham de calças baggy e jaquetas compradas de segunda mão nas lojas indianas ou africanas em Rung'ei. Os joelhos, pequenas cabeças negras, espiavam pelos buracos nas calças enquanto os homens caminhavam pela plataforma, jogando as pernas displicentemente, mas com firmeza, cada passo enfatizando desnecessariamente a sua masculinidade.

Karanja se mantinha afastado da multidão irrequieta. Foi tomado por ciúmes, uma surpresa, já que sempre se recusara a encarar Gikonyo como rival de peso: como é que o carpinteiro, sem graça ou sem qualquer polidez, sequer ousaria? Mas agora ele sabia que Gikonyo e Mumbi estavam juntos e sozinhos, em algum lugar. Ficou zangado com o que sabia. Como é que Mumbi podia fazê-lo suar e ofegar ao sol, à toa? Como ela podia fazê-lo correr na frente, como uma criança, para que pudesse ficar para trás com Gikonyo? Ele pensou em correr de volta, achá-la, humilhá-la, obrigá-la a se ajoelhar em público, até que ela gritasse para que ele a perdoasse. O impulso para agir neste sentido foi tão grande que ele começou a se afastar da plataforma no momento mesmo em que esse pensamento tomava forma. Então parou, pensou se devia correr ou não, como se a maneira de se retirar da plataforma fosse determinar o grau de sucesso da missão de que ele próprio se incumbira. E se ele a encontrasse nos braços de Gikonyo? Acompanhou as mãos grossas do carpinteiro sobre o corpo de Mumbi, começando dos seios, indo até o umbigo e — Não! Ele não ousava, não podia imaginá-lo; praguejou, torturando sua cabeça com imagens mais sórdidas. Não, o carpinteiro, não, pensou com um calafrio, evocando o Senhor. Do contrário, que o céu desabasse, a terra tremesse, as pessoas caíssem, quebrassem o quadril e gemessem (ah, os terríveis gemidos) até serem tragadas pelas bocas escancaradas da dor e da morte.

A violência das próprias reações o espantou e ele tentou controlar os tremores, pensando que, de qualquer maneira, ele jamais declarara a Mumbi o seu amor. E talvez nada tivesse acontecido entre Gikonyo e Mumbi. Este pensamento o consolou. Agarrou-se a ele, elaborou-o e o escorou com inúmeras razões. Chegou a tentar rir para espantar o mal-estar que pairava na fímbria de sua tranquilidade recém-adquirida.

Ele foi se juntar a um grupo de sujeitos a alguns metros de distância. Resolvera agir depressa e abrir seu coração para Mumbi. Os homens rodeavam Kihika e ouviam-no falar com caras animadas. Mais abaixo na plataforma, outros sujeitos e mulheres passeavam ou formavam grupos de vários tamanhos: a visão de homens e mulheres rindo juntos fez Karanja sentir uma falta terrível de Mumbi.

De repente o apito soou, o trem deixou a estação e Karanja, que o observava intensamente, teve uma estranha experiência. Primeiro o apito soou e os vagões vibravam dentro de seu corpo. (Essa sensação, na verdade, formigou pelo corpo dele por um longo tempo depois de o trem ter partido.) Em seguida ele já estava na beira da plataforma, fitando um abismo branco vazio. Ele viu isso nitidamente, podia jurar depois. Os trilhos, as pessoas na plataforma, as lojas de Rung'ei, o lugar inteiro começou a girar cada vez mais depressa ante seus olhos, e então tudo parou abruptamente. As pessoas pararam de falar. Nada se mexia ou fazia barulho. Karanja ficou com medo dessa ausência absoluta de todo barulho e movimento e olhou em volta para confirmar a verdade do que via. Mas nada parara. Todo mundo estava fugindo como se cada um temesse que a terra se abrisse debaixo de si. Corriam em todas as direções; os homens pisoteavam as mulheres; as mães esqueciam os filhos; os fracos e aleijados eram abandonados na plataforma. Cada homem estava só, com Deus. Foi a clareza da visão como um todo que o abalou. Karanja se firmou para o combate, para a luta pela sobrevivência. Preciso cair fora deste lugar, disse consigo mesmo, sem se mexer. A terra girava de novo. Preciso correr, pensou, não adianta, não posso evitá-lo, por que deveria ter medo de pisotear as crianças, os fracos e aleijados, quando os outros o estão fazendo?

Um homem que estava ao lado dele abraçou Karanja rapidamente, impedindo que ele caísse na superfície dura.

"Qual é o problema, cara? Você está bêbado?"

"Eu — eu não sei", disse Karanja, esfregando os olhos como alguém acordando. Tudo na plataforma estava normal. O trem acabava de desaparecer na curva ao longe. "É minha cabeça", ele explicou ao sujeito que o ajudara. "Estava girando, girando."

"É o sol. Faz as pessoas ficarem tontas. Por que não senta numa sombra e descansa?"

"Estou bem", Karanja riu sem jeito e se afastou andando para se juntar ao grupo em volta de Kihika. Pouca gente testemunhara o pequeno drama. Karanja encontrou Kihika explicando alguma coisa sobre Cristo.

"Nenhuma luta por Wiyathi pode ter êxito sem esse tipo de homem. Reparem no caso da Índia. Mahatma Gandhi conquistou a liberdade para as pessoas e pagou por isso com o próprio sangue."

Karanja, ligeiramente abalado pela sua visão de havia pouco, de repente se sentiu irritado com Kihika.

"Você diz uma coisa agora. Logo diz outra", comentou, dirigindo-se a Kihika. "Hoje de manhã você disse que Cristo tinha fracassado. E agora diz que precisamos de Cristo. Será que você está virando revivalista?"

O tom desdenhoso de descrença e o risinho ligeiramente irônico de Karanja magoaram Kihika. Ele hesitou um pouco, sem saber como reagir a essa contestação pública vinda de um amigo. As pessoas se aproximaram balançando a cabeça para ver se Kihika fora obrigado a se calar. Kihika controlou com dificuldade a raiva e continuou:

"Sim — eu disse que ele tinha fracassado porque a sua morte não mudou nada, não fez com que as pessoas encontrassem seu centro na cruz. Toda a gente oprimida carrega uma cruz. Os judeus se recusaram a carregá-la e foram espalhados como poeira pelo mundo inteiro. Será que a morte de Cristo fez sentido para os filhos de Israel? No Quênia queremos mortes, mas mortes que mudarão as coisas, isto é, queremos um verdadeiro sacrifício. Mas primeiro precisamos estar prontos para carregar a cruz. Eu morro por você, você por mim, nós formamos um sacrifício um para o outro. Por isso eu posso dizer que você, Karanja, é Cristo. Eu sou Cristo. Todo mundo que faz o Juramento da Unidade para mudar as coisas no Quênia é um Cristo. O Cristo não é então uma pessoa. Todos que carregam a cruz para libertar o Quênia são os verdadeiros Cristos para os quenianos."

Njeri e Wambuku, com algumas outras garotas, vieram se juntar ao grupo. A conversa sobre política acabara, com a maioria dos rapazes impressionados com a cabeça de Kihika. A intensidade em seus rostos sumiu ao sorrirem e rirem com as garotas.

Karanja e Kihika, contudo, permaneceram distantes, por diferentes motivos, e, sem que nenhum deles planejasse, se evitavam mutuamente. Permaneceram calados durante todo o caminho até a dança na mata.

Estava quieto e fresco na floresta de Kinenie. Novamente os homens e as mulheres formaram grupos, rindo e fazendo algazarra, animando a mata. Alguém enfiou um violão nas mãos de Karanja. "Toca", gritavam as garotas. Quando tocava o próprio instrumento, Karanja sentia a reação imediata das cordas a seus dedos. Hoje ele não o havia trazido, mas estava excitado e procurou conseguir o mesmo domínio sobre esse outro violão. A excitação, captada pelas cordas, chegava às pessoas que já haviam começado a dançar. As primeiras danças eram de graça.

Wambuku e Kihika dançavam juntos. A música a animava e ela se aproximou mais de Kihika, com a cabeça inclinada para trás, olhando para ele de forma ardente. Seus seios pontudos balançavam para cima e para baixo, mexendo com Kihika, de modo que ele esqueceu o incidente na estação. Vê-los dançar tão juntos fez Karanja se lembrar de Mumbi. Ele já tocara uma ou duas vezes na casa dela. Agora queria tocar de novo para ela, e esse desejo despertou cordas no seu sangue cujas delicadas vibrações migraram para seus dedos. As cordas expressavam o que se passava no seu coração. A súplica desse desejo ardente certamente ultrapassaria a floresta, até a aldeia, até Mumbi.

Karanja tocava de modo diferente de Gikonyo. Gikonyo mergulhava no instrumento com uma espécie de fúria obscura. Às vezes o instrumento o possuía e sua execução tinha uma força bruta. Mas Karanja se sobrepunha ao instrumento; ele o controlava, como o carpinteiro faz com suas ferramentas, de modo que sua execução era mais segura e bem-acabada.

Um sujeito caminhou até onde Njeri estava. Ela declinou a dança com um abano sonhador da cabeça. Seu olhar seguia Kihika e Wambuku requebrando entre as árvores silenciosas, arrastando os pés entres as folhas caídas. Os troncos das árvores também pareciam se mover entre os casais que dançavam. Karanja cantava com uma tristeza exultante. Agora os homens e a floresta lhe pertenciam. Mas ele só queria que Mumbi o ouvisse; ela iria escutar o desejo louco em sua voz. Correria para ele, certamente iria atrás dele. Pois como era possível que se atirasse ao carpinteiro? Isso trouxe de volta a dor; o violão e a voz de Karanja emudeceram no ato, e fez-se um silêncio súbito e profundo. Então os muitos aplausos e exclamações de prazer rasgaram o silêncio em pedaços.

Kihika e Wambuku encontraram uma clareira ensolarada. A parte fechada da floresta, os dançarinos na mata e os olhares famintos de Njeri ficaram para trás. Ali verdes acácias e o mato cobriam as encostas escarpadas até o vale abaixo. O vale era uma parte em várzea, mas depois ia de encontro a uma série de morros pequenos. Mais além, e à direita, Kihika podia apenas vislumbrar os contornos do Posto Policial de

Mahee, símbolo daquele poder que dominava o Quênia até a soleira da porta de cada cabana.

"Basta destruir isso e o branco se vai", Kihika pensou. "Ele governa pelas armas as vidas de todos os negros do Quênia." Uma luz dançou em frente à vista de Kihika e seu coração se dilatou com a intensidade dessa visão, exultando nela, esquecendo por um tempo a mulher a seu lado. Mas estava ciente de sua respiração, e parecia que ela havia ido ali para que ele pudesse lhe mostrar aquilo.

Ele pegou na mão dela, com os olhos ainda fitos em Mahee e no vale do Rift.

"E foi essa a estrada também, a estrada que o homem branco usou para penetrar no coração do país", disse lentamente, pensando na ferrovia que podia ser vista a correr pelas faldas do desfiladeiro, entrando no vale.

"Você nunca esquece a política, Kihika?", falou impaciente Wambuku, com a pergunta suspensa entre a advertência irritada e o desejo.

Wambuku não era bonita, exceto quando ria ou ficava entusiasmada. Então, com os olhos dilatados, lábios separados de expectativa, rosto escuro luzindo, ela podia ser irresistivelmente atraente. Mulher dotada de uma tremenda capacidade de viver, existia no presente, explorando e devorando suas possibilidades e encantos. Ela realmente queria dividir a vida com Kihika, mas ele vivia sempre prestes a fazer o pedido. Quando ficavam a sós, ela esperava com ansiedade, o coração batendo pelo temor do que sabia e não revelava. Kihika não queria dar o mergulho. Era um homem que seguia um ideal. Wambuku via isso como um demônio que o afastava dela. Se ela ao menos o compreendesse, se ao menos pudesse encontrar face a face o demônio, então saberia como lutar com sua força de mulher. Não tomara o demônio o lugar da rival feminina? Mas como poderia lutar contra um demônio que jamais se encarnava em mulher? Como poderia lutar com coisas ocultas nas trevas?

"Não é política, Wambuku", ele disse, "é vida. Será papel de homem deixar que outro tome sua terra e sua liberdade? O escravo tem vida?"

Ele agora falava em tom torturado, articulando as palavras como se procurasse responder a perguntas dentro dele. Wambuku soltou a mão impacientemente, como se não quisesse unir seu destino ao dele.

"Você tem terra, Kihika. A terra de Mbugua também é sua. De qualquer forma, a terra do vale do Rift não pertencia à nossa tribo?"

"Os quatro hectares de meu pai? Não é isso que importa. O Quênia pertence ao homem negro. Você não vê que Caim estava errado? Eu sou o guardião do meu irmão. De qualquer modo, mesmo que a terra tenha sido roubada dos gikuyu, ukabi ou nandi, ela não pertence ao homem branco. E, mesmo que pertencesse, todo mundo não deveria ter um pedaço do shamba comum, o nosso Quênia? A terra pertence ao povo do Quênia. Ninguém tem o direito de vendê-la ou comprá-la. É nossa mãe, e nós, seus filhos, somos todos iguais perante ela. Ela é nossa herança comum. Veja o homem branco, em qualquer lugar da área de assentamento. Ele é dono de centenas e centenas de hectares de terra. E o que falar do homem negro que vive ali, cuja última gota de suor vai para cultivar café, chá, sisal, trigo, e, no entanto, só recebe dez xelins por mês?"

Kihika falava com as mãos, como se fosse para uma grande plateia diante dele. Wambuku sentiu que precisava se atracar com o demônio agora. Ela pegou a mão dele e apertou-a delicadamente, de modo que Kihika olhou para ela. Mas as palavras não conseguiam se formar na sua boca para expressar o que se passava no coração dela.

"Não vamos falar dessas coisas agora", disse ela, percebendo o seu fracasso. Kihika retribuiu a pressão da mão dela, passando pelo prazer extraordinário do homem que encontra uma alma consoladora no rumo predeterminado de sua ação. Ele queria falar a ela de sua gratidão; não era ela a única pessoa entre todas que acreditava inteiramente nele, nas suas ideias? Se ela não chegara a dizer isso antes, agora dissera tudo, expresso por aquela delicada pressão de sua mão.

"Você não vai se afastar de mim. Não vai me deixar sozinha", disse ela desesperada.

"Nunca!", gritara Kihika em êxtase, vendo Wambuku sempre a seu lado. Quando chegasse a hora da ação, só ele entre os outros homens teria a mulher amada lutando a seu lado.

Bastou aquela palavra que penetrou como um punhal em Wambuku, para entusiasmá-la com uma visão momentânea de felicidade hoje e sempre; será que Kihika agora deixaria o demônio para lá, se contentando com a vida da aldeia, como os outros?

Caminharam de volta até os dançarinos na mata, de mãos dadas, rostos iluminados, ambos felizes naquele momento, em suas ilusões particulares.

Gikonyo nunca esqueceu a cena na mata; quando estava na detenção, ansiando por coisas e lugares fora do alcance de qualquer esperança, revivia em detalhe todos os momentos daquela experiência, o mito ritual de uma terra havia muito esquecida.

"Foi como nascer de novo", relembrou na presença de Mugo, falando em voz baixa e uniforme, lutando para encontrar a palavra que englobasse a realidade de sua experiência. O fogo na lareira, demarcada por três pedras, tinha diminuído até virar uma brasa meio morta; o lampião a óleo bruxuleava, brincando com as sombras nos cantos, sem clarear direito os rostos de Mugo e Gikonyo.

"Eu me senti inteiro, renovado... já fiz amor com muitas mulheres, mas nunca sentira nada assim antes."

Ele fez uma pausa, perplexo, espantado, como se as palavras de repente lhe fugissem. Lentamente ergueu a mão do joelho, com os dedos meio abertos, e então deixou que ela recaísse na sua antiga posição.

"Antes eu não era nada. Depois daquilo, era um homem. Durante nosso curto período de casados, Mumbi me fez sentir que *isso* era tudo o que importava... de repente descobri... não, era como se eu tivesse feito um trato com Deus para ser feliz. Como posso dizer? Eu peguei a mulher nos meus braços — você conhece o tronco da bananeira? Descasquei camada após camada, e estendi a mão, minha mão trêmula, para alcançar a Kiana enrodilhada lá dentro.

"Todo dia eu encontrava uma nova Mumbi. Juntos, mergulhávamos na floresta. E eu não tinha medo da escuridão..."

Wangari, sua mãe, também estava feliz. Encontrara uma filha em Mumbi, com a qual, mesmo sem ser por meio da fala, podia compartilhar as alegrias e preocupações de uma mulher. As duas iam juntas para o shamba, se revezavam para buscar água no rio e cozinhavam na mesma panela. A alma da mãe se aproximou calorosamente da jovem, atravessando o abismo de silêncio que palavra alguma podia atingir, deleitando-se com a tensão de travar um novo conhecimento. Juntas, olhavam além da cabana, para a oficina, onde o homem segurava um serrote ou uma plaina. Elas ouviam a voz do carpinteiro cantando com as ferramentas, e seus corações quase arrebentavam de satisfação.

Em breve, no entanto, Wangari e Mumbi, como as outras mulheres em Thabai, notaram uma mudança no homem. Ele agora cantava de modo desafiador, lançando uma provocação despreocupada ao homem branco em Nairóbi e em outros lugares onde os ancestrais dos gikuyu costumavam viver. Karanja, Kihika e outros se juntavam a Gikonyo e cantavam canções tristes sobre a esperança. Riam e contavam casos, mas o seu riso não era mais o mesmo; carregava consigo zombarias e expectativas. Iam menos ao trem, as danças na floresta viraram reuniões onde se discutiam planos para o dia do acerto de contas. Também se encontravam em cabanas, em lugares escuros tarde da noite, e cochichavam juntos, mais tarde irrompendo em risadas beligerantes e canções de guerra. Os corações das mulheres palpitavam; elas captavam o toque de tristeza nas canções e temiam por seus filhos.

O ar estava prenhe de expectativa.

Uma noite, aconteceu. Jomo Kenyatta e outros líderes do país foram presos; o governador Baring havia declarado o Estado de Emergência no Quênia.

* * *

Alguns meses depois da declaração, Mumbi estava do lado de fora de sua cabana olhando sonhadoramente a paisagem. Gikonyo não estava na oficina e Wangari havia ido ao rio. As cercas sem podar que circundavam os lares espalhados fazia a serrania parecer um mato selvagem sem fim, não fossem os pequenos fios ondulantes de fumaça das muitas cabanas que faziam a terra parecer pacífica e acolhedora. O sol estava a ponto de se pôr. A pequena cerca em volta do novo lar de Mumbi agitava-se à brisa. Ela se deleitava calada com a cena diante dela.

Viu Kariuki, seu irmão caçula, andando nos campos. Mumbi estava cheia de carinho; ficou satisfeita de o garoto ter vindo visitá-la. Ela amava Kariuki e antes de casar lavava e passava suas roupas com cuidado. Sempre acordava muito cedo para fazer chá antes que ele fosse para a escola. Embora gostasse de Kihika, o admirasse e dependesse dele, o mais forte, sem compreendê-lo, era a Kariuki que ela dispensava cuidados de irmã. Ela e Kariuki iam muitas vezes caminhar juntos no campo. Ela ouvia as brincadeiras do garoto a respeito de tudo, desde a escola até as mulheres. Ela o repreendia, sem muita convicção, sempre que ele fazia comentários sobre homens e mulheres mais velhos. Então Kariuki costumava fazer caretas cômicas e o sorriso contido de Mumbi rebentava num riso desbragado.

Kariuki estava de uniforme de colégio e, ao se aproximar, Mumbi ficou alarmada pela solenidade de seu rosto. A luz desbotou em seu olhar, a alegria interior virou ansiedade e ela ficou toda pronta para agir.

"O que foi, Kariuki? Aconteceu alguma coisa em casa?"

"Gikonyo está?", perguntou Kariuki, evitando o olhar e a pergunta dela.

"Não, não está. Mas o que houve? Sua cara me assustou!"

"Nada. Só que meu pai me mandou dizer a Gikonyo para vir para casa comigo. Você também."

O garoto olhava para baixo. Sua voz diminuirá até se tornar um sussurro, embora fosse visível que ele procurava mantê-la firme. Agora Kariuki levantou o olhar para Mumbi e algo como lágrimas brilharam em seus olhos.

"É nosso irmão Kihika... Ah, Mumbi, Kihika fugiu para a floresta para combater", acrescentou, caindo nos braços de Mumbi. Por um instante a irmã o abraçou, e Thabai girou e girou sob seus pés. Então a terra parou de novo, quase tranquila.

"O que fazer?", perguntou ela.

Estava escuro lá fora. Wambuku e Njeri deixaram a cabana de Mbugua e foram para casa. Caminhavam em silêncio, cada uma às voltas com os próprios pensamentos. Wambuku lembrando a cena na cabana que por algum tempo a fizera esquecer seu próprio aperto no coração. Mbugua estava sentado, de cabeça inclinada, ouvindo a história de Wambuku sem interrompê-la. Somente depois que ela acabou é que ele a fitou.

"Ele disse que o lugar dele era na floresta?"

"Disse."

"O que deu na cabeça dele? Será que não tenho bastante terra que dê para ele a vida inteira, para ele e para os filhos de seus filhos?" Coube a Mumbi colocar em perspectiva aquele sofrimento particular.

"Com a prisão de Jomo, as coisas ficaram diferentes. Todos os líderes do país foram presos e não sabemos para onde os levaram. Você acha que Kihika, que era líder do Movimento em sua região, escaparia do longo braço do homem branco? Ele teve de escolher entre a prisão e a floresta. Escolheu a floresta."

"Que Deus faça com ele o que achar melhor", disse Mbugua. Wanjiku apoiou o marido com um aceno de cabeça.

Wambuku segurara as lágrimas com dificuldade, mas agora, no escuro, chorava baixinho. Sua dor se extravasou em palavras.

"É o demônio."

"Você vai se encontrar com ele?", perguntou Njeri.

"Não!", gritou ela com paixão, na noite. "Ele me abandonou, abandonou meus braços. Njeri, eu supliquei que ele ficasse, chorando. Estávamos sozinhos, do lado de fora de minha casa. Ele veio me dizer que ia embora. Eu esperaria por ele? Eu lembrei a ele uma promessa que uma vez ele me fizera em Kinenie, de que jamais me deixaria. Mas ele foi embora..."

"Você não o ama?", perguntou Njeri, num tom que expressava desdém e superioridade.

"Amo — amava — eu me mantinha afastada de outros homens por causa dele. De noite só pensava nele. Eu o queria. Eu poderia tê-lo salvado. Ele era um homem, Njeri, forte, seguro, mas também fraco, fraco como uma criancinha."

"Você não o amava. Só o queria quando ele dormia com você", disse Njeri de maneira surpreendentemente venenosa, que pegou Wambuku de surpresa.

"Você não pode me dizer o que se passa no meu coração."

"Algumas pessoas não sabem o que se passa no coração delas."

"Eu sei. Você tem ciúme."

"De você? Nunca!"

Elas se separaram sem mais palavras. Embora Njeri fosse uma garota baixa, sua figura esguia a fazia parecer alta. Mas havia algo forte naquela magreza. Ela desprezava as fraquezas femininas, como lágrimas, e, sempre que ocorriam brigas em Kinenie, ela entrava nelas, mesmo contra homens. Uma felina, assim a chamavam os homens, porque poucos conseguiam impor sua vontade física sobre ela. Sentia-se agora superior e mais forte e não podia controlar seu desprezo por Wambuku. Ficou sozinha no escuro, do lado de fora de sua casa, olhando na direção da floresta de Kinenie.

"Ele está lá", sussurrou consigo mesma. Em seguida dirigiu-se a ele com devoção apaixonada. "Você é o meu guerreiro." Alteou a voz, deixando transparecer sua raiva havia muito contida. "Ela não te ama, Kihika. Ela não se importa." Caminhou mais alguns passos e em seguida virou-se rápido, desejando que as ondas da escuridão carregassem sua declaração de amor eterno a Kihika.

"Eu irei até você, meu belo guerreiro, eu irei até você", gritou, e entrou correndo na cabana da mãe, tremendo por saber que fizera uma promessa irrevogável a Kihika.

Gikonyo sempre voltava no final da tarde para um segredo que ele só podia compartilhar com Mumbi. E que guardava zelosamente. Ele ainda mantinha a oficina, onde Karanja e outros se reuniam de tardinha, atiravam pragas e desafios no ar, e reviam com orgulho as histórias de cada um dos últimos sujeitos a se juntarem a Kihika. Wangari e Mumbi perceberam que a mão do carpinteiro não estava firme ao passar a plaina na superfície da madeira. Isso Wangari pensava compreender e temia. Mas como poderia ela explicar o brilho no seu olhar, a animação na voz, como se o disparo das armas para o alto, a corneta que mandava as pessoas fecharem suas portas às seis horas não pudessem atingir a sua virilidade? Somente Mumbi achava ser capaz de compreender, porque ela conhecia as mãos e os dedos do homem no seu corpo; ela sabia da força do homem quando seus membros a prendiam, indefesa, ao solo. E seu corpo esperava, com as asas batendo, prontas. Esses eram momentos em que se passava pelo terror e pela ternura; e ela o desejava também, agora exultando na sua força de mulher, pois quando o homem desfalecia dentro dela, era a ternura e sabedoria dela que o salvavam e o devolviam à vida.

Ela não queria que ele fosse e se odiava por essa covardia.

Mais homens foram presos e levados a campos de concentração — chamados campos de detenção para o mundo, fora do Quênia. A plataforma da estação do trem vivia agora sempre vazia; as garotas ansiavam por seus amantes dentro de cabanas frias e rezavam para que seus rapazes voltassem depressa da floresta ou dos campos.

Um dia, o braço do homem branco bateu na porta de Mumbi. Ela esperara com temor por esse dia; na verdade, se armara contra o seu poder mortífero. Mas, quando chegou a hora, ela se viu impotente para salvar seu homem. Ela reuniu toda sua vontade e força num grito que tocou o coração de muitos dos presentes: Volte para mim, Gikonyo. Pois o grito era como um berro de terror. E esse terror febril tomou conta de toda a Thabai quando, mais tarde, se soube que Gitogo, o filho surdo-mudo da velha, havia sido morto a tiros por esses arautos da paz do homem branco.

Talvez eles não soubessem, mas era conveniente que uma campanha tão importante assim fosse inaugurada com sangue derramado no próprio solo de Thabai.

Gikonyo caminhou para a detenção com passo ligeiro e a segurança nascida da experiência que ele tinha do amor e da vida. Essa coisa terminaria em breve, sem dúvida. Jomo ganharia o processo, com seus advogados vindos lá da terra dos homens brancos e da Índia de Gandhi. O dia da libertação não tardaria. Gikonyo voltaria e retomaria o fio da meada de sua vida, mas dessa vez numa terra de glória e abundância. Era isso que ele queria dizer à sua mãe e a Mumbi quando os soldados o conduziram ao caminhão que esperava. Os homens brancos podiam fazer o que bem entendessem; chegaria o dia, e na verdade estava prestes a chegar, quando ele voltaria para Thabai e, junto com os combatentes da floresta, ao raiar da liberdade, balançaria a terra com uma nova canção.

Seis anos depois, ainda era a imagem do fio que mais atraía a imaginação de Gikonyo enquanto ele caminhava por uma estrada poeirenta de volta a Thabai. Abaixou a aba do chapéu (que ele pegara na margem da estrada) para esconder os tufos de cabelo espetados na cabeça praticamente calva de detento, gesto inútil, já que o próprio chapéu estava terrivelmente rasgado. Seu casaco um tanto remendado, que já fora branco — o uso diário o transformara agora em amarelo e marrom —, pendia largo sobre os ombros caídos. O rosto, que havia seis anos irradiava juventude, mostrava pequeninos sulcos que criavam, em volta da boca fechada, a impressão de uma carranca permanente, como se Gikonyo fosse explodir violentamente à menor provocação.

A terra arrasada e cheia de calombos subia de ambos os lados; plantações anêmicas mal saídas de uma seca recente, além de uma praga que atormentara o país nesse período e deixara ressequidos e rachados os rostos ansiosos das mães, se espalhavam por tiras de shamba de ambos os lados da estrada. Gikonyo, no entanto, não notava a morbidez ao redor enquanto seguia caminho, tendo a guiá-lo a imagem da Mumbi que ele deixara para trás. A imagem o atraía, despertando nele emoções quase destroçadas pelas misérias físicas e as dores da espera. Gasto, desiludido na sua esperança de uma independência antecipada, ele se agarrava a Mumbi e Wangari como a única realidade que não mudara.

Em breve ele as encontraria. Este pensamento parecia dar força aos seus membros cansados, pela maneira visível com que procurou apressar o passo que deixava uma fina nuvem de poeira para trás. Gikonyo ansiara por aquele momento com um desespero crescente ao passar dos dias. O anseio era tolerável nos primeiros meses de detenção. Nessa época, os detentos costumavam cantar desafiadoramente à noite, e riam, desdenhosos, na cara do homem branco. Alguns apanharam, todos sofreram um rigoroso interrogatório pelos agentes do governo, cujo poder emanava do próprio nome misterioso que carregavam — Setor Especial. Os detentos haviam concordado em não confessar o juramento, ou dar qualquer detalhe sobre os Mau Mau: como poderia alguém revelar a força unificadora dos agikuyu em sua busca pela liberdade para a África? Suportavam todas as maldades do homem branco, crendo, de certo modo, que quem aguentasse até o fim receberia os louros da vitória.

Para Gikonyo, esses lhe seriam dados por Mumbi, cujas mãos trêmulas a segurar as folhas ele podia visualizar com clareza. Sua reunião a Mumbi seria testemunha do nascimento de um novo Quênia.

A despeito desse otimismo, ou talvez por causa dele, o primeiro obstáculo alarmara Gikonyo violentamente. Ele foi até a própria cela para refletir sobre as implicações do que acontecera. Não tendo êxito, juntou-se aos outros detentos numa tentativa coletiva de entender a profundeza dos truques do demônio. Jomo perdera o processo em Kapenguria. O branco ia silenciar o pai, os órfãos ficariam sem arrimo.

No início, é claro que eles não acreditaram. O superintendente do campo, um sujeito gordo com uma pele que, ao sol, parecia tingida de sangue, os havia chamado nos seus cubículos para irem ao pátio, onde lhes deu um rádio, o seu primeiro contato com o mundo exterior. O superintendente, com as mãos nos bolsos (gostava de bermudas cáqui), deixou-se ficar à distância, e, com um sorriso satisfeito, estudava os rostos chocados.

"Vou te dizer uma coisa. Creia ou não creia, o homem branco quer apenas nos arrebentar com mentiras", declarou Gatu, um detento de Nyeri que sempre lhes instilava força e esperança. Gatu tinha uma maneira de contar casos e piadas que obrigava todo mundo a escutá-lo. Trazia afivelado nos cantos da boca um sorriso satírico, que transportava os detentos da tristeza ao riso e à cordialidade. Até mesmo a maneira como sempre andava podia ser insuportavelmente engraçada, pois costumava imitar o andar e os maneirismos dos oficiais brancos e dos carcereiros. Seus casos e piadas traziam uma lição. Sua cara e seus olhos risonhos tinham certas marcas de inequívoca sabedoria. Mas naquele dia sua voz estava rachada e transmitia pouca convicção. Mesmo assim, os detentos de Yala beberam suas palavras, reagindo às provocações silenciosas do homem branco com um descrédito manifesto, mal expresso por seus sorrisos desanimados e risos estridentes.

Todos os detentos arriaram o corpo sobre a cama no chão. Durante o dia evitaram falar sobre Jomo, ou especular sobre o desfecho do processo em Kapenguria. Recusavam-se a olhar nos olhos uns dos outros, para não ler o que o outro estava pensando. Muito tempo atrás, o jovem Harry fora detido e condenado a viver sete anos sozinho numa ilha no oceano Índico. Voltara um homem alquebrado, prometendo cooperar eternamente com seus opressores, denunciando o Partido, que ele ajudara a criar. O que acontecera ontem poderia acontecer hoje. A mesma coisa sempre se repetindo ao longo da história.

E uma noite, de repente, todos eles passaram a acreditar nas notícias, todos, até o último detento. Não comunicaram sua crença uns aos outros, mas se reuniram nos pátios e cantaram:

> "Gi-i-kuyu na Mu-u-mbii
> Gi-i-kuyu na Mu-u-mbii
> Gi-i-kuyu na Mu-u-mbi
> Nikihiu ngwatiro."

O dia da libertação recuara para o futuro distante. O superintendente do campo veio com um megafone e, cercado de guardas armados, ordenou que voltassem para suas celas. Eles se dispersaram sem barulho (exceto o ruído dos pés) e sem risos.

Estavam abandonados no deserto onde nem sequer uma voz errante do mundo dos homens poderia alcançá-los. Isto amedrontou Gikonyo, pois então quem viria resgatá-los? O sol os queimaria até morrerem e seriam enterrados na areia quente, e até os vestígios de suas sepulturas se perderiam para sempre. Este pensamento trouxe mais desespero a Gikonyo, ao se lembrar de Mumbi e Wangari: que sua identidade na morte fosse apagada da superfície da terra era um pensamento recorrente, que muitas vezes o fazia suar frio nas noites geladas. Nesses momentos, as palavras compunham orações que não abandonavam a sua garganta.

A despeito disso, os detentos de Yala foram fiéis a seus propósitos. Não quiseram revelar nada sobre o juramento. Gatu continuou sendo o seu espírito do bem. Ingressara no Movimento cedo na vida e atuara na luta a favor das escolas independentes em Nyeri. Sua fé estava no Movimento; era só através dele que conseguia ver qualquer perspectiva de independência e da devolução das terras perdidas. Era um excelente administrador do juramento em Nyeri e viajava de aldeia em aldeia a pé. Gatu sabia sobre os partidos políticos e movimentos pela liberdade em outros países. Muitas vezes deleitava os outros detentos com histórias sobre a Índia e os julgamentos de Nehru e Gandhi. Também lhes contava sobre a Guerra de Independência Americana e como Abraham Lincoln havia sido executado pelos ingleses por ter liderado uma revolta dos homens negros na América. Napoleão fora um guerreiro, na verdade um dos maiores guerreiros da história. Bastava o som de sua voz para fazer os ingleses urinarem e se cagarem nos tornozelos, dentro das próprias casas. Essas histórias os animavam. Sentiam que Gandhi, Napoleão e Lincoln observavam os homens negros do Quênia em sua luta pela liberdade. Até os carcereiros africanos ficavam impressionados com as histórias de Gatu; ouviam com prazer misturado ao medo, e, assumindo uma expressão de pouco caso, zombavam da língua solta de Gatu. Mas não o censuravam a sério nem o impediam de falar.

Os homens faziam planos para depois da detenção. Debatiam sobre educação, agricultura, governo, e Gatu tinha elaborado histórias sobre todos esses assuntos. Por exemplo, ele lhes contou uma história sobre aquilo que acontecera uma vez na Rússia, onde o homem do povo, apesar de não saber ler, escrever ou falar uma palavra em inglês, era de fato quem governava. E agora todas as nações do mundo temiam a Rússia. Não havia surra que calasse Gatu. Ele voltava para os outros e representava o drama passado havia pouco no escritório, imitando as vozes e expressões dos ingleses. No final, eles o confinaram numa cela de isolamento. Passavam-se dias sem que lhe fosse permitido ver o sol ou falar com alguém. Era alimentado uma vez por dia, e comia no escuro. Mais tarde o soltaram e ele se juntou aos homens no pátio.

"O que aconteceu?", perguntavam os detentos ansiosamente, numa confissão de que haviam sentido a sua falta.

"Esqueçam essa gente. São obtusos, obtusos como as trevas. Em vez disso, eu vou contar a vocês a história completa da minha vida. Nasci num vale. O capim no vale — gente, ele era alto e verde-escuro. O sol brilhava diariamente. E a chuva também caía e as fruteiras brotavam da terra. Muitas vezes eu ficava deitado no capim, ao sol, com um pedaço de fruta na mão, ouvindo o murmúrio do riacho e os animais selvagens. Ninguém conhecia esse vale e eu não tinha medo de nada. Aí, um dia, recebi uma visita inesperada. Vocês são capazes de adivinhar quem era? De qualquer forma, podem imaginar o meu espanto quando vi a célebre Rainha — a Rainha da Inglaterra. Ela disse (imitando sua voz): 'Por que você está vivendo nesse lugar escuro? É como a cela fria e escura de uma prisão.' Eu fiquei ali deitado no capim. Percebi que ela estava bastante espantada porque eu não havia ficado impressionado com seus lábios manchados de sangue. 'Eu gosto daqui onde estou', falei com ela e continuei deitado no capim. Ela disse (imitando de novo): 'Se você me vender seu vale, eu deixo você... uma vez.' As mulheres são mulheres, vocês sabem. 'No meu país', falei a ela, 'a gente não compra isso de nossas mulheres. Elas nos dão de graça.' Mas, cara, o meu negócio andava inquieto. Eu não via uma mulher havia muitos anos. Contudo, antes que eu pudesse fazer qualquer outra coisa, ela chamara seus soldados que me amarraram as mãos e os pés e me tiraram do vale. De onde acabei de chegar. E por isso, cavalheiros, aqui estou eu de volta, e vocês devem estar espantados."

"Gente", disse ele depois de muitas gargalhadas. "Eu gostaria de ter topado a oferta e satisfeito logo o meu negócio, que me incomoda até hoje."

Eles continuaram a rir. "Mostre como ela andava", gritou um dos sujeitos. Gatu se levantou e imitou a cena inteira entre murmúrios e comentários apreciativos.

O comandante do campo o avisou: "Nós vamos te pegar!". Gatu se tornara o símbolo da resistência coletiva deles.

Gikonyo nunca conseguiu compreender como Gatu continuava tão forte a despeito de ter sido escolhido como vítima da tortura. Seriam fantasias dele? Ou o sujeito era feito de ferro?

Eles foram quebrar pedras numa pedreira a oito quilômetros de Yala. As pedras eram para construir casas para os novos oficiais e carcereiros. O campo de Yala estava se expandindo. Chegavam mais detentos, o único contato com o mundo exterior. Gikonyo e os outros caminhavam pela areia quente numa terra plana, cheia de cactos espalhados e arbustos espinhosos despidos de folhas. Gikonyo levantava e arriava a enorme marreta até entrar num ritmo mecânico. Fazia calor.

O suor escorria até que sua camisa colasse no corpo grudento. A terra plana se espraiava ininterruptamente a partir da colina em direção à costa, se esfumando numa faixa cinza tremeluzente. De repente Gikonyo se viu pensando sobre um assunto que transportava seu coração e sua cabeça para um mundo diverso da pedreira e do território de Yala. Logo depois de casar com Mumbi, ele quisera lhe dar um presente, algo criado pelas suas próprias mãos. Pensara em muitas coisas que podia fazer para ela, mas não conseguia se decidir por nenhuma. Então um dia ele ouviu Mumbi e Wangari discutindo sobre os banquinhos tradicionais gikuyu. "Hoje em dia não restam mais entalhadores", dizia Wangeri. "Por isso a gente só arranja cadeiras e bancos presos com pregos." E imediatamente Gikonyo ficara doido para talhar um banco. Queria fazer um que fosse diferente de todos os demais. E por um ano inteiro o desejo tomava conta dele em horas e lugares estranhos. Ficava muito excitado, mas nunca conseguia pensar num motivo. Agora na pedreira ele se viu pensando no banco, pensando em todo tipo de motivos. Ele ainda estava nesse ânimo quando chegaram os poucos minutos de descanso deles, e Gikonyo se sentou ao lado de Gatu. O rosto de Gatu estava cansado.

"O que é, cara?", Gikonyo lhe perguntou.

"Não é nada." Seu olhar ultrapassou a pedreira até uma terra distante.

"Você parece estar pensando em alguma coisa", continuou Gikonyo, trazendo à tona um tema que acabara de lhe ocorrer.

"O que há para a gente pensar agora?"

"A liberdade!", respondeu Gikonyo, triunfante.

"A liberdade! Sim, liberdade", disse lentamente Gatu, numa voz baixa que soava como um grito abafado. Esse tom acabou com o tema e Gikonyo ficou deprimido por dentro. De repente Gatu dirigiu o olhar para Gikonyo. Gikonyo sentiu o terrível laço que se estabelecia entre eles. Lutou contra isso, mas acabou cedendo, de modo que foi ele quem primeiro abriu seu coração para Gatu. Contou-lhe sobre Thabai, Wangari, Mumbi. Contou-lhe sobre sua união física e espiritual com Mumbi. E, finalmente, Gikonyo contou a Gatu seu único desejo de ver Mumbi apenas mais uma vez.

"Puxa, eu nem sequer me despedi dela quando os soldados me levaram."

Durante um tempo era como se um fardo tivesse sido tirado de seu coração; mas Gikonyo imediatamente se sentiu envergonhado por ter se aberto. O silêncio de Gatu que se seguiu ao próprio jorro de suas palavras parecia uma censura. Gatu então desviou o olhar de Gikonyo e, ao fitar a distância tremeluzente, disse numa voz clara, inexpressiva, que não passava de um sussurro:

"Um determinado homem, filho único, uma vez desejou uma mulher. E a mulher também queria se casar com ele e ter filhos. Mas o sujeito não parava de adiar o casamento porque queria construir uma nova cabana de modo que os filhos nascessem numa cabana diferente. 'Podemos construí-la juntos', disse ela muitas vezes. No final, ela ficou cansada de esperar e de deixar que a vida dela murchasse. Casou com outro. O primeiro sujeito continuou tentando construir a cabana. Nunca acabou. Nosso povo diz que construir uma casa é um processo para a vida inteira. Resultou que o sujeito nunca teve uma mulher nem filhos para continuar seu fogo familiar." Ele então pousou o olhar em Gikonyo e continuou como se estivesse falando diretamente para o coração dele. "Então, como você vê, todos nós temos nossas próprias perdas... pela causa. É preciso ser, é preciso continuar fortes juntos!"

Assim que acabou sua história, Gatu se levantou e se afastou de Gikonyo. "Fraco, fraco, como qualquer um de nós", Gikonyo primeiro murmurou consigo mesmo, cheio de piedade. Gatu parecera tão certo, tão seguro, tão capaz de rir de si mesmo e dos outros. Então, de repente, a piedade de Gikonyo transformou-se em um ódio tão forte que era difícil compreender. "Então é por isso que ele é tão forte. Ele não tem nenhuma mulher como Mumbi. Como ousa falar comigo de força coletiva?"

Os soldados vieram buscar Gatu na pedreira. Naquela mesma noite os outros acharam seu corpo pendente contra a parede da cela. "Se enforcou...", disse o comandante rindo. "Era a culpa, estão vendo? A não ser que confessem, acabarão como ele." Uma tristeza cobriu Yala. Não conseguiram chegar a um acordo sobre uma reação comum contra o assassinato de Gatu. O acontecimento abalou Gikonyo. "Eu devia saber que isso ia acontecer", disse consigo mesmo, com medo da própria fraqueza.

As noites sucediam os dias com rigorosa regularidade. Então Gikonyo começou a caminhar em volta do pátio, de tardinha, antes de o sol se pôr. As paredes de cada bloco que compunha o campo eram fortificadas com arame farpado. O muro em volta de todo o campo estava coberto de arame farpado. De manhã eles deixavam o arame farpado e iam pelas estradas e pedreiras; de tardinha, voltavam para o arame farpado. Arame farpado, em todo canto arame farpado. Assim era hoje, assim seria amanhã. O arame farpado borrava sua visão. Não havia nada além dele. As vozes humanas haviam cessado. O mundo lá fora estava morto. Talvez não, pensou enquanto se dirigia à parede de arame farpado, eram seus ouvidos que haviam ficado surdos; seus olhos, cegos. Durante dias ele passou sem comida, vivendo de água, sem sentir fome ou fraqueza.

Um fim de tarde ele fitou com ar ausente o arame e, com súbita excitação, teve vontade de chorar ou rir, mas não fez nem um nem outro. Lenta e deliberadamente (ele se colocou fora de si mesmo, observando seus atos como se fosse de longe), estendeu a mão direita para o arame, pressionando sua carne contra os espinhos afiados de metal. Gikonyo sentiu a pontada na carne e observou o sangue brotar; teve um arrepio e experimentou uma estranha exaltação.

O carcereiro segurou a arma com firmeza, esperando que Gikonyo tentasse fugir, e ao ver que não, o chamou. Gikonyo ouviu a voz, um eco distante, e caminhou em sua direção, exaltado com a nova experiência. De repente se deixou ficar defronte ao carcereiro, fitou insolentemente a sua cara e em seguida ergueu a mão para que este visse o sangue e talvez sentisse inveja. O carcereiro (um dos poucos que eram amistosos) viu o olhar esgazeado de Gikonyo. "Entre e descanse", disse a ele, virando-se abruptamente e se afastando, quase a correr do riso estranho de Gikonyo. Na cela, Gikonyo viu que tudo — o arame farpado, o campo de Yala, Thabai — se dissolvia numa névoa incolor. Lutou para relembrar o perfil do rosto de Mumbi, mas sem êxito; havia apenas uma sucessão de imagens em que cada uma cancelava a imediatamente anterior. Estaria morto? Pôs a mão no peito, sentiu as batidas do coração e percebeu que ainda vivia. Por que então não conseguia fixar o contorno permanente de Mumbi na sua cabeça? Talvez ela também tivesse se dissolvido na névoa. Tentou reviver a cena na mata e ficou espantado ao ver que não conseguia vivenciar nada; o desejo, a virilidade completa, a voz encantatória de Mumbi, a explosão de sentimento, nada disso lhe veio, nem como algo do passado. Durante todo esse tempo Gikonyo via a si mesmo agindo — cada gesto seu, o fluxo do pensamento; estava ao mesmo tempo dentro e fora de si — num transe, pesando tudo calmamente, e apenas ligeiramente perplexo pela falha de sua memória. Talvez eu esteja cansado; este pensamento atravessou sua mente. Se eu me levantar, tudo o que me faz ser o que sou voltará logo a funcionar. Por isso ele se levantou e, de fato, as coisas pareceram entrar em ação. O quarto, por exemplo, girava e girava — ele tentou andar; foi tomado de súbito pânico, cambaleou até a parede, emitiu um grunhido e arriou de novo no chão, na escuridão total.

Aos poucos ouviu um leve som de pés que se arrastavam através das folhas secas da floresta. Apurou os ouvidos para ouvir o som, que virou a voz de Mumbi. Ele ergueu a cabeça e viu seu sorriso angelical e suas mãos que levavam uma tocha acesa, que espantava a escuridão à sua frente. Ela queria levantá-lo, ela que parecia tão pura, uma realidade incorruptível num mundo de sombras cambiantes. Sua pureza o esmagava, o derrubava, o enchia de respeito. Eu sei que meu redentor vive, ele gritou para ela, ajoelhando-se diante dela, quando de repente um novo êxtase o atravessou e ele desejou morrer dentro dela como naquele dia na floresta, de modo que, ao morrer, ele vivesse. Certamente ela o receberia, pensou, quando, ainda possuído pelo êxtase, ele mergulhou num sono profundo.

Acordou de manhã e percebeu que estava com uma tremenda fome. A mão direita, inchada no pulso, doía. Não conseguia lembrar com clareza o que acontecera na noite anterior. Só sabia que acordara de um sonho fantástico em que ele andava sem parar desde que Gatu havia sido enforcado. Seu desejo de ver Mumbi continuava ali. Sua mente estava clara e ele sabia, sem culpa, o que faria. O boato correu. Todos os detentos de Yala se agruparam nas paredes de seus blocos a observá-lo com hostilidade gelada. Gikonyo fixou sua mente em Mumbi com medo que seus joelhos fraquejassem sob o olhar silencioso de todos os outros detentos. Ele caminhou adiante, e o som de seus passos na calçada que dava para a sala onde eram feitas as triagens, interrogatórios e confissões parecia, na ausência de outros ruídos, desnecessariamente alto. A porta se fechou depois que ele entrou. Os outros detentos voltaram para suas celas à espera de outra jornada na pedreira...

Ao deixar a estrada e pegar uma trilha nos campos, ele ainda podia ouvir o eco de seus passos na calçada de cimento, quatro anos atrás. Esses passos o seguiram por todo o processo da peneira, pois, apesar da confissão, Gikonyo não foi solto imediatamente. Ao ser interrogado, recusou-se a dar o nome de qualquer pessoa envolvida na administração do juramento. Será que esses passos sempre o seguiriam?, imaginou, de repente, com medo de encontrar alguém que ele conhecera nos velhos dias. Ele não se sentia vitorioso, menos ainda um herói. A coroa de louros não era para ele. Mas tampouco Gikonyo a queria. Só queria ver sua Mumbi e retomar o fio da vida onde o deixara.

Nas ruas, crianças nuas e seminuas brincavam de jogar terra umas nas outras. Um pouco de terra entrou nos olhos e na garganta de Gikonyo; ele esfregou os olhos com as costas das mãos (jorravam lágrimas de seus olhos) e tossiu com a garganta irritada. Parou mulheres cujos rostos ele não conhecia e perguntou a elas pela cabana de Wangari. Algumas o fitavam em aberta hostilidade; outras sacudiam a cabeça, indiferentes, tornando-o impaciente e zangado. Finalmente um menininho apontou o caminho para a cabana. Ao andar naquela direção, Gikonyo ficou pensando no que faria quando estivesse cara a cara com Mumbi. Seguiu-se a dúvida depois da excitação; e se Mumbi estivesse no rio, ou nas lojas, quando ele chegasse? Será que ele seria capaz de esperar mais uma hora ou duas para vê-la?

Na verdade, ele quase colidiu com ela na porta. Ela o olhou por um segundo ou dois, deu um grito involuntário, quase rouco, e, com a boca ainda aberta, recuou um passo como se fosse para deixá-lo entrar. Gikonyo viu uma criança bem presa às suas costas. Seus braços erguidos permaneceram congelados no ar. Em seguida baixaram lentamente para os lados. Sentiu um nó na garganta.

"É você mesmo?" Mumbi foi a primeira a falar.

"Sim. Quem você esperava?", sussurrou ele. A fumaça jorrava da cabana na cara dele, de modo que teve que recuar da porta, aumentando a distância entre ele e Mumbi. A criança começou a chorar. Mumbi lançou-lhe um breve olhar maternal antes de se voltar para o marido.

"Você?", ela perguntou de novo. "Eu sabia que você viria, mas não o esperava tão cedo."

"Tão cedo?", Gikonyo repetiu as palavras, seu olho mental a esquadrinhar a distância de seis anos. Nada parecia real. Ele não podia compreender o significado do que ela dizia.

Alertada pelas vozes, Wangari saiu da cabana e correu para Gikonyo.

"Meu filho!", gritou, abraçando sua cintura, com as lágrimas escorrendo pela cara macilenta.

Gikonyo sentiu o corpo enrijecer ao abraço da mãe. Ele percebeu, sem que lhe dissessem, que a criança atada às costas de Mumbi vinha da semente de outro homem. Mumbi fora para cama com outros homens na sua ausência. Os anos de espera, as esperanças piedosas, os passos na calçada, tudo isso inundou seu coração com uma grande zombaria. Mate-a, e a criança... acabe com essa miséria toda, pensou. Chegou a se livrar do abraço de Wangari para fazê-lo no calor da hora. Mas permaneceu preso onde estava. Wangari olhou na direção de Mumbi, que já entrara na cabana, onde se podia ouvir sua voz tentando apaziguar a criança que chorava.

"Entre", convidou Wangari. Gikonyo se deixou levar para dentro da cabana cheia de fumaça, como se sua vontade própria tivesse sido anestesiada. Dentro, Mumbi segurava e amamentava a criança. Gikonyo ficou sentado numa cadeira. De vez em quando ela relanceava para ele. Ela zomba de mim, pensou.

Seus olhos giraram de Wangari para Mumbi e depois ao redor da cabana, tentando escolher algum objeto que pudesse captar sua atenção. A rápida e amarga pontada que ele sentira alguns minutos antes foi agora substituída por uma pesada insensibilidade. A vida não tinha cor. Era um único lençol vazio, achatado. Não havia vales, riachos, árvores — nada. E quem havia pensado na vida como um fio que a gente podia continuar a tecer num padrão da própria escolha? Tinha uma remota sensação de cansaço. E em algum lugar dessa região remota na sua cabeça, escondida, formaram-se palavras. Gikonyo moveu mecanicamente seus lábios e as palavras saíram, nítidas, sem expressar nenhuma emoção, a não ser talvez uma curiosidade desinteressada:

"De quem é o filho?"

Mumbi olhou apenas para Gikonyo e depois para a parede oposta. Wangari sentiu a dor do filho e a miséria da filha. Buscou no coração a palavra que curasse. Sempre soubera que aquele tipo de conhecimento dificilmente seria tolerável; agora, ela queria lhe enviar a força e a ternura de uma mãe, ao deixar escapar a verdade.

"O filho é de Karanja!", disse ela, de forma direta. Esperou com calma que a coisa acontecesse. Ela estava preparada para um gemido, um grito ou uma ameaça à vida de Mumbi. Mas não para aquilo, não para esse mutismo animal.

"Karanja, o meu amigo?", ele perguntou na mesma voz distante, mais perplexa que ferida.

"Sim. Essas coisas acontecem", disse ela de novo, e ficou à espera.

A criança agora dormia nas coxas de Mumbi, que estava inclinada para a frente, com a mão esquerda apoiando de forma delicada, porém firme, suas costas e cabeça. Seu braço direito estava dobrado no cotovelo, e seu dedo mínimo apertava de leve o lábio inferior, revelando os dentes brancos como leite.

Gikonyo não se mexia. Ficava apenas sentado, recostado contra um poste atrás dele, com o olhar ora imóvel, ora girando, sem registrar nada. Até mesmo a ideia de que Mumbi andara frequentando a cama de outros homens, toda noite durante os últimos seis anos, não era capaz de perturbá-lo. Como se estivesse drogado, Gikonyo não sentia a ferida; e não sabia dizer o que causava aquela terrível exaustão.

"Estou cansado, mãe. Vim de longe e quero dormir", ele disse. Wangari não compreendeu. E agora Mumbi chorou.

Não conseguiu dormir. Gikonio jazia deitado de barriga para cima, fitando a escuridão, ciente a cada minuto da respiração pesada das duas mulheres. Ele esperara seis anos por este dia; durante seis anos, em sete campos de detenção diferentes, ele esperara por aquilo, sentindo o tempo inteiro que o significado da vida estava no seu retorno final a Mumbi. Nada mais importava: os campos, montanhas, vales, tudo poderia ser varrido da face da terra que Gikonyo acompanharia aquilo sem piscar, se soubesse que no final voltaria para a mulher que deixara para trás. Pouco pensou na época; nunca pensou, aliás, que aquilo poderia ser uma volta ao silêncio. Será que o vale do silêncio entre ele e a mulher poderia ser agora atravessado? Com que finalidade, já que ele chegaria ao outro lado para encontrar uma mulher que mal esperou que ele desaparecesse na esquina para ir correndo para a cama com outro? Não, esse silêncio era eterno. Na sua oficina ele costumava dialogar sem palavras com Wangari; mirava os olhos dela e compreendia seus temores e suas ansiedades, suas ambições a respeito dele. Ela tocava suas atividades na velha cabana com o orgulho e a segurança de uma mãe, nos quais ele confiava. Ele sabia quando ela ia para o rio, para as lojas ou o shamba. Chegara Mumbi e se encaixara no esquema, trazendo para o diálogo, para a vida doméstica, uma nova vitalidade. Foi Mumbi, na cama, com a cabeça no peito dele, ou respirando a seu lado, que lhe ensinara, que o fizera compreender que não havia nada como o toque de uma mulher. O que havia além desse toque, dessa comunhão, que para ele dera clareza e significado à vida? Então a riqueza e o poder não tinham importância a não ser que enriquecessem essa comunhão silenciosa, a partir da qual as coisas vivas se esforçavam para crescer e se abriam ao sol. O silêncio ao qual ele agora retornara era morto. Ele ficou assim na cama assistindo às imagens infindáveis se agitando no seu cérebro ardente. Talvez a luz do dia indicasse o caminho.

Mas o sol não trouxe alívio. Cedo de manhã a criança berrou por atenção. Mumbi acendeu o fogo e levou a criança ao seio. A criança continuou a choramingar, dilacerando os nervos de Gikonyo. Arrebente a criança no chão, atire essa coisa suja até que faça silêncio, pensou, sem procurar se levantar da cama. Ele não queria ver os olhos, a boca e o nariz de Mumbi — e, no entanto, como esse rosto o torturara agradavelmente na detenção! Agora ele se encolhia intimamente à ideia passageira das mãos de Mumbi sobre o corpo dele. A criança parou de chorar e choramingar enquanto mamava no seio da mãe. Talvez não fosse certo matar a criança; a situação que a criara haveria sempre de consumir sua mente: Mumbi caminhara até a cama de outro homem, permitira, na verdade, acolhera, o membro pendente de outro homem entre suas coxas, na sua carne, acolhera com prazer, extasiada, a explosão da semente desse outro homem dentro dela. E não só uma vez, mas toda noite durante os últimos seis anos. Ela traíra o laço, o segredo entre eles: ou talvez jamais tivesse havido comunhão, talvez não fosse possível haver qualquer coisa entre duas pessoas. A gente vivia só e, como Gatu, seguia só para a sepultura. Gikonyo sugava avidamente o prazer acre dessa ideia que ele via como uma terrível revelação. Viver e morrer sozinho, eis a derradeira verdade.

Ele saiu da cabana — como fedia com aquela fumaça carregada — e perambulou pela nova aldeia de Thabai, onde uma rua levava a outra e a poeira levantada seguia seus calcanhares. O próprio ar o sufocava; Thabai era apenas outro campo de detenção; será que ele um dia sairia dele? Mas para onde ir? Ele seguiu a estrada asfaltada que levava a Rung'ei. As lojas indianas haviam sido transferidas para um novo centro; os prédios altos eram feitos de pedra; a luz elétrica e o asfalto das ruas faziam o lugar parecer um pedaço da cidade grande. Os esgotos fediam; não eram limpos havia um ano. Ele prosseguiu e chegou às lojas africanas em Rung'ei; estavam todas fechadas; mato e capim alto cresciam em torno dos muros dos prédios enferrujados, cobrindo o terreno que havia sido anteriormente a praça do mercado. A maioria dos prédios tinha paredes abaladas, com enormes buracos abertos, portas rachadas e arrebentadas que o observavam — ruínas de uma civilização anterior. Na porta de um prédio, Gikonyo pegou uma placa quebrada; as letras desbotadas que havia nela, maiúsculas, haviam perdido alguns pedaços; mas, depois de um cuidadoso exame, ele decifrou a palavra HOTEL. Dentro havia um monte de terra; cacos de porcelana, com pires e copos espalhados por cima. Ele bateu, fustigou e espetou a parede com a extremidade aguda da placa quebrada; de repente cimento e terra desmoronaram, soltos, numa quantidade crescente, de modo que parecia que a parede ia rachar e cair. Gikonyo correu para fora, com medo do prédio, da Rung'ei repleta de fantasmas, e só parou quando chegou ao campo. As lojas africanas, como ele soube depois, haviam sido obrigadas a fechar como castigo coletivo às serranias. Gikonyo seguiu as trilhas nos campos recém-cercados — resultado da consolidação agrária — mas tentou fechar os olhos a quaisquer novas mudanças. Sempre que algo o roçava, mato ou capim, Gikonyo começava a tremer. Na serra, parou e tornou a olhar a nova aldeia — cabanas, capim, vidas espremidas. A fumaça azul de poucas cabanas se perdia no sol brilhante do meio-dia. Na noite passada havia sido diferente; então, a fumaça que subia em rolos dos tetos das várias cabanas se acumulara num dossel parado e contínuo acima da aldeia. Ao longe, os raios cor de sangue do sol poente haviam se espalhado e decomposto em várias tonalidades de bordas amarelas e marrons, que depois se dissolveram em cinzento escuro. Nada na nova aldeia o atraía agora; as cabanas não elevavam seu coração nem o faziam bater como na noite anterior. Haveria outro lugar para onde ir, será que ele poderia ir para outro país? Os passos na calçada, a criança chorando e a imagem da mãe amamentando o filho sempre haveriam de assombrá-lo.

Gikonyo lembrou de repente que devia comunicar ao chefe sua chegada à aldeia. O Estado de Emergência ainda não acabara: o homem branco ainda tossia e as pessoas em todo canto dançavam conforme a música, não importava quão dura fosse. Ele não teve dificuldade em encontrar a casa do chefe. Ficava dentro do bloco do posto da guarda de Thabai. Do outro lado do posto corria a longa estrada de asfalto de Naruku até a cidade grande.

Ele parou na porta da casa do chefe e o solo debaixo dele começou a se mexer. Gikonyo fitou a cara severa do chefe. O destino estava fazendo troça dele. Não podia ser.

"Entre", disse Karanja. Gikonyo foi abalado por uma amarga incompreensão — Karanja, um chefe, Karanja sentado ereto atrás de uma mesa, baixando agora as sobrancelhas, o cenho franzido a acrescentar severidade à sua cara.

"Eu disse entre", repetiu Karanja numa voz desnecessariamente alta.

Gikonyo entrou com cautela, com pensamentos conflitantes passando pela mente. Sentou-se numa cadeira e mordeu o lábio inferior para dominar uma amargura que quase o levou às lágrimas enquanto vozes sussurravam simultaneamente na sua cabeça e no seu coração: Deus era cruel, senão por que não o poupava essa humilhação? E ele percebeu que Karanja, seu velho amigo, reparava em cada reação sua, Karanja, que agora falava friamente com Gikonyo como se não o conhecesse, como se Gikonyo fosse um criminoso.

"Deixe-me ver", disse Karanja, tirando uma folha impressa que estava pendurada na parede. "Você é Gikonyo, filho de — eh — Waruhiu", continuou, marcando algo no papel. Gikonyo olhava isso com a cabeça caída como uma pessoa idosa, e mordeu forte o lábio inferior.

"Ouça com cuidado. Você agora voltou a uma vida normal na aldeia. As pessoas aqui obedecem à lei, ouviu? Nada de reuniões noturnas, nada de histórias sobre Gandhi, a Unidade e tudo isso. O homem branco veio para ficar."

Gikonyo se levantou inesperadamente e, sem saber o que estava fazendo, se dirigiu à porta. Karanja o deixou chegar à soleira e em seguida gritou: "Pare!" Gikonyo parou, como se estivesse paralisado pela voz, e depois se virou, à espera.

"Aonde você vai?"

"Até você!", ele respondeu sibilantemente, correndo em direção à mesa, de mãos abertas, estendidas à garganta de Karanja. Parou de repente na mesa e deu um grito de medo: Karanja estava com uma pistola apontada para o seu coração.

"Sente, Gikonyo."

Gikonyo sentou na cadeira, com o corpo a tremer visivelmente; tudo tomou o aspecto de um sonho, mas ele cuspiu no chão, pondo o máximo de desprezo no gesto.

"Você pode cuspir no chão", disse Karanja, num claro triunfo, reclinando na cadeira e colocando a pistola na mesa. "Mas deixe eu te dizer uma coisa, como amigo — você precisa aprender sua lição. Está vendo aquela torre de observação lá fora? Uma palavra minha sobre o que você acabou de tentar fazer, e aquela torre será sua casa por uma semana ou duas."

Tudo acontecera tão depressa que Gikonyo não era capaz de separar o que sentia e os pensamentos que giravam na sua cabeça: ele sabia apenas que o sujeito que jurara com ele combater o homem branco falava agora sobre o poder do homem branco, o sujeito com quem ele costumava tocar violão, que tantas vezes viera fofocar na oficina, agora gritava com ele.

E tão logo ele se encontrou fora da casa e da sala do chefe, lembrou que Karanja havia sido o homem que dormira com Mumbi, cujo filho ela carregara nove meses no útero. De algum modo, o nome de Karanja não ficara registrado no cérebro esquentado de Gikonyo: em toda a noite anterior e durante todo o dia ele pensara em Mumbi apenas indo para cama com outros homens. Nem por uma vez, nem mesmo no escritório, ele associara Karanja à sua outra tortura, que jazia, como se assim fosse, em outro compartimento de sua mente. Mas agora a imagem de Mumbi, gemendo de prazer enquanto seu corpo nu suportava o grande peso de Karanja, o corroeu todo. Ele recriou a cena em todos os seus sórdidos detalhes: a cama que rangia: os dedos de Karanja tocando Mumbi em todo lugar; a respiração pesada deles se fundindo — e, ah, meu Deus, os suspiros, aqueles suspiros! Ele teve um longo ataque de tremedeira, em seguida foi andando com dificuldade até uma pequena árvore ao lado da estrada, à qual se apoiou. Mas as imagens não paravam de corroer sua mente. Karanja por cima de Mumbi. Ele se viu considerando detalhes irrelevantes, se preocupando, por exemplo, se Mumbi gemera de prazer no orgasmo... Antes que ele pudesse encerrar os detalhes da cena, gemeu e deu um grito rouco. Largou a árvore. Correu rua abaixo até a cabana da mãe. A mulher que suspirara sob o corpo suado de Karanja não podia viver. Os passantes olhavam para ele e rapidamente lhe davam passagem. Gikonyo prosseguiu correndo. Ele a mataria. Estrangularia Mumbi. A distância era longa demais. Sua imaginação tomara a dianteira; Mumbi pedia perdão, resfolegante, a saliva escorria de sua boca, seus olhos se esbugalhavam. Mas o destino atravancou o seu caminho. A cabana estava trancada. Talvez elas tivessem se trancado lá dentro. Ele se jogou com força contra a porta, gritando: "Abram a porta. Abram a porta, vocês que vendem seus corpos no mercado". A porta não se abriu. Ele reuniu forças e se atirou várias vezes contra ela. De repente a porta de madeira cedeu. Gikonyo caiu no chão e bateu a cabeça na pedra da lareira. Uma espuma escapava pelos lados de sua boca. Durante um tempo, o carpinteiro fez barulhos incoerentes por entre a espuma, que acabaram num gemido prolongado: "Deus, ah, ah, meu Deus, meu Deus".

Oito

Gikonyo nunca foi capaz de lembrar em detalhes a experiência dos primeiros dias da sua volta à casa. Tudo permanecia envolto em névoa como um sonho e ele tinha dificuldade em fazer a Mugo um relato coerente do que realmente acontecera. Novamente lutava com as palavras, e de vez em quando jogava os braços para cima em desespero.

"De qualquer modo, devo ter enlouquecido. Acho que não há nada mais doloroso do que descobrir que um amigo, ou alguém em que você sempre confiou, te traiu. Quando acordei, mais tarde, eu me vi na cama debaixo de um cobertor. O lampião a óleo, como este aqui, emitia uma luz fraquinha, como alguma coisa doentia, sabe o que quero dizer? Até o cheiro de tudo lembrava uma cena de hospital. Minha mãe estava sentada ao lado da cama, e Mumbi, a poucos metros de distância. Eu não podia discernir a cara dela com clareza, mas achei que andara chorando. Por um momento, um minuto, por assim dizer, algo mexeu com meu coração. Mumbi, a mulher que eu conhecia, não podia receber Karanja na sua cama. Ela estava igual a como eu a tinha deixado. Então vi a criança. E percebi que o que eu achava impossível acontecera. Comecei a bater os dentes e a tremer no corpo todo, como se estivesse resfriado, com febre, ou pegado malária. Contudo, eu agora tinha perdido todo o desejo de matá-la. Foi então que tomei a decisão: eu jamais falaria sobre a criança. Continuaria a viver como se nada tivesse acontecido. Mas nunca entraria na cama de Mumbi. O que mais restava senão me entregar totalmente ao trabalho, ao trabalho duro?" Gigonyo interrogou o rosto de Mugo. Não conseguiu perceber coisa alguma. O silêncio o deixava desconfortável. Tudo aquilo parecia a repetição de uma cena familiar.

"Sim... eu me entreguei de corpo e alma ao trabalho", repetiu. Mesmo assim, Mugo nada disse. Gikonyo se sentiu vagamente decepcionado. Tinha tirado o peso de si. Mas uma culpa de outro tipo se insinuava. Ele se desnudara diante de Mugo. Este deveria estar julgando-o. Gikonyo sentiu o embaraço de alguém diante de um sacerdote puritano. De repente sentiu vontade de ir embora, de escapar de Mugo, de chorar sua vergonha no escuro.

"Preciso ir", disse, levantando-se. Saiu na noite. As palpitações no coração o amedrontaram. Tinha medo de encarar Mumbi, de não conseguir dormir com os passos na calçada. Acossado pela escuridão de todos os lados, ele se apressava rumo ao lar que não era lar. A pureza de Mugo, a infidelidade de Mumbi, tudo conspirara para solapar sua virilidade, sua fé em si mesmo, acentuando a vergonha de ter sido o primeiro a confessar o juramento no campo de Yala.

Tão logo Gikonyo saíra, Mugo correu à porta, abriu-a com força e gritou: Volte! Esperou uma resposta e, não a obtendo, voltou e sentou-se para pensar. Sua mente pulava ligeiramente de um episódio a outro. Gikonyo quisera que ele tivesse dito algo. Sentiu que devia ter dito algo. Por duas vezes umedecera os lábios e soltara um pigarro, prestes a falar. Mas sua boca estava seca; as palavras e os pensamentos não queriam se formar. O que poderia ter-lhe dito? A explosão de raiva de Gikonyo contra a traição de Karanja e sua ira impiedosa contra Mumbi haviam feito Mugo se encolher por dentro. Toda vez que Gikonyo falava sobre Mumbi e Karanja, Mugo sentia uma forte azia, como se ácido estivesse abrindo uma úlcera no seu estômago. Ele agora tremeu diante dessa lembrança. Ficou inquieto. Levantou-se e andou pelo cômodo. Imagine se eu tivesse lhe dito... imagine se de repente eu tivesse falado... tudo teria terminado... tudo... o fato de saber... o fardo... medos... e esperanças... eu poderia ter lhe contado... aí talvez... talvez... ou foi por isso que ele contou a própria história? Diante desse pensamento, ele parou subitamente de andar e se recostou na cama. Ninguém vai a um estranho e abre assim o coração... estou percebendo tudo... tudo... ele fingiu não olhar para mim... no entanto não parava de me olhar de soslaio... para ver se eu estava com medo... para ver... se... Não. Ele se lembrou da agonia no rosto de Gikonyo. Sua voz parecera sincera e confiante.

Mugo saiu. Talvez o ar frio e a noite anônima acalmassem seus nervos agitados. Uma xícara de chá nas lojas Kabui parecia a melhor perspectiva. Ao caminhar na noite, muitas cenas de sua vida espocaram na sua mente; ficava alternadamente com medo, emocionado, sentia aversão etc., diante de cada cena que se sucedia. E, estranhamente, tudo acabava no ditado da Bíblia da noite passada: julgue ele os aflitos do povo, salve os filhos do necessitado, e esmague o opressor. As palavras despertaram algo nele, remexeram uma recordação.

A recordação era de um dia de maio de 1955. O Quênia estava no Estado de Emergência havia cerca de dois anos. Mugo foi para seu shamba, outro terreno estreito, perto da estação de trem de Rung'ei. Naquela época as regras e os problemas da Emergência não o incomodavam. Além da estação ficava a estrada de asfalto que passava através da área de moradias até Nairóbi, Mombaça e o mar. Mugo nunca viajara além de Rung'ei até a região dos assentamentos ou até a grande cidade. Uma ou duas vezes, quando era menino, viu um grupo de gente branca fumando, rindo e falando alto, enquanto gente negra carregava sacos de milho e píretro dos caminhões parados para os vagões do trem. Depois de todos os caminhões serem descarregados, o trem de carga partiu estrepitosamente. Mugo observara a cena de uma distância segura. Anos depois, toda vez que pensava num homem branco (até em John Thompson), sempre imaginava alguém fumando um cigarro e um trem parado, vomitando fumaça. Naquele dia ele tirara e amarrara a camisa desabotoada na cintura, de modo que o colarinho e as mangas roçavam as suas panturrilhas e a parte de trás das coxas quando ele se inclinava em direção à plantação. O sol queimava agradavelmente o tronco negro desnudo.

A luz sobre o corpo suado fazia a pele brilhar, amarronzada. A plantação — milho novo, batatas, feijão, ervilha — se abria e espalhava as folhas ao sol. Mugo usava uma pequena jembe para capinar as ruas entre as plantas, e os dedos, para trazer terra ao pé delas. Quando esbarrava nos caules, as gotas de orvalho nas folhas se rompiam e se esvaíam. O ar estava fresco, claro e elétrico. Os campos em volta estavam todos cobertos de verde — com as longas e largas folhas a esconder a terra escura —, eram belos de se olhar. O sol ficava cada vez mais quente, evaporando a umidade nas folhas; estas murchavam, de modo que ao meio-dia o verde desbotara, ficando meio cinza, e os campos pareciam cansados. Mugo jazia deitado de costas à sombra de uma Mwariki, gozando aquela extrema satisfação que se sente durante o descanso do almoço depois do trabalho. Uma voz — nessa época, ele sempre ouvia vozes quando se estendia para descansar — lhe disse: Algo vai acontecer com você. Fechando os olhos, ele quase podia senti-la, quase podia tocá-la, ela que tinha uma forma vaga, porém tão bonita. Deixou que a voz delicada o seduzisse até as distantes terras do passado. Moisés também estava sozinho cuidando do rebanho de Jetro, seu sogro. E levou o rebanho para a parte distante do deserto, e chegou à montanha de Deus, até a Horeb. E o anjo do Senhor apareceu a ele numa chama de fogo no meio de uma sarça. E Deus chamou por ele numa voz aguda: Moisés, Moisés. E Mugo gritou: aqui estou eu, Senhor.

Toda vez que ele pensava nesse dia, o considerava como o auge de sua vida. Pois, uma semana depois, mataram a tiros o chefe do distrito Robson, e Mihika entrou na sua vida.

Mugo estava numa febre de excitação quando entrou na loja de chá em Kabui. Antes o lugar se chamava *Mambo Leo,* mas desde o governo autônomo o proprietário o rebatizara *Uhuru Hotel*, com o subtítulo *Bar e Restaurante.* Um grupo de homens gritava e cantava no balcão. Outros grupos se espalhavam pelas mesas rangentes. Mugo foi para um canto e se sentou. Sua cabeça girava e girava, excitada: ele estava semidelirante; o chão em que pisava, as pessoas no bar eram todos irreais. Em um minuto, sumiriam. De repente, uma voz se sobrepôs à zoeira da embriaguez. Fez-se silêncio, profundo por causa do seu caráter abrupto. Githua, de muletas, abandonou o grupo no balcão e foi coxeando em direção a Mugo. Postou-se diante dele, em posição de sentido, bateu continência, tirou o chapéu e gritou:

"Chefe! Eu te saúdo!" Githua exalava um bafo de bêbado através dos dentes manchados. Em seguida se metamorfoseou, adotando a postura do escravo servil.

"Se lembre da gente, chefe. Se lembre da gente. Está vendo esses farrapos? Está vendo os piolhos rastejando no meu ombro? Nem sempre fui assim. Juro pela velha boceta da minha mãe, ou pela boceta da velha. Pergunte a qualquer um aqui."

Ele ergueu o dedo como se fosse fazer um juramento e olhou em volta em busca de testemunhas. A essa altura as pessoas haviam deixado seus lugares e se aproximado furtivamente dos dois. Mugo estava amedrontado, e ao mesmo tempo emocionado pela irrealidade de todo aquele espetáculo.

"Eu era motorista — conhecido desde Kisumu e Mombaça. Eu." Novamente, ele era o homem orgulhoso, batendo no peito em desafio, para se mostrar. "O dinheiro não significava nada para mim. Estava negociando uma fazenda em Kerarapon, perto de Ngong. Em minha casa aqui eu tinha galinhas — muitas — precisava ver os ovos. Garçom — traga uma bebida pra gente aqui — traga uma bebida para o chefe. Antes da Emergência eu podia ter comprado o bar inteiro."

Apesar de as pessoas estarem acostumadas à fanfarrice de Githua, ninguém riu. Ouviram-no seriamente, às vezes anuindo ou balançando a cabeça em simpatia com o tom choroso da sua voz. Mugo disse que não queria beber nada. As pessoas começaram a falar do Quênia, a terra dos conflitos. "A Emergência foi uma porrada na gente", alguns diziam.

"Eu! Quando veio a guerra da Uhuru, eu sabia que precisava combater. Não pensei duas vezes. General! General! Onde está o general?"

Todos os olhares procuraram o general R. Ele estava bebendo tranquilamente no balcão, olhando a cena pensativamente. Gethua ainda falava. Contou seus feitos durante a Emergência: como ele costumava fornecer balas a Kihika e aos combatentes da liberdade. O pessoal adorava uma boa história. E mesmo os bêbados esqueciam a sua cerveja e se deixavam conduzir a domínios heroicos através dos casos de Githua.

"Aí, um dia o homem branco atacou. Uiiiiiii! A bala me pegou aqui!"

Ele apontou para a perna cortada, e Mugo se encolheu, fugindo do toco pendente. Contudo, como todo mundo, sentia simpatia agora por esse homem mais digno de louvor do que ele.

"O governo nos esqueceu. Lutamos pela liberdade. Porém agora!"

Novamente sua voz vibrou, lacrimosa, antes de se transformar numa súplica.

"Então, chefe, se lembre de mim. Se lembre dos pobres. Se lembre de Githua. Garçom — garçom — traga aqui uma cerveja. O chefe vai pagar — o chefe não vai negar um trago a Githua — pobre Githua."

Mugo revirou os bolsos e tirou dois xelins. O tempo todo estava ciente do olhar do general sobre ele. De repente se levantou, abriu caminho entre as pessoas e saiu. E a voz de Githua alcançou-o na rua. "Obrigado, chefe. Obrigado..."

Antes que Mugo atravessasse a rua, ouviu passos que corriam atrás dele. O sujeito veio até se emparelhar. Era o general R.

"Que sujeito engraçado! Não é?"

"Quem?"

"Githua."

Mugo tiritava: tinha a cabeça atulhada de pensamentos.

"Não vou te acompanhar", dizia o general R. "Vejo você amanhã." Em seguida desapareceu tão rápido quanto surgira. Mugo agora estava sozinho na escuridão. Sentiu que podia abraçar toda a noite, que podia abarcar o mundo inteiro com a palma das mãos. Pois ele caminhava à beira de uma revelação: Gikonyo e Githua o haviam levado àquele ponto. Ele se lembrava das palavras: Que ele salve os filhos do indigente. Devia ser ele. Era ele, Mugo, poupado para salvar gente como Githua, a velha e qualquer um que estivesse sofrendo. Por que não assumir a tarefa? Sim. Ele falaria nas comemorações da Uhuru. Ele lideraria o povo e sepultaria o seu passado na gratidão do próprio povo. Ninguém precisava saber sobre Kihika. Para os poucos eleitos de Deus o passado era perdoado, era limpo por grandes feitos para salvar muita gente. Assim era no tempo de Esaú e Jacó; assim era no tempo de Moisés.

Naquela noite, na cama, sonhou que estava de volta a Rira. Um grupo de detentos estava enfileirado junto ao muro, despidos até a cintura. Githua e Gikonyo estavam entre eles. De outro canto, John Thompson apareceu segurando uma metralhadora apontada para os infelizes contra o muro. Ele ia fuzilá-los — a não ser que contassem o que sabiam sobre Kihika. De repente Githua gritou: Mugo, nos salve! O grito foi repetido pelos outros: Mugo, nos salve! As vozes de súplica se alçaram a um canto tonitruante: Mugo, nos salve! E John Thompson se juntara aos condenados e gritava mais alto que os demais: Mugo, nos salve! Como ele poderia recusar aquele grito agonizante? Aqui estou eu, Senhor. Estou indo, indo, indo, montado numa nuvem trovejante. E os homens choraram e gritaram em uníssono: Amém.

Disse o Senhor: "Eu vi, eu vi a miséria do meu povo que está no Egito. Ouvi seu grito por causa dos seus opressores; pois eu conheço as suas angústias".

Êxodo 3, 7

(*versículo sublinhado em vermelho na Bíblia de Kihika*)

Nove

Os eruditos, sem dúvida, hão de se debruçar sobre os tempos conturbados que sofremos no Quênia, e talvez resumam a lição da história em uma frase. Vamos perguntar-lhes por que o incidente do campo de Rira chamou a atenção mundial. Pois havia outros campos, maiores, espalhados por todo o Quênia, desde as ilhas Manda, no oceano Pacífico, até as ilhas Magata, no lago Vitória.

Quando Mugo foi preso, ele foi levado ao distrito policial de Tigoni e depois para o campo de detenção de Thika, para onde eram conduzidos os combatentes da floresta capturados. Muitos combatentes vinham de Embu, Meru e Mwariga. Ali ficou detido por seis meses, e em certo momento achou que ali seria o lugar de seu descanso final. Mas então, numa manhã fria, foram todos colocados em caminhões à espera, sem aviso, e levados depressa à estação de trem. Os vagões que os levaram a Manyani estavam com as janelas cobertas de arame farpado para evitar qualquer fuga. Em Manyani, soldados os esperavam. Tão logo desembarcaram, mandaram-nos ficar de cócoras em grandes filas, com as mãos na cabeça. Os soldados batiam neles com cassetetes, cinicamente animando uns aos outros: Bata com mais força, foi o homem branco, e não a gente, quem os trouxe aqui. Manyani era dividido em três grandes campos: A, B e C. O bloco C, para o qual levaram Mungo aos empurrões, era para os durões. Todo bloco era subdividido em blocos menores, cada um contendo dez celas. Uma cela grande abrigava cerca de seiscentos homens.

Depois de uma série de interrogatórios foi que Mungo e alguns outros tiveram os pés e as mãos acorrentados e foram levados a Rira.

O campo de Rira ficava numa parte remota do Quênia, perto da costa, onde não chovia e nada crescia exceto areia; areia e pedras. Os detentos ali levados faziam parte dos poucos que juraram jamais cooperar com o governo enquanto Kenyatta estivesse preso. Recusavam-se a responder às perguntas e muitas vezes não iam trabalhar.

Ali Mugo encontrou condições piores do que em Manyani. As rações de comida eram reduzidas.

Carne: 225 gramas por semana.
Farinha: 200 gramas por semana.

Era ali que Mugo estava destinado a encontrar John Thompson de novo.

O súbito sucesso de Thompson em Yala foi tão impressionante que ele foi imediatamente transferido para Rira. Thompson trouxe ar fresco a Rira. Uma das brincadeiras comuns ali era enterrar alguém, despido, na areia quente, e às vezes deixá-lo a noite inteira lá. Thompson pôs um fim a esse método de arrancar confissões. Em vez disso, dava palestras a grupos de detentos sobre as alegrias do lar; eles poderiam ir para casa ao encontro das mulheres e filhos assim que confessassem o juramento. Esse método enfraquecera a resistência em outros campos. Thompson esperava que o truque se repetisse. No primeiro mês de seu reinado as condições sanitárias melhoraram. Antes, os detentos com tifo eram deixados para morrer. Agora, eram levados às pressas para o hospital.

Quando achou que o momento estava maduro, Thompson começou a chamá-los, um por um, à sua sala. Sua teoria, que havia amadurecido até se tornar uma convicção no decorrer dos anos lidando com africanos, era: faça o inesperado. Mas aqui encontrou homens diferentes; homens que nem sequer abriam a boca, que ficavam apenas a fitá-lo. Depois de duas semanas, a truculência dos homens quase o levou ao limite de sua paciência. Foi para casa e gritou para Margery: Esses homens são doentes.

Esperava que na terceira semana fosse diferente. Recostou-se na cadeira e aguardou que os carcereiros africanos trouxessem o primeiro sujeito. Ao lado de Thompson sentavam-se dois oficiais.

"Como é seu nome?"

"Mugo."

"De onde você é?"

"Thabai."

Thompson ficou aliviado em encontrar alguém que ao menos concordava em responder às perguntas. Era um bom começo. Se alguém confessasse o juramento, outros o seguiriam. Ele conhecia Thabai. Havia sido chefe de distrito da região de Rung'ei por duas vezes; a última foi quando o enviaram para substituir Robson, que fora assassinado. Por isso, por alguns segundos, ele tentou bater um papo amigável sobre Thabai: como era verdejante a paisagem, como eram bons e simpáticos seus habitantes. Em seguida voltou ao interrogatório.

"Quantos juramentos você fez?"

"Nenhum."

Isso fez Thompson se levantar. Ele andou de um lado para o outro do aposento. De repente, encarou Mugo. O rosto daquele homem lhe parecia vagamente familiar. Mas era difícil distinguir um rosto negro de outro: eram muito parecidos, como máscaras.

"Quantos juramentos você fez?"

"Nenhum."

"Mentira!", gritou ele, suando.

Quanto a Mugo, o próprio destino pouco lhe importava. Ele estava naquele estado desesperado de quando o sujeito percebe que toda a luta não adianta nada. Você está condenado à morte. Que a espada venha depressa.

Um dos oficiais cochichou algo a Thompson. Ele examinou o rosto do homem durante algum tempo. Fez-se luz na sua cabeça. Mandou que Mugo saísse da sala e mergulhou com cuidado na ficha do sujeito.

Depois disso as coisas foram de mal a pior. Muitos detentos não falavam nunca. Na verdade, Mugo era o único que concordava em responder. Mas ele só dizia as coisas que já havia falado em todos os campos. Thompsom grudou em Mugo feito um carrapato. Interrogava-o diariamente, talvez porque ele parecesse ser o que cederia mais fácil. Escolhia-o para o castigo. Às vezes mandava os guardas açoitá-lo diante dos outros detentos. Às vezes, em pura fúria, arrancava o chicote das mãos do guarda e ele mesmo açoitava. Se Mugo tivesse gritado ou pedido clemência, Thompson talvez tivesse abrandado. Mas agora lhe parecia que todos os detentos zombavam dele e o desprezavam por não conseguir arrancar sequer um grito de Mugo.

E foi assim que Mugo adquiriu prestígio entre os demais detentos. Além do desespero, não se ouviam gemidos; a sensação de merecer aquilo tudo anestesiava Mugo contra a dor. Mas os outros presos encaravam sua resignação à dor sob uma luz diferente; dava-lhes coragem; juntaram-se e escreveram uma carta coletiva listando reclamações. Entre outras coisas, queriam ser tratados como prisioneiros políticos, e não criminosos comuns. As rações alimentares deviam ser aumentadas. A não ser que essas coisas fossem feitas, eles entrariam numa greve de fome. E, de fato, no terceiro dia, todos os detentos, até o último deles, entraram em greve.

Thompson estava à beira da loucura. Elimine os vermes, ele rilhava os dentes à noite. Lançou os oficiais brancos e os guardas contra os homens. Sim — eliminar os vermes.

Mas o que deflagrou o incidente das mortes, agora célebre, fora um ato de quase rebelião que ocorreu no terceiro dia da greve. Quando alguns guardas trouxeram comida para os detentos, alguém jogou uma pedra e acertou um deles na cabeça. Eles largaram a comida e correram gritando a plenos pulmões. Rebelião! Os detentos riram e mandaram mais pedras.

O que ocorreu em seguida o mundo inteiro sabe. Os homens foram rendidos e trancados nas celas. A hoje célebre surra continuou dia e noite. Onze homens morreram.

* * *

Isso era o que mais se destacava na cabeça de Mugo no dia seguinte à sua visão, quando caminhava para a casa de Gikonyo. Na forma milagrosa como ele escapou da morte, ele agora via a mão sábia do destino. É certo que ele deve ter sido poupado para salvar gente como Githua da pobreza e da miséria. Ele, filho único, havia nascido para salvar. As possibilidades excitantes de sua nova posição o agitavam e o incitavam a prosseguir. Ele comunicaria a Gikonyo sua decisão de liderar o povo de Thabai nas comemorações da Uhuru. Depois, como um chefe, conduziria seu povo pelo deserto até a nova Jerusalém.

Uma canção do rádio chegou flutuando até Mugo. Uma voz de mulher, viva, cheia, quase abafava o solista do rádio. A canção avançava lenta, triste, num estranho contraste com a manhã extremamente luminosa. Por um momento ele se deixou ficar, hesitante, perto da cerca bem podada em volta da casa. A casa em L estava coberta por folhas novas e brilhantes de zinco, e as paredes externas eram feitas de grossas pranchas de cedro. Ficou ali, deixando que a voz de Mumbi mexesse agradavelmente com ele, recusando-se a acreditar que poderia haver qualquer discórdia escondida por trás daquela cerca. Wangari saiu de casa, com uma sufuria na mão, caminhando até uma casa menor, também recém-construída, na extremidade mais distante do terreno. Um menininho, que Mugo tomou pela criança que provocara o problema, corria na frente de Wangari, e essa visão, sem nenhum motivo aparente, lhe causou sofrimento.

Mumbi acolheu-o com um sorriso, seu rosto se iluminou como se o estivesse esperando. Ele voltou muitos anos ao passado e viu a jovem que uma vez o conhecera e lhe dera seus sentimentos pela morte de sua tia. Agora sua cara parecia endurecida e cansada. Talvez cansada por dentro, ele pensou. Deu-se conta do seu corpo bem-conformado: seus olhos escuros, infinitamente profundos, o engoliram, o balançaram, e ele teve medo dela.

“Eu só queria ver Gikonyo”, disse ele, recusando o assento que ela oferecera. “Ele não está?”

"Ele sai para trabalhar muito cedo." A voz dela era bem modulada e clara, embora Mugo detectasse certo lamento sob a superfície de suas palavras.

"Você não quer sentar?", prosseguiu ela. "Sente. Vou fazer rápido uma xícara de chá para você. Fica pronta num minuto." Sua voz ficou viva, animada, e ele se sentou em deferência à poderosa presença dela. Estudando a sua fisionomia, ocorreu-lhe que ele raramente pensara em Mumbi e Kihika como irmão e irmã. Suas sobrancelhas tinham a mesma curva das de Kihika, e seu nariz, apesar de menor, tinha um formato parecido.

"Como está seu irmão — eu — eu quero dizer seu irmão mais novo. Você tem um, não tem?" Ele mexeu o chá para esconder sua confusão.

"Kariuki?" Ela sentou numa cadeira de frente para ele.

"É esse o nome, não é?"

"Sabe, ele acabou o secundário há cerca de dois anos. Depois trabalhou num banco em Nairóbi, antes de ir para a Universidade de Makerere."

"Em Uganda, no reino de Obote?"

"Sim, ele vai para lá de trem. Diz que leva um dia e uma noite inteira. Que inveja que eu sinto... viajar de trem um dia e uma noite inteira... Nunca fiz uma viagem tão longa assim de trem." Ela riu de modo tranquilo; seus olhos brilharam com o pensamento de viajar, seu corpo inteiro exprimindo um desejo tenaz de vida, a despeito do sofrimento. "Mas ele não veio para casa durante as férias desta vez, o que é ruim, porque vai perder todas as comemorações na quinta."

Mugo não deu trela à conversa sobre as comemorações, e a conversa terminou abruptamente. Ele buscou outro assunto e, não obtendo êxito, disse que ia embora. Levantou-se.

Mas Mumbi continuou sentada, com uma expressão obstinada no rosto, como se não o tivesse ouvido.

"Eu queria ver você, e teria ido até lá", disse ela. Embora fossem pouco mais altas que um sussurro, as palavras dela foram recebidas por ele como uma ordem. Ele se sentou e esperou.

"Você às vezes sonha?", perguntou ela de repente, com um sorriso triste brincando nos lábios. A pergunta espantou Mugo novamente e provocou o medo agudo que durou alguns segundos, antes de ir embora.

"Sim, às vezes todo mundo sonha."

"Não quero dizer sonhos comuns noturnos, quando a gente dorme. É quando você é jovem, olha para o futuro e vê grandes coisas. Seu coração bate dentro do peito porque você quer que esses dias cheguem rápido. Então as durezas da vida não são capazes de te afetar."

A voz dela aumentou o tremor de Mugo. Ela estava recriando o sonho dele, vestindo-o em palavras vivas, fazendo--o respirar.

"Você já sonhou assim?"

"Talvez, às vezes", começou ele a dizer vagamente, mas ela se conectou rapidamente à resposta dele.

"E se tornou realidade. Você sonhou — sim, eu sabia que isso acontecia com algumas pessoas. Eu costumava ter tantos sonhos assim, e tudo tão verdadeiro", disse ela, com a voz, os olhos, o rosto mergulhando no passado.

"Acontece... acontece com... ahn, com gente... ainda nova." Ele arriscou esse comentário geral.

"Eu sentia isso", continuou ela, "quando meu irmão falava. Meu coração viajava nas suas palavras. Eu sonhava com um sacrifício para salvar muitas pessoas. E, apesar de às vezes ter medo, eu queria que esse dia chegasse logo. Mesmo quando me casei, o sonho não morreu. Eu ansiava por tornar meu marido feliz, sim, mas também me preparei para apoiá-lo quando chegasse a hora. Eu poderia carregar sua aljava e, com a mesma rapidez com que ele atirasse no inimigo, eu poderia lhe fornecer as flechas. Se houvesse perigo e ele caísse, cairia nos meus braços e eu mesma o levaria em segurança para casa."

Ele viu a luz no fundo do poço dançando nos olhos dela. Sentiu o poder obscuro dela sobre ele.

"No entanto, quando o levaram, eu não fiz nada, e, quando ele finalmente veio para casa, eu não podia mais fazê--lo feliz."

Ela ainda era jovem, vulnerável; mas era ele quem batia as mãos e os pés no fundo do poço silencioso. Era terrível para ele, essa luta: ele não queria se afogar.

"Eu às vezes fico imaginando", prosseguiu ela depois de uma pausa, "se Wambuku sonhava. E, no entanto, ela — ela — você se lembra dela?"

"Wambuku?"

"Sim."

"Não. Acho que não."

"Mas você deve se lembrar, sim. Você não se lembra da mulher que você tentou salvar, a mulher que estava apanhando na vala?"

"Sim... sim." Ele não conseguia se lembrar de sua cara, de nada a não ser o vestido rasgado pelo chicote, a impressão de agonia.

"Ela morreu."

"Morreu?"

"Sim. Mais tarde. Dizem que estava grávida, sabe, de três a quatro meses. Ela havia sido mulher de Kihika antes de ele fugir para a floresta. Nunca o perdoou. Mas de alguma forma esperava que ele voltasse e raramente ficava com alguém. Mas, quando Kihika foi preso e enforcado numa árvore, algo estranho tomou conta dela. Ficou alguns dias sem sair de casa, e, quando enfim saiu, bem, ela simplesmente caiu em desgraça com soldados e guardas, com qualquer homem. Mas ela recusou, assim as pessoas dizem, as propostas desse guarda específico, que aproveitou sua oportunidade de vingança na vala. Ela nunca se recuperou daquela surra e morreu três meses depois, grávida."

Ela tirou um lenço para esfregar algo no olho. Foi quando seu filho entrou correndo na sala. Olhou rapidamente para o homem e em seguida correu para o colo da mãe.

"Por que você está chorando?", ele falou diretamente para a mãe, olhando Mugo com uma hostilidade indisfarçada. Mumbi abraçou o garoto como se fosse protegê-lo de todo mal e de todo conhecimento que pudesse ser destrutivo. Tentou sorrir e cochichou algumas palavras para ele.

"Corra para sua avó, rápido. Você não vai querer deixar ela sozinha, vai? Ela pode ser roubada por um Irimu e aí o que você vai dizer?"

O garoto olhou para Mugo e de volta para Mumbi e saiu correndo de casa.

"Pode-se dizer que ela morreu pelo meu irmão", voltou a falar Mumbi, como se não tivesse havido uma interrupção, mas com a voz menos intensa, mais hesitante. "Um sacrifício... E tinha também Njeri."

"Quem era ela?"

"Ela era também uma amiga, minha amiga. Wambuku, Njeri e eu íamos muitas vezes ver o trem juntas. Mas como poderíamos saber que o coração de Njeri realmente ansiava pelo meu irmão? Ela muitas vezes discutia e brigava com homens e outras garotas. Nenhuma de nós, entretanto, sabia que ela tinha sonhos ocultos. Aliás, não até que ela fugisse para a floresta para lutar ao lado de Kihika. Morreu logo depois de Kihika."

O rosto de Mugo estava um tom mais escuro, seu lábio inferior ligeiramente caído. Ele não queria encarar essas coisas. Já estava na porta quando a voz espantada de Mumbi o chamou, sacudindo-o de volta ao presente. Ficou na soleira se recuperando com dificuldade. Ao se virar lentamente, sentiu vergonha de ainda não conseguir controlar seus impulsos. Mumbi também se levantou, e mal foi capaz de esconder seu próprio espanto e confusão.

"Eu nunca falei essas coisas para ninguém", disse ela, se sentando de novo. "Você me faz sentir que posso falar e encarar essas coisas... estranho, agora recordo... sabe que meu irmão uma vez, não, ele dizia isso muitas vezes, quando estava zangado com seus amigos, você me faz lembrar tão bem, ele dizia que, se tivesse algo, algum segredo realmente importante, só confiaria em alguém como você."

Mugo se levantou, fitando-a com um olhar vazio. Deixe-me em paz, ele queria lhe dizer, mas apenas sussurrou, numa voz quase inaudível:

"Essas coisas... dolorosas..."

Mugo se sentou, sucumbindo ao poder da sedução dela, fraco diante de seu olhar e de sua voz. Esperou enquanto ela lutava com as palavras.

"Eu queria conversar com você sobre o meu marido", disse ela subitamente, olhando bem para ele. Aos poucos o desafio em seu olhar se abrandou, tornando-se uma súplica silenciosa, quase submissa. Seus lábios entreabertos tremiam um pouco.

"Eu o quero porque, porque o quero acima de todas as coisas", disse ela. Depois de uma pausa, pareceu relaxar. "Você sabe sobre a criança?", perguntou.

De repente Mugo sentiu vontade de magoá-la intensamente. Sentiu prazer nesse desejo maluco de humilhá-la, de fazê-la rastejar na poeira: por que ela tentava arrastá-lo para a vida dela, para a vida de todo mundo?

"Seu marido me contou."

"Te contou?"

"Sim."

"Quando?"

"Na noite passada."

"Tudo?"

"Tudo... o filho... Karanja." Ele falou duro, rindo intimamente de dor quando viu que ela se encolhera, uma ou duas vezes. A casa estava em silêncio. O olhar de Mugo era hostil. Mesmo se ela chorasse abertamente ele não iria embora, não se mexeria, não diria palavra alguma de consolo. Mas no minuto seguinte Mumbi ficou agitada e quebrou a atmosfera carregada, como se tivesse acabado de lembrar algo de grande importância.

"Ele contou sobre a casa, quero dizer, nossas duas cabanas? Contou?"

"Casa — que casa?", perguntou ele genuinamente perplexo.

"Onde a gente morava antes de ele ter sido levado — ah, estou vendo que ele não contou", continuou ela com um triunfo triste na voz. "Quem poderia ter contado a ele, senão eu? Mas ele não quer saber..."

Mugo se lembrou de que aqueles que não se mudaram a tempo para a nova aldeia foram despejados de suas velhas casas; suas cabanas foram queimadas.

"Até hoje, de noite, na cama", começou ela, "eu me lembro das chamas vermelhas. Havia duas cabanas. Uma pertencia à minha mãe, a outra era minha. *Eles* disseram à gente para tirar nossas roupas de cama, todas as roupas e os utensílios. Jogaram gasolina no telhado de palha da cabana de minha mãe. Eu cheguei a pensar que isso era desnecessário, porque a palha estava seca. De qualquer modo, despejaram gasolina no telhado seco. O sol ardia. Minha mãe ficou sentada num banco ao lado de uma pilha de coisas de nossas cabanas e eu ao lado dela. Eu tinha um Gikoi na cabeça. O chefe dos guardas riscou um fósforo e o jogou no telhado. Não pegou fogo e os outros riram dele. Gritaram, animando-o. Um deles tentou tirar os fósforos dele para mostrar como devia ser feito. Virou uma brincadeira entre eles. Na quarta ou quinta tentativa o telhado pegou fogo. Uma fumaça escura e azul saía do teto e as chamas pularam em direção ao céu. *Eles* foram à minha cabana. Eu não aguentava ver a brincadeira repetida, por isso fechei os olhos. Eu queria gritar, mas devo ter perdido a voz porque nenhum som saía da minha garganta. De repente eu me lembrei de minha mãe ao meu lado, e quis afastá-la daquela cena, para evitar que ela visse tudo até o fim. Porque aquelas cabanas significavam muita coisa para ela, porque as tinha construído depois que Waruhiu, seu marido do vale do Rift, se divorciara dela. Mas ela empurrou as minhas mãos, sacudiu ligeiramente a cabeça e continuou a fitar as chamas. Os tetos estalavam. Lembro a dor que sentia quando o barulho se repetia no meu coração. Logo os tetos desmoronaram, um depois do outro, com um estrondo. Ouvi minha mãe gemer ao primeiro estrondo. Mas ela jamais afastou o olhar da cena... Algo se rompeu no meu coração, algo em mim se quebrou quando vi nossa casa caindo."

O desmanche da velha aldeia de Thabai ocorreu logo depois da queda do posto policial de Mahee para Kihika e seu bando de combatentes da floresta. O golpe em Mahee enfurecera o governo. Diziam que o homem negro em Nyeri, Mwangi Matemo, que, num momento de entusiasmo e distração, ouviu no rádio as notícias da captura, foi imediatamente levado para Manyani, o maior e mais célebre campo de concentração do país. A notícia fora censurada; mas o rádio só confirmou o que todo mundo em todo território gikuyu já sabia. O governo havia retaliado. Todos os centros de comércio africanos como Rung'ei seriam fechados "no interesse da paz e segurança". As pessoas deviam se mudar para um número menor de aldeias, mais concentradas. No início isso era um boato distante; as pessoas davam de ombros sem acreditar e continuaram a lamentar o destino dos que haviam sido mandados para a detenção ou ido para a floresta: algum dia voltariam? Thomas Robson, então chefe do distrito, organizou barazas em cada serra, dando ao povo dois meses para demolir e construir novos lares.

Mumbi ficou deprimida porque não tinha um homem em casa. Acabou atando um cinto ao redor do quadril e pegando no trabalho de homem. Junto de Wangari, limpou o terreno. Karanja veio e as ajudou a desenhar a planta da cabana no chão. Ele parecia calado e distante, mas Mumbi estava atarefada demais para notar a reserva de alguém que passava por uma crise. Dentro de poucos dias o terreno estava pronto. Em seguida ela foi para a pequena mata de seu pai e cortou umas acácias negras para servir de sustentação e o restante do madeirame. Foram dias em que não se via fumaça subir de cabana alguma em Thabai, porque os homens e mulheres só voltavam para suas cabanas depois de escurecer. E no dia seguinte estavam de volta ao terreno: de um dia para outro crianças viravam adultos, mulheres punham calças; mas os bebês amarrados nas costas das mães continuavam a berrar por comida e atenção. Kariuki saía da escola todo dia às quatro e corria para ajudar a irmã com a construção.

Os homens, vendo mulheres como Mumbi martelando o telhado, paravam para zombar delas; tudo porque uma mulher — uma nova Wangu — fora coroada na Inglaterra: que benefício jamais foi alcançado pelo reinado de uma mulher?

"Ah, mas não é verdade", respondiam às vezes as mulheres, contentes pela interrupção. "O governador Baring, que reina no Quênia, não tem um pênis?"

"Ah, ainda é um shauri de mulher. Vejam como vocês mulheres mandaram todos os homens para a detenção para que seus pênis apodreçam lá, como maridos infelizes da Rainha Elizabeth."

"E para as florestas também", desabafavam as mulheres, a brincadeira se tornando amarga. E, sem dizer outra palavra, os homens corriam de volta para os próprios terrenos para continuar a retinir o martelo no prego.

A ajuda intermitente de Karanja, embora com o auxílio adicional de Kariuki, não era suficiente, e faltava ainda barrear a cabana de Mumbi quando o prazo de dois meses terminou. Mumbi e Wangari permaneceram em suas antigas cabanas, se preparando para barrear a nova cabana em um ou dois dias. Mas no segundo dia os guardas chegaram. Mumbi abriu a porta, viu suas caras ansiosas e correu para dentro, para preparar Wangari para enfrentar a realidade.

"Eu sabia que eles viriam, menina", disse Wangari melancolicamente, começando a tirar os utensílios e outras coisas do lugar condenado.

Os guardas foram embora solenemente, como se tivessem acabado de executar um ato ritual; seus olhares buscavam a aprovação no rosto de Robson. Robson foi embora de carro. Tinha de queimar mais cabanas e o dia era curto.

Antes do cair da noite, as últimas paredes da antiga aldeia de Thabai tinham ido ao chão: lama, fuligem e cinzas marcavam o lugar onde antes ficavam as várias cabanas.

"Naquela noite minha mãe e eu dormimos na nossa nova cabana inacabada. Meu pai quebrou o toque de recolher e veio no escuro para nos levar para a casa dele. Mas minha sogra se recusou a ir e eu não podia deixá-la sozinha. O teto estava coberto de capim, mas faltava fechar as paredes. Durante toda a noite um vento frio soprava pelas frestas e nos castigava de todos os lados. Eu me embrulhara num cobertor velho e num saco de sisal, e, mesmo assim, tiritava. Acho que não consegui fechar os olhos nenhuma vez. Eu sabia que minha mãe também não estava dormindo, mas não falamos, e a noite foi longa.

"Desse dia em diante, Karanja vinha muitas vezes à nossa casa ver como íamos de saúde, e às vezes trazia comida. De início não notei: nem sequer notei que suas visitas estavam se tornando cada vez mais frequentes. Eu estava ocupada demais cuidando da minha mãe, porque depois que queimaram a nossa antiga casa ela não parava de reclamar de dores na barriga, na cabeça, nas juntas. Um dia ele me encontrou rachando lenha do lado de fora. Ficou ali sem falar, só me olhando. Detesto que fiquem me observando enquanto trabalho, porque me sinto constrangida e não consigo controlar bem as minhas mãos. Por isso eu lhe disse: 'Venha ajudar uma mulher a rachar lenha'. Ele tomou o machado de mim e fez o serviço. Ainda calado. 'Entre para tomar uma xícara de chá pelo serviço', falei. Quando me inclinei para pegar as achas de lenha ele estendeu a mão, me tocou na cabeça e sussurrou: Mumbi. Levantei o olhar depressa e vi que ele queria me dizer alguma coisa. Eu tive medo. Você sabe, Karanja uma vez pedira a minha mão, uma semana mais ou menos depois que eu já aceitara me casar com Gikonyo. Na época levei a coisa na brincadeira e desmanchei aquela paixão lembrando a ele que Gikonyo era seu amigo íntimo. Ele nunca mais me fez nenhuma proposta e continuou a visitar meu marido. Agora ele devia ter visto o medo no meu olhar, pois foi embora imediatamente, sem dizer nada. Nem sequer olhou para trás. Acho que, se ele tivesse, eu o teria chamado de volta, pois estava cheia de remorsos; havia algo pesando no meu coração. Além do mais, ele fora gentil comigo e com minha mãe, como convém a um amigo.

"Ele não voltou. Logo depois disso Kihika foi apanhado na beira da floresta de Kinenie e mais tarde enforcado numa árvore. Você sabe que meu pai, que já foi um guerreiro cujo nome era conhecido de Nyeri a Kabete, urinou nas pernas? Ele chorou a noite inteira, como uma criança, enquanto Wanjiku, minha verdadeira mãe, o consolava. Daquele dia em diante meus pais nunca mais se recuperaram. Acredito que se não fosse pela fé e esperança que tinham em Kariuki, teriam morrido. Eu também fiquei doente, e durante duas noites vomitava tudo o que comia ou bebia. E então, como você sabe, veio o castigo. Thabai iria pagar pelas ações de meu irmão. Você sabe sobre a vala. Pelo menos no início. Foi logo depois de você ter sido preso tentando salvar Wambuku que ouvi pela primeira vez que Karanja ingressara na guarda nacional. Eu não podia acreditar. Ele tinha sido amigo de Kihika e Gikonyo; tinham feito o juramento juntos; como podia traí-los?

"Esses pensamentos logo passaram em virtude do trabalho a ser feito. A trincheira ia cercar toda a aldeia. Depois que levaram você embora, as surras não eram isoladas, uma pessoa aqui, outra ali. Os soldados e guardas entravam na trincheira e batiam em qualquer um que levantasse as costas ou fizesse corpo mole. Eles nos pressionavam porque, você sabe, havia um limite de tempo. Permitiam que as mulheres saíssem por duas horas antes do pôr do sol para arranjar comida. Ninguém mais tinha permissão de sair: até mesmo os alunos da escola tinham que permanecer na aldeia. Dentro de poucos dias, duas horas de liberdade foram reduzidas a uma. E, à medida que o prazo se aproximava, até nossa hora de liberdade nos foi tirada. Éramos prisioneiros na aldeia, e os soldados haviam construído todos os seus acampamentos em volta, para impedir qualquer fuga. Ficamos sem comida. O choro das crianças era terrível de se ouvir. O novo chefe do distrito não ligava para esse choro. Ele chegava a permitir que os soldados pegassem mulheres e as levassem para suas tendas. Meu Deus! Não sei como escapei dessa vergonha. Toda noite eu rezava pedindo que nada assim acontecesse comigo. Wambuku morreu na trincheira. Pegaram seu corpo e o jogaram dentro de uma cova a poucos metros dali.

"Sabe que a gente pensava que o fim do mundo tinha chegado?

"Aí, um dia, a gente começou a cantar. Puseram mais soldados e guardas na trincheira. Vieram com chicotes e paus, mas de algum modo essas coisas não conseguiram impedir nossa cantoria. Uma mulher ou um homem começava de uma extremidade da trincheira e todos nós participávamos, criando palavras do nada.

"'Os filhos de Israel
Quando estavam em Misri
Foram obrigados a trabalhar
Mais do que as vacas e os jumentos.'

"Mas o que nos emocionava mesmo era quando cantávamos sobre Wambuku na sepultura.

"'Quando me lembro de Wambuku
Mulher de tanta beleza
Como erguia os olhos ao céu
E as lágrimas corriam soltas do coração.
Reze de verdade.
Reze a Ele de verdade.
Que Ele é sempre o mesmo Deus.
Quem esquecerá a poeira e o sol de hoje
E a trincheira que com sangue eu cavo!
Quando me empurraram na trincheira
As lágrimas correram soltas do meu coração.'"

Mumbi interrompera sua narrativa para cantarolar as melodias para Mugo, tentando encontrar duas palavras que esquecera. As melodias eram lentas, desafiadoras e, no entanto, pesarosas, e as lágrimas se equilibravam claramente na borda de seus olhos. Seus seios subiam e desciam com as cantigas, e Mugo ficou colado ao assento, revivendo dolorosamente uma cena da qual não participara, pois nessa época já havia sido detido.

"Os inválidos, os velhos, como meu pai, e as crianças não eram obrigados a cavar. Mas tinham que sentar em volta da trincheira e olhar suas mulheres, filhos, filhas e mães trabalharem e sofrerem sob o chicote. Todo dia o chefe do distrito vinha com um alto-falante para nos lembrar incessantemente por que estávamos sendo punidos. Thabai era um aviso a outras aldeias para nunca dar nenhuma ajuda ou comida aos combatentes da floresta.

"Mais duas mulheres morreram. Cavaram outro buraco ao lado da trincheira.

"Durante todo esse tempo eu não vira Karanja. As pessoas diziam tê-lo visto nesse ou naquele local, mas ele nunca veio aonde eu trabalhava. A essa altura nosso estoque de comida tinha acabado. Eu não podia apelar para os vizinhos porque muitos estavam na mesma situação. Nessa época, a gente detestava qualquer um que viesse nos visitar na hora da refeição; não, a gente nunca se visitava. Chegou um dia quando senti que não aguentava mais. Devo dizer que minha sogra e meus pais pareciam aguentar a coisa melhor que eu. Quanto a mim, achava que não conseguiria viver mais um dia. E naquela noite Karanja foi à nossa casa. Ele não quis entrar, por isso saí. Sob o manto do escuro, ele nos havia trazido um pouco de pão. Minha boca se encheu de saliva. (Você já viu a boca de um cão faminto quando ele vê comida?) Mas, à vista da arma que ele carregava, a força e o apetite me abandonaram e eu não pude aceitar a comida que ele ofereceu. Voltei para a cabana. (Então tinham começado a circular boatos de que havia sido Karanja quem traíra meu irmão.) Eu não contei a Wangari o que acontecera e ela não me fez nenhuma pergunta, mas ao ver seu corpo macilento eu me senti culpada por ter recusado o pão. Pensei que ela fosse morrer, que todos fôssemos morrer, e chorei, calada. Sabia que meus pais e Kariuki igualmente passavam fome.

"Morreram dois homens.

"Nossa cantoria parou de repente. Não havia mais som algum de vozes humanas e parecia que até as criancinhas haviam parado de chorar pedindo comida. O som de jembes, pás, pangas e chicotes continuou. Um dia estranho: eu não sentia nada. E novamente naquela noite Karanja veio. Eu não conseguia vê-lo claramente no escuro, mas reuni a pouca força que ainda tinha e mexi com os lábios para deixar que a palavra 'Judas' escapasse de minha boca. Quando ele falou, sua voz parecia vir de muitos quilômetros de distância de onde eu estava. 'Aceite este fubá e este pão, senão você vai morrer. Eu não traí Kihika. Não traí. E quanto a pegar em armas para os brancos, bem, chegará o dia em que você também compreenderá que todo homem no mundo está sozinho, e luta sozinho, para sobreviver.' Ele foi embora. De algum modo, acreditei nele, naquilo que ele falou sobre o meu irmão. Mas, mesmo que não tivesse acreditado, ainda assim eu teria aceitado a comida. Tenho certeza de que teria — apesar de suas palavras terem feito a coisa ficar mais fácil para mim. Quando entrei, senti vergonha, mesmo no meio da minha fome não pude contar a Wangari onde arranjara a comida. Ela não me fez nenhuma pergunta. Nem meus pais e irmão, quando lhes dei comida no dia seguinte. Durante muitos dias andei de cabeça baixa. Você sabe, naquela época, muitas mulheres se ofereciam aos soldados por um pouco de comida, e eu não me sentia diferente. Até o dia de hoje nunca contei a ninguém sobre a comida que nos salvou. Pois, para dizer a verdade, eu ainda sinto vergonha.

"Entre homens e mulheres, morreram vinte e uma pessoas. Foram enterrados ao lado da trincheira. O estranho é que nem uma única criança morreu nesse período.

"Depois da trincheira, comecei a trabalhar na região dos assentamentos. Os que trabalhavam para os brancos, nas suas fazendas ou casas, recebiam cartões que os isentavam do trabalho forçado comunal, que era o quinhão daqueles que permanecessem na aldeia. E também era mais fácil para eles obterem passes. O passe tinha que ser carimbado pelo chefe do distrito, para que você pudesse se movimentar da Reserva até as fazendas europeias, ou de um lugar a outro. Em geral, tive sorte, porque me pagavam nove xelins por semana, enquanto outros, em outras fazendas, só recebiam seis ou quatro xelins semanais. A gente trabalhava nas grandes plantações de chá, às vezes capinando capim Muthangari, às vezes colhendo as folhas de chá. Com o dinheiro que eu ganhava, comprava farinha, que nos mantinha, os cinco, vivos. Eu estava resolvida a não aceitar mais nenhuma ajuda de Karanja, que a essa altura tinha ascendido e era o chefe da guarda. Kariuki estava indo bem na escola — eu pagava sua mensalidade. Nele a gente enxergava a esperança do futuro. Não há nada como a educação.

"E durante todo esse tempo eu nunca deixei de pensar no meu marido. Parecia que se ele estivesse presente, tudo se resolveria. Passaram-se meses e anos. A gente nunca ouvia falar dos que foram para a detenção. O rádio dizia que eles nunca mais voltariam. Não acreditávamos nisso, mas em público dizíamos que nossos homens jamais voltariam. Se alguém exprimisse alguma opinião diferente, olhávamos para ele zangadas — e o mandávamos calar a boca: como é que ele sabia? Mas em nossos corações devorávamos essas palavras de esperança, e queríamos que essa pessoa continuasse a teimar sobre a volta dos detentos um dia.

"Nessa época aconteceu algo ao chefe Muruithia que nos fez temer outra trincheira. O chefe Muruithia, encarregado dessa região, era conhecido em todo canto por sua crueldade. Era especialmente duro com os trabalhadores gikuyu repatriados para as Reservas Gikuyu, da província do vale do Rift, de Uganda e Tanganika. Um dia soubemos que ele havia sido alvejado a caminho de Ndeiya, em plena luz do dia. O sujeito que o havia acertado usava um casaco militar e seguia atrás do chefe e seus guarda-costas a uma distância segura. Quando o chefe parava, o sujeito também parava e se inclinava para amarrar os sapatos ou urinar. Em seguida ele entrou na floresta, correu na frente e atirou no chefe. Dizem que ele riu abertamente quando os seguranças do chefe, os guardas e os policiais correram para se proteger. Mas, antes que pudessem responder ao fogo, o sujeito já tinha desaparecido na floresta. O chefe não morreu, e foi levado para o hospital de Timoro. Uma semana depois, dois sujeitos carregando uma cesta de comida foram visitá-lo. Seus documentos estavam em ordem e permitiram que eles fossem até a cama dele. Lá eles o mataram a tiros, pularam pela janela e voltaram para a floresta.

"Foi quando Karanja se tornou chefe. Não demorou a provar que era mais aterrorizante que o seu antecessor. Liderou outros guardas até a floresta para caçar os Combatentes da Liberdade. Foi também durante sua administração que até os poucos homens aptos foram levados da aldeia para os campos de detenção. Ele aumentou a severidade das leis do toque de recolher e obrigou ao trabalho comunal forçado. Encontrei-o um dia quando voltava do trabalho. Ele parou e me chamou. Eu não parei. Dois guardas correram até mim e ameaçaram me bater. Mas Karanja disse para eles me deixarem em paz, e disse-lhes para seguirem adiante que ele depois iria.

"'Por que você não deixou que eles me matassem?', desabafei.

"'Por favor, Mumbi.'

"'Não me chame de Mumbi, Mumbi.'

"Eu estava zangada e não queria que ele me lembrasse da comida que tinha me dado. Eu ansiava por alguma coisa que rompesse o nó de culpa que me ligava a ele.

"'Mumbi, por que você me detesta tanto?', continuou ele, e começou a proferir palavras apaixonadas. Ele me amava, disse, só queria a mim, se poupara de detenções e da floresta por mim.

"É estranho, não é, como a gente arranja motivos de sobra para os nossos atos, para justificar qualquer situação. De qualquer modo, eu não estava mais zangada. Agora eu o desprezava. Ele realmente parecia odioso no seu uniforme cáqui, com um grande fuzil no ombro, falando de amor no meio da estrada. Cheguei a conseguir rir um pouco. Isso parece que o magoou, mas não interrompeu a enxurrada de palavras vindas de sua boca. As palavras não me tocavam, eu queria machucá-lo, desferir um golpe por Kihika e Gikonyo, e todo mundo.

"'Por que você não usa a saia e a mwengu de sua mãe? Quando os outros foram à luta, você ficou para trás lambendo os pés dos seus maridos brancos.' Eu disse isso abertamente, e pensei que ele fosse me bater. Isso o irritou. Seus lábios se moveram e ele lutou para dizer alguma coisa. Seu rosto mudou de claro para escuro, e então ele também falou devagar, com firmeza.

"'Você não compreende. Gostaria que todos nós morrêssemos na floresta e na detenção para que o homem branco pudesse viver aqui nesta terra sozinho? O homem branco é forte. Nunca se esqueça disso. Eu sei, porque experimentei o seu poder. Não se engane achando que Jomo Kenyatta algum dia será solto de Lodwar. Os ingleses jogarão bombas na floresta, como fizeram no Japão e na Malásia. E os que estão na detenção jamais, jamais verão esta terra de novo. Não, Mumbi. O covarde viveu para ver a mãe, enquanto os bravos ficaram largados mortos no campo de batalha. E se esquivar de um golpe não é covardia.'

"Isso me deu medo.

"'Me deixe em paz, por que você não me deixa em paz!', gritei, me sentindo fraca. Ele foi embora. Meu estômago estava pesado, meu coração envolto em sombras. Era cruel de sua parte dizer que Gikonyo jamais voltaria.

"E, no entanto, lá pelo fim do ano, fui ver Karanja na sua moradia no posto de guarda. Kariuki foi comigo, porque passara na KAPE e foi o único garoto nessas serranias a conseguir uma vaga na Escola Secundária de Siriana. Isso enfureceu muita gente: por que, perguntavam, deveriam permitir que um garoto cujo irmão estava na floresta fosse para uma escola do governo, enquanto os filhos dos legalistas não podiam? Mas não podiam impedi-lo, a não ser que conseguissem provar que ele fizera o juramento. Foi por isso que fomos à casa do chefe. Karanja não criou problema. Nos deu uma carta declarando que Kariuki havia sido investigado e não fizera o juramento. Eu me senti envergonhada das palavras ásperas que dissera a Karanja.

"Quando Kariuki foi para Siriana meus pais voltaram a viver. Mbugua até começou a falar sobre o futuro, enquanto Wanjiku chorava de felicidade. Eu também estava feliz, mas não conseguia esquecer, nem por um momento, as palavras de Karanja, que os detentos jamais voltariam. Talvez Gikonyo e os demais já tivessem sido fuzilados. Esse pensamento me deixava tiritando à noite, incapaz de rezar ou dormir. Wangari notou minha inquietude, e foi ela então que se tornou meu consolo e meu arrimo caloroso. Nesses dias de espera, a gente se aproximou, não apenas como mãe e nora, mas como algo diferente, que não consigo descrever.

"Karanja sempre afirmou que minha fidelidade era em vão. As forças do governo estavam vencendo os Combatentes da Liberdade. A gente nunca recebia uma carta ou uma palavra dos detentos. O rádio não falava mais deles. E, com o passar dos anos, Karanja tornou-se arrogante comigo. Ele não ficava humilde diante de mim como costumava fazer. Em vez disso, ria de mim para me magoar, e eu me apegava a Gikonyo de todo o coração. Eu esperaria por ele, meu marido, mesmo que meu destino fosse me reencontrar com ele na sepultura. Perdi totalmente a esperança de reencontrá-lo nesta terra, e vivia das memórias dos dias felizes antes do Estado de Emergência.

"Não quero te cansar com uma longa história, embora possa dizer que já me sinto melhor por ter aberto meu coração com você. Um dia Karanja mandou me chamar à sua casa. Foi numa quinta-feira, eu me lembro. Eu me sentia cansada e entediada da vida. Pois o que é a vida senão viver para alguém que você ama, um homem que respire, que você possa ver e tocar? Gikonyo estava morto. E a Emergência jamais acabaria. De qualquer maneira, fui lá e jurei que, se ele tentasse qualquer coisa comigo, até mesmo uma palavra, eu pegaria um pedaço de pau e lhe daria um boa paulada na cabeça ou no pescoço. Encontrei-o sozinho. Fiquei na porta por algum tempo. Ele não olhou para mim diretamente. Parecia mudado. Parecia preocupado e ligeiramente envelhecido. Isso me surpreendeu — pensei que ele estivesse doente ou algo assim. Por isso entrei e perguntei o que ele queria de mim. Ele não me respondeu por um momento. Em seguida, disse:

"'Seu marido vai voltar.'

"'O quê?'

"'Seu marido vai voltar', repetiu, tentando sorrir.

"Algo que doía se moveu em mim, como se, como se eu tivesse ficado toda paralisada e agora o sangue e a vida estivessem voltando.

"'Por favor, Karanja, não brinque comigo', gaguejei. Minha voz falhava. Meu coração estava cheio de medo e de esperança. Eu teria feito qualquer coisa para saber a verdade.

"Ele veio até onde eu estava e me mostrou uma longa folha de papel cheia de selos do governo. Havia uma lista de nomes daqueles que estavam voltando para as aldeias. O nome de Gikonyo estava lá.

"O que mais posso te contar? Que eu me lembro de ter ficado cheia de gratidão, submissa? Que eu ri — que cheguei até a aceitar os lábios frios de Karanja no meu rosto? Eu estava num mundo estranho, e era como se eu estivesse louca. E preciso dizer mais?

"Deixei que Karanja fizesse amor comigo."

Ela fez uma pausa. A luz ainda brincava em seus olhos escuros e sensuais. Ela era nova. Ela era bonita. Um grande nó bloqueava a garganta de Mugo. Algo se mexeu dentro dele; ele tremia; estava no fundo do poço, mas lá em cima, acima do poço, girava a terra; mesmo entre a dor, o sangue e a pobreza, a vida e a luta pareciam belas; somente por um instante; como ele poderia acreditar numa visão assim, uma ilusão?

"Quando acordei e percebi o que acontecera, fiquei fria, o corpo inteiro. Karanja tentou me dizer coisas simpáticas, mas eu percebi que ele ria de mim, triunfante. Peguei um de seus sapatos e o joguei nele. Saí correndo, não conseguia chorar. Apesar de ter me sentido tão feliz alguns minutos antes, agora me sentia azeda por dentro. Fui até Wangari e dessa vez chorei, mas não podia dizer a ela claramente o que acontecera. Mas ela parecia compreender, me abraçou e procurou deter meus tremores, falando."

Ouvir a história de Mumbi esgotara as forças de Mugo. Ele agora procurava palavras adequadas para quebrar o silêncio.

"O que você quer que eu faça?", gritou, fraco de dor e desamparo.

Ela estava a ponto de dizer algo quando houve uma batida apressada na porta e um "hodi". O general R. entrou, seguido do tenente Koina. O rosto do general estava esfuziante de satisfação, coisa que Mugo não percebera na noite de domingo ou na noite anterior. Koina, por outro lado, parecia pensativo, envelhecido.

“Não vamos ficar muito tempo”, disse o general R., depois de sentar. Em seguida virou-se para Mugo. Parecia mais amistoso e fluente do que de costume.

“Fui à sua casa. Quando não o achei lá, bem, pensei em vir até aqui. Eu disse que o visitaria. Lembra? Na noite passada? Você parecia preocupado, ou muito agitado. Não via ninguém. Falei com você do lado de fora, mas você só respondeu numa voz alheia. Homem esquisito, esse Githua. Você ouviu o que ele disse sobre as balas?”

“Eu não — não consigo me lembrar...”

“Está vendo! Sua cabeça não estava aqui na terra. Githua vive dizendo às pessoas que ele nos fornecia balas. Sabe que ele nunca nos deu balas (grãos de milho, como nós as chamávamos na floresta)?”

“Não fornecia?”, perguntou Mumbi.

“Nunca. Eu também soube que ele nunca levou um tiro.”

“Como quebrou a perna?”, Mumbi perguntou.

“A perna dele? O caminhão que ele dirigia capotou em Nakuru. A perna esquerda de Githua foi totalmente esmagada.”

“Por que, então—”

“Isso torna a vida mais interessante para ele mesmo. Ele inventa um significado para sua vida, não vê? Não fazemos todos isso? E morrer lutando pela liberdade parece mais heroico do que morrer num acidente.”

Mugo se sentiu decepcionado por Githua. Estava novamente sozinho, com sua ilusão destroçada por Mumbi e o general R. Ele semicerrou os olhos diante do olhar direto do general. Onde estava o calor que o envolvera na noite passada, que sentira nessa manhã antes de entrar na casa de Mumbi?

“Mas vamos deixar Githua para lá. Viemos para vê-lo”, disse o general R. a Mugo.

“Devo sair da sala?”, perguntou Mumbi, pronta para se levantar.

“Não, a não ser que você queira. Isso diz respeito a seu irmão.”

"Kariuki? Aconteceu alguma coisa?"

"Não, Kihika!"

"Ah!"

"Como eu disse no domingo à noite, nós acreditamos que Kihika com certeza caiu numa armadilha. Ele ia encontrar um contato importante. Ora, só havia três pessoas com quem poderia ir se encontrar. Uma delas é Wambui. Mas Kihika já mandara Wambui para Nakuru com mensagens para nossos agentes. O outro homem é você!", disse, fitando Mugo. A barriga de Mugo se contraiu.

"Mas qualquer criança sabe o que você fez por Kihika e o que o homem branco fez com você."

"Quem é o homem?", perguntou Mumbi, aliviada.

"Amigo e não amigo. Como era mesmo aquilo que Kihika costumava dizer? *Kikulacho kiko nguoni mwako.*"

"Quem é?", insistiu ela, impaciente.

"Sabe, Kihika disse uma ou duas vezes que queria se encontrar com Karanja."

"Ngai!", ela exclamou, olhando para Mugo.

"E foi logo depois da prisão de Kihika que Karanja se tornou guarda. Seu comportamento em Githima indica sua culpa. Koina esteve lá ontem."

Koina se assustou e olhou para o general. Seu rosto parecia cansado e um pouco sofrido.

"E eu nunca voltarei lá. Nunca. Nunca", disse ele numa voz totalmente diferente de seu modo alegre de ser. Mumbi e o general olharam para ele.

"Qual o problema?", perguntou o general.

"Nada. Nada", respondeu Koina. "Apenas fiquei perplexo pelo sentido do que vi lá. Mas não ligue para mim. Não estou me sentindo bem."

"Então precisa ir para a cama", disse Mumbi, ansiosa. "Quer uma aspirina?"

"Ah, é apenas uma pequena dor de cabeça!"

"O que você viu em Githima que te pôs doente?", perguntou Mumbi. "Fantasmas?"

"Sim... algum tipo de fantasma. Mas eram fantasmas que me põem pensando sobre o que estamos realmente comemorando!"

O general R. pensou em pedir a ele que fizesse menos mistério, mas Mugo falou primeiro.

"O que — o que vocês querem — queriam comigo?" Mugo, que andava seguindo os próprios pensamentos, expirou lentamente.

"É sobre as comemorações na quinta. Deixe-me lhe dizer primeiro que nunca rezei para Deus. Nunca acreditei Nele. Acredito em Gikuyu e Mumbi e no povo negro deste país. Mas um dia eu rezei. Um dia, sozinho na floresta, eu me ajoelhei e chorei de todo o coração. Deus, se você estiver aí em cima, poupe-me e eu acharei o verdadeiro assassino de Kihika. A hora chegou. O tempo está maduro para a colheita. Na quinta o pessoal vai se reunir no mercado de Rung'ei para relembrar Kihika. Mandamos Mwaura a Githima para convencer Karanja a comparecer a essa reunião. Então o que você fará? No final de seu discurso, você vai anunciar que o homem que traiu Kihika deverá se adiantar — e ser condenado diante do povo. Porque, ao trair Kihika e entregá-lo ao homem branco, Karanja, na verdade, traiu o povo negro em todos os cantos da terra."

A fala apaixonada do general foi seguida de um silêncio constrangido. Todo mundo ali parecia absorto na própria vida — nos próprios temores e esperanças. A atmosfera ficou tensa — como uma corda esticada. De repente Mugo se levantou, tremendo, tenso com a súbita decisão.

"Impossível", disse. "Vim aqui para dizer a Gikonyo e ao Partido que não sou o homem certo para liderá-los. O Partido deve procurar um líder em outro canto."

Sua voz engasgou. Lutou para produzir outra palavra e saiu inesperadamente, depressa.

Dez

A decisão de convencer, ou, se não desse certo, obrigar Karanja a comparecer à grande cerimônia em Rung'ei fora tomada na noite anterior, depois que o tenente Koina encontrara Mwaura.

Os relatórios de Mwaura apenas confirmavam o que o general R. havia sempre suspeitado: Karanja era o homem que traíra Kihika. A morte de Karanja no Dia da Independência parecia justa: que fosse humilhado diante de uma enorme multidão, se ele se entregasse, ou que sofresse constrangimentos, era apenas a preparação necessária para o ritual.

O general R. era um sujeito de poucas palavras, a não ser que estivesse excitado. "Não sei usar minha língua", costumava dizer com um toque de orgulho, "mas posso usar minhas mãos." Kihika rezava e se agoniava diante do problema; o general R. agia. Kihika falava de opressão, injustiça e liberdade; o general R. via pessoas oprimidas, alguém cruel ou alguém bom. Ele era uma espécie de aventureiro. Antes da Guerra de Independência, vivia no centro de Rung'ei trabalhando como alfaiate. Ninguém conhecia suas origens: alguns diziam que ele era de Nyeri, outros de Embu. Apesar de ter vivido muitos anos em Rung'ei, o pessoal de Thabai o considerava um estranho em seu meio. "Esse pessoal lá de Nyeri e Embu", costumavam dizer, "é de meter medo; a gente nunca sabe o que eles carregam debaixo das unhas ou nos sovacos." As pessoas nem sequer sabiam seu verdadeiro nome: todos o chamavam Ka-40, porque, uma vez ou outra, num dos súbitos mas raros momentos em que se abria, era assim que se gabava: "Olhem para mim, um rapaz de quarenta. Nasci em 1940, fui circuncidado em 1940, lutei contra Hitler em 1940 e me casei em 1940. Então, eu sou um rapaz de quarenta". (Ao que o povo sabia, ele não tinha mulher, mas lutara do lado dos ingleses na Segunda Guerra Mundial.)

Exceto isso, era quieto, raramente falava de si ou de suas crenças políticas, e evitava claramente as brigas e confusões que brotavam com tanta frequência nos restaurantes e bares. Ka-40 era um alfaiate bom e bem-sucedido, especializado em roupas de mulheres e crianças; sua prosperidade era atribuída a "algo no sovaco".

No entanto, esse homem que evitava claramente brigas e toda violência, e em grande parte vivia sozinho, se tornou um dos mais ferozes integrantes do bando de Combatentes da Floresta de Kihika, temido na aldeia e até entre seus seguidores. O general R. jamais esquecia um inimigo ou um amigo. R. significava Rússia.

Na hora em que o general R. falava animadamente sobre o pequeno drama a ser encenado no Dia da Independência, Karanja, o ator principal, estava preocupado com um problema que, três meses atrás, parecia pequeno — tido, é claro, como uma possibilidade distante —, mas, faltando apenas duas noites para a Independência, tomara agora uma proporção monstruosa: será que Thompson ia mesmo embora? Hoje Karanja estava determinado a descobrir a verdade, da qual já tivera uma pequena amostra quando, na qualidade de chefe, haviam dito a ele que Gikonyo e outros detentos estavam voltando para a aldeia. Agora ele iria perguntar a Thompson: o senhor vai mesmo deixar o Quênia? Não que entre Karanja e John Thompson houvesse um relacionamento que pudesse ser chamado de pessoal; nem que fosse mútua a sensação de dependência; só que, para Karanja, John Thompson sempre desempenhara o papel de símbolo do poder branco, irremovível como uma rocha, um poder que construíra a bomba e transformara um país feito de matagais e florestas em cidades modernas, estradas de asfalto, veículos motorizados, amor aos cães, ferrovias, aviões e prédios cujas torres arranhavam o céu — e tudo isso num período de sessenta anos. Ele mesmo não tinha a experiência desse poder?

Quando, na qualidade de chefe, podia fazer homens circuncidados se agacharem diante dele, e as mulheres gritarem se ele levantasse um dedo?

Então Karanja esperava por essa terrível informação. Por duas vezes descera o corredor e passara pela sala de Thompson, com os ouvidos atentos a qualquer movimento lá dentro. De volta a sua própria sala de trabalho, Karanja lembrou que poderia saber se John Thompson estava ali ou não ao checar se o seu "Another Morris" estava estacionado na vaga cativa no estacionamento dos funcionários. Ele se levantou da cadeira como alguém que sentou sem querer em cima de um alfinete, só que, em vez de examinar o assento, dobrou o pescoço e olhou para... a vaga vazia normalmente ocupada pelo Morris. O homem não vinha trabalhar hoje? Ficou difícil preencher as etiquetas para qualquer livro na mesa. Sorte a sra. Dickinson não estar ali naquele dia. Ele foi até a encadernação para matar o tempo com os funcionários. Karanja sempre ia lá, sob esse ou aquele pretexto, toda vez que estava cansado. A maior parte dos encadernadores era de Nyanza Central, e Karanja sempre se sentiu mais à vontade na presença deles. Não sentia, como com os gikuyus, que eles estivessem investigando o seu passado. Ele também fazia pouco deles e não escondia isso quando falava com Mwaura, ou qualquer um de sua tribo. "Esses jaluo", costumava dizer, "sempre andam juntos: depois que você coloca um deles numa função qualquer, ele convida a tribo toda à primeira vaga que surgir." Eles, por sua vez, desconfiavam dele. "Esses wakikuyu — jamais confie neles. Um kikuyu te abraça hoje como amigo e amanhã te enfia a faca nas costas." Mas, na presença dele, eram simpáticos.

Ele os encontrou falando sobre o finado dr. Van Dyke. Sua morte fora acidental? O que aquela mulherzinha do Thompson (meu Deus, ela era bonita — que bunda, puxa — não seria nada mau dar uma beliscada nela) via naquele bôer barrigudo? Será que Thompson sabia que estava sendo traído? Devia saber. É por isso que andava sempre tão triste. Será que ele mesmo beliscava outras mulheres, como a dra. Lynd? Rá!

Rá! Rá! Mudaram de assunto para o caso do cachorro. Ficaram zangados. Simpatizavam com Karanja. Poxa! Thompson te salvou. Mas não vai puni-la. Karanja viu que o cheiro da cola fervente, a conversa e as risadas dos homens não acalmaram seus nervos inquietos. Saiu e caminhou entre o laboratório de física de solos e o bloco principal da administração, com um pretenso ar atarefado, mas, na verdade, na esperança de ver John Thompson na sua sala, através da janela. Ele tinha ido embora?, pensou Karanja. Devia ter perguntado ontem. Ontem, depois do problema do cachorro. Karanja se lembrou do pavor quando o cachorro veio para cima dele. Chegou a tremer. Thompson o salvara da vergonha. Thompson. E ia embora. Caminhou de volta à sua sala, com uma sensação de traição iminente pesando sobre ele.

Uma vez ele sentira algo parecido. Foi logo depois da extinção do Estado de Emergência, quando o atual chefe de distrito o aconselhou a pedir demissão do cargo de chefe. Na época, novos líderes do Partido, como Oginga Odinga, se manifestavam pela independência e pela libertação de Jomo Kenyatta. Karanja prendera um homem que não pagava o imposto comunitário havia dois anos. O sujeito estava desempregado desde que saíra da detenção. Ficou tão zangado que, em vez de responder às perguntas, cuspiu no chão. O chefe fez exatamente o que estava acostumado a fazer: mandou seu guarda-costas dar uma surra no sujeito e o trancafiou no posto da guarda até de manhã. A questão foi encampada pelo pessoal ligado a Odinga, e dessa maneira foi parar no tribunal. Karanja foi obrigado a pagar uma multa e se desculpar em público. Isso o deixara em frangalhos. Por que deveria ser punido por fazer o que lhe garantia elogios cerca de um mês atrás? Mais tarde Karanja foi rebaixado. O chefe do distrito, contudo, deu a ele uma carta de recomendação listando suas qualidades: lealdade, integridade, coragem. “Ele é totalmente de confiança.” Armado dessa carta (tinha um selo oficial), Karanja foi para Githima, onde tornou a encontrar John Thompson. Karanja confessara seu juramento e ingressara na guarda quando Thompson era chefe do distrito (logo depois da morte de Robson), e, apesar de Thompson não dar a impressão de se lembrar dos velhos tempos, Karanja sentiu que a carta oficial era em si mesma um laço vivo. Conseguiu um emprego em Githima. Tão logo revelou suas qualidades de lealdade, integridade e coragem, tornou-se rapidamente um serviçal de confiança dos homens brancos de Githima.

Teria sido a ameaça do cachorro um prelúdio ao desastre?, pensou Karanja. Com a consciência de uma calamidade iminente, Karanja não sabia se ficava satisfeito ou zangado quando Mwaura veio depois à sua sala.

"Oi, cara, é verdade?", Mwaura começara num sussurro subserviente e conspirador, que significava: você, que está por dentro de todos os segredos dos poderes que reinam sobre nós, atire-me algumas migalhas de seu imenso conhecimento.

"O quê?", perguntou Karanja, lento em reagir a esse falso respeito.

"Bem, que o patrão, sabe, o senhorzinho Thompson, foi embora?"

Sempre que Mwaura queria conspirar contra qualquer um dotado de autoridade, ele punha o diminutivo antes do nome.

"Quem te disse isso?" Karanja ficou espantado, mas tentou aparentar serenidade.

"Ah, são apenas boatos. E eu disse a mim mesmo, a única pessoa que poderia saber é Karanja. Ele está por dentro dos segredos dessa gente. Especialmente do patrão. Esse cara te ama, você sabe disso — vive te chamando —, e dava para perceber que ele tinha medo de você. Não é verdade?"

Karanja sabia que estava sendo adulado, e isso o fazia se sentir bem.

"Vocês com seus boatos. Não viu ele ontem aqui no trabalho?"

"Vi, mas... não podia ser o último dia? Foi por isso que ele te chamou, não é verdade? Para se despedir. Ele te deu dinheiro? E as pessoas dizem — bem, você sabe como quase sempre concordo quando você diz que essa gente tem uma língua danada!"

"O que diz o pessoal?" Karanja estava desconfiado e curioso.

"Que um africano, um sujeito de pele negra como você e eu, vem aí para substituí-lo."

"Não!", afirmou Karanja com firmeza, externando mais o que ele não gostaria que acontecesse do que o que sabia que aconteceria. "Você pode pensar o que quiser, mas Thompson não vai a lugar algum. Ontem mesmo eu estava conversando com a mulher dele. Ela me serviu café."

"Verdade? Hum", disse Mwaura, balançando a cabeça várias vezes. "Estou vendo, compreendo. Olha, eu não me surpreenderia se você já não tivesse beliscado essa mulher. Sabe como fico com a boca cheia d'água quando olho para sua bunda lisinha e seus peitos que gritam: me agarrem, me agarrem! E a voz tão melodiosa que faz a gente pensar na coisinha dela. Cara de sorte. Como você conseguiu?"

"O que você está falando?" Karanja ficara animado com a conversa, mas estava inquieto, incapaz de negar ou confirmar a insinuação de Mwaura.

"Não vem com essa, cara. Você deve ter comido ela. Que gostinho ela tem?"

"Vocês! Por que acham que os europeus têm algo de especial? Eles são como todo mundo, como você ou eu."

"Confessou! Bem que eu sabia. Aliás, o que você vai fazer na quinta, no dia da Uhuru?

"Não sei. Nada...", acrescentou, com o calor interno arrefecendo.

"Nada? Você não vai a esse negócio?"

"Que negócio?"

"A cerimônia em Rung'ei. Você não está sabendo que eles vão organizar jogos e danças para comemorar a Uhuru?"

"Eu não sabia", disse ele vagamente.

"Mas você não pode ficar aqui sozinho! Todo mundo daqui vai ouvir Mugo falar."

"Quem é Mugo?", ele perguntou, com mais insegurança a se insinuar na sua voz. Mwaura aproveitou.

"O pessoal diz que o sujeito fala com Deus e recebe mensagens dos espíritos dos mortos. Ou como explicar que em Rira ele escapou com vida enquanto dez daqueles da greve de fome morreram? E, lembra, ele era o líder."

"Besteira. As pessoas falam qualquer coisa", disse ele sem convicção. Ele não pensara o que faria naquele dia. Mas voltar a Thabai para encontrar gente que ia zombar dele? E se ele fosse ver Mumbi, só uma vez? Será que não podia fazer uma última tentativa de arrancá-la de Gikonyo?

"Você pode dizer que é besteira. De qualquer forma, prefiro ir ver com meus próprios olhos. Esse tal de Mugo é um verdadeiro eremita, sempre viveu sozinho, nunca falou com ninguém desde que saiu do campo de detenção. E o lugar vai estar cheio de mulher. Você sabe como elas gostam de dar (até as casadas) nessas ocasiões."

"Você vai?", perguntou ele, tentado pelo desejo de ver Mumbi.

"Eu, ficar para trás?"

"Avise quando você resolver ir", disse Karanja, olhando pela janela. John Thompson estava acabando de estacionar seu Morris lá fora.

"Aí está o *seu* Thompson", ele disse para Mwaura, incapaz de disfarçar seu triunfo. Levantou-se, tirou rapidamente o pó de seu jaleco cáqui, passou as mãos no cabelo e saiu depressa, na esperança de encontrar Thompson no corredor. Então faria a pergunta terrível. Um nó líquido tapou sua garganta assim que ele avistou o rosto ausente de Thompson: deveria ou não perguntar a ele?

"Desculpe, senhor!", ele falou em voz alta, com vontade de chorar. John Thompson andava como se não tivesse visto Karanja. "Desculpe, senhor", disse Karanja levantando mais ainda a voz, tirando força do desespero. Thompson virou-se para encarar Karanja.

"Sim?" A voz era clara, fria, distante.

"O senhor...", Karanja engoliu uma espécie de líquido grumoso; "— está indo!" Fez uma afirmação, em vez da pretensa pergunta serena.

"O quê?"

"O senhor vai — vai..." Ele engoliu mais líquido grumoso; fez um barulho ao descer pela garganta. Mas ele aguentou firme.

"— vai voltar para — o seu país?"

"Sim, sim", respondeu com pressa o homem branco, como se tivesse ficado perplexo com a pergunta. O pânico tomou conta de Karanja. Brincou com os dedos atrás das costas. Ele teria preferido sumir deste mundo a suportar aquela frieza. Thompson estava prestes a seguir adiante, mas parou.

"O que posso fazer por você?", perguntou ele bruscamente.

"Nada, nada não, senhor. O senhor tem sido muito gentil."

Thompson se afastou depressa.

Karanja ficou no corredor algum tempo, tirando um lenço sujo para enxugar o suor do rosto. Em seguida voltou, com a postura que a um observador lembraria a de um cachorro inesperadamente desprezado pelo dono em quem confia. Karanja não pareceu ver Mwaura, que ainda esperava na sala. Sentou-se na cadeira, com as mãos largadas na mesa, olhando sem compreender o mundo do lado de fora da janela.

"Ele vai voltar, então?", perguntou timidamente Mwaura.

"Não sei", respondeu Karanja numa voz fina e inexpressiva. Só então pareceu ver Mwaura pela primeira vez.

"O que você está fazendo aqui no escritório?", gritou para Mwaura, que recuou rápido até a porta. O dente estava quebrado e envelhecido; não era mais capaz de morder. Como se tivesse ficado exausto pelo gesto, Karanja retomou sua postura mortal à mesa. Foi a vez de Mwaura se sentir triunfante e, por um momento, esqueceu sua incumbência de fazer amizade com Karanja, de convencê-lo a ir à cerimônia da Uhuru.

"Zangado porque o senhorzinho está indo embora, hein?", implicou, permanecendo em segurança na porta aberta. "Sem sequer se despedir? Uma vez trabalhei para um homem branco em Nairóbi. Quando ele foi embora do Quênia, ao menos matou a tiros todos os seus animais de estimação — cães e gatos. Não conseguia suportar o fato de deixá-los vivos sem alguém que cuidasse deles com amor."

Karanja pareceu não ouvi-lo. Não mexeu um dedo na sua posição à mesa.

Onze

A festa de despedida no albergue de Githima era para começar às oito. John e Margery Thompson chegaram cedo, mas viram que alguns convidados já haviam chegado. O dr. Brian O'Donoghue, o diretor da Estação de Pesquisa Florestal e Agrícola de Githima, não pôde comparecer à festa porque fora à Comissão Internacional Florestal em Salisbury. Era um sujeito alto e magro, com óculos de armação grande, jamais visto andando por Githima sem um livro sob o braço. Sua mulher, entretanto, compareceu brevemente. O contingente oficial foi mais tarde engrossado pela chegada do diretor substituto, sua mulher e os chefes de vários departamentos. Dentro de mais ou menos uma hora, a sala da hospedaria estava cheia de homens e mulheres, vestidos de vários modos, fazendo os copos tilintarem, contando piadinhas, dando risadas.

De início, o sr. e a sra. Thompson monopolizavam a atenção do contingente oficial. Olhares invejosos e de censura eram lançados contra as mulheres dos dois diretores: elas sempre dominavam o espetáculo; será que não podiam dar aos outros a oportunidade de ter uma palavrinha com o sr. Thompson? (pobre John, que simpatia, gostávamos tanto dele, tão cordial e dedicado: como era possível que alguém pudesse ser tratado dessa maneira pelo seu governo?) Depois de vasculharem seus corações, descobriram de repente que sempre haviam admirado John, que Margery sempre fora sua amiga especial, e o que não fariam para ajudá-los a se instalar no seu próximo lar!

A partida iminente de Thompson e a Independência na noite seguinte reafirmaram a presença nos seus corações do homem que havia sido o centro do escândalo em Rira.

Thompson era, portanto, um mártir, assim havia sido recebido em Githima, assim era considerado agora, na véspera de sua partida de um país a que tão bem servira.

Tão logo o contingente oficial fora embora, a festa ganhou nova vida e disposição. As mulheres se preocupavam com Thompson: o que faria? Teria arranjado emprego? Não era uma vergonha a maneira como o governo britânico abandonava as pessoas que havia encorajado e enviado para o estrangeiro? Tudo resultado de ter cedido à violência africana e ao comunismo internacional. Não dava para ver o que estava acontecendo em Uganda e Tanganika? Os chineses e russos tinham logo corrido para abrir embaixadas. A sra. Dickinson, que era politicamente mais afirmativa, previu um holocausto depois da Uhuru. Ela e Roger Mason, seu namorado, já tinham reservado passagem num voo para Uganda, onde ficariam para escapar da violência que seria dirigida a todos os brancos no Quênia. Ela falava agora: "Vou dizer uma coisa, em dez anos esses países serão satélites russos, ou, pior ainda, farão parte do império chinês...". Outra mulher a interrompeu: "Você pediu demissão, não foi? Agora estou pensando em fazer o mesmo, e eu—". Outros queriam saber por que ele tomara essa iniciativa. Outras se afastaram, temendo constranger John (pobre John, suspiravam de novo, lançando olhares de censura a Margery, que estava cercada de homens. Pela maneira como ela tinha aprontado com aquele alcoólatra, não era de admirar que John quisesse simplesmente fugir do cenário de sua vergonha).

A dra. Lynd estava conversando com Roger Mason sobre o seu trabalho, mas continuava relanceando ansiosamente para John Thompson. Ela não parava de falar e John Mason, um sujeito alto de bigode ruivo, parecia entediado, apesar de não fazer nenhum esforço para escapar.

"A região de Githima? Ah, está bem, porque a maioria das batatas daqui sofre com doenças de fungos que podem ser tratadas com sulfato de cobre. Mas as batatas com pragas bacterianas não podem. E é essa praga que afeta a maior parte das regiões do Quênia, especialmente as áreas africanas. Ah, sim, a gente faz todo tipo de experimentos, como, por exemplo, o que estou fazendo agora — injetando uma cepa bacteriana específica para rastrear o caminho da infecção na planta. Mas — ah, com licença—"

Ela correu para onde Thompson estava e conseguiu puxá-lo de lado com dificuldade. Aos poucos o levou a um canto e o obrigou a sentar-se. Ela parecia agitada e ele esperava que ela fosse lhe falar sobre o cachorro.

"Você se lembra do caso que lhe contei ontem?"

"Do cachorro?"

"É... do assassinato do meu cachorro!"

"Sim."

"Você lembra que eu te contei sobre o empregado lá de casa."

"Sim."

"Ele nunca foi apanhado."

"Sim, acredito que você me disse isso."

"Estou com medo. Não sei o que fazer."

"Por quê, o que aconteceu?"

"Porque... porque eu o vi de novo..."

"Quando?"

"Ontem."

"Ontem — Você acha que é seguro para a gente que vai ficar?", perguntou ela. Mas, antes que ele pudesse responder, ela acrescentou desafiadoramente: "Olha! Seguro ou não seguro, eu não vou sair deste lugar. Não vou deixar minha terra para eles".

"Então você tem que arranjar seguranças melhores para a casa!", disse ele, meio ferozmente. Mas a dra. Lynd não entendeu a ironia. Apegou-se à ideia. "Sim — muito mais mbwa kalis para proteger nossas vidas e propriedades", disse ela, e começou a falar das qualidades dos cães de guarda mais leais e ferozes.

Às onze horas as pessoas já estavam ficando bêbadas. Alguns casais dançavam. Os garçons africanos ficavam fora do caminho, como postes, vestidos em Kanzus brancos, com uma fita vermelha na cintura, e um fez vermelho na cabeça.

Os homens se aglomeravam em volta de Margery, cujo corpo acariciavam com seus olhares. Um a um eram arrastados pelas mulheres para a pista de dança, só restando um gordo, com a barba mal aparada e sobrancelhas eriçadas, a conversar com ela. Ela não parava de trocar olhares de socorro com o marido, que não percebia nada, porque estava agora metido num grupo que discutia política, o Dia da Independência e o destino do homem branco sob um governo negro.

"É lógico, não é?", disse o barbudo enquanto a puxava para a pista de dança.

"O que há de lógico nisso?", bocejou ela, incapaz de disfarçar seu tédio. O sujeito a fazia se lembrar dos piores aspectos do amante.

"Que estamos todos bêbados, não? Eu não sei por que estou agindo assim hoje — hic! — e acontece que — hic! — você..."

De repente ela ouviu o ruído de vidro quebrado no chão. Todo mundo parou de dançar e falar. Margery olhou para o grupo atrás do marido. Sua mão vazia estava levantada como se estivesse levando um copo à boca. Os olhares de todo mundo agora se voltavam para ele. Margery atravessou rapidamente a sala, deu-lhe a mão e sorriu com bravura para lugar nenhum. Um garçom africano entrou depressa com uma pá e escova e retirou os cacos. O silêncio terminara. Eles recomeçaram a conversa como se nada tivesse acontecido.

John e Margery seguiam lentamente no carro de volta para casa, na escuridão. A consciência de que ela estava vendo Githima pela última vez a fez se aproximar mais do marido.

"Antes da festa eu não tinha a sensação de que estávamos realmente partindo. Agora parece que tudo isso pertence ao passado."

Ele continuou dirigindo, passando pela casa deles. Na beirinha da floresta, parou o carro e acendeu dois cigarros. De repente Margery se deu conta de que aquele era o lugar exato onde Van fizera amor com ela. Começou a fumar furiosamente, à espera de que ele a acusasse.

"Talvez este não seja o fim da viagem", disse ele finalmente.

"O quê?"

"Ainda não fomos vencidos", afirmou com a voz roufenha. "A África não pode, não pode se virar sem a Europa."

Margery ergueu os olhos para ele, mas não disse nada.

Doze

Quando Gikonyo voltou para casa de noite, Mumbi pôde perceber que ele estava de mau humor. Primeiro não falou com ela. Isso não era incomum. Depois, quando ela trouxe comida para ele, ele só a olhou uma vez e continuou de olhos fitos na parede. Novamente, isso não era incomum. Mas era a maneira como ele respirava, como se estivesse reprimindo um gemido, que a convenceu de que algo acontecera.

"Qual é o problema?", perguntou ela, com uma preocupação submissa.

"Desde quando eu discuto meus problemas com você?", respondeu ele. Ela se afastou, envergonhada. O que dera nele nesses últimos dias? Ela não sabia o que era pior: a conversa de antes, polida, formal, ou a recente tentativa de magoá-la com palavras.

"Mugo esteve aqui hoje", ela disse friamente, depois de um tempo. "Disse que não ia participar da cerimônia."

"O quê!", ele gritou, como se ela fosse responsável pelos atos de Mugo. Ela não respondeu.

"Você não tem ouvidos? É com você que estou falando. O que ele disse?"

"Parece que você está querendo brigar hoje à noite. Não ouviu o que eu disse? Mugo falou que não ia liderar a cerimônia da Uhuru."

"Você devia falar com a boca bem aberta e não entre dentes. Ninguém está interessado em ver os seus dentes", acrescentou ele, retomando sua atitude anterior.

As coisas poderiam ter voltado ao normal (polidez e tudo o mais), não fosse o garoto ter entrado correndo na sala, vindo da casa de Wangari. Antes, Gikonyo também tratava o garoto com polidez, sem demonstrar ressentimento nem afeto. Pois, como ele dizia ao seu próprio coração, uma criança era uma criança, não era responsável pelo seu nascimento. O garoto percebera sua frieza e respeitava instintivamente essa distância. Naquele dia, entretanto, ele se acomodou entre os joelhos de Gikonyo e começou a conversar, desejando ser amistoso.

"Vovó me contou uma história e tanto — uma das boas — sobre — sobre — Você conhece aquela sobre o Irimu?"

Gikonyo empurrou o garoto com força dos joelhos, com uma expressão de repugnância. O garoto cambaleou, caiu de costas e começou a chorar, olhando para a mãe, atrás de uma explicação. Mumbi se levantou e, por um momento, a raiva bloqueou sua garganta.

"Que tipo de homem você acha que é? Não tem coragem nem virilidade para botar a mão em mim? Por que descontar sua raiva covarde numa criança, uma criança pequena..." Ela transbordou como um rio que avança sobre uma represa rompida. Vomitava as palavras; elas saíam aos borbotões, enchendo sua boca de modo que mal podia articulá-las.

"Cala a boca, mulher!", ele gritou com ela, também de pé.

"Você acha que sou órfã, acha? Acha que as portas da cabana de meus pais estão fechadas para mim se eu abandonar este túmulo?"

"Eu vou fazer você calar essa boca de puta", gritou ele, esbofeteando sua face direita e depois a esquerda. E o borbotão de palavras se interrompeu. Ela o encarou, segurando as lágrimas. O garoto saiu correndo de casa em direção à avó.

"Você devia ter me dito isso antes", disse ela num sussurro, ainda controlando as lágrimas. Wangari veio correndo à cabana, o rosto deformado de dor, com o menino seguindo-a a uma distância segura. Wangari se pôs entre Gikonyo e Mumbi.

"O que foi, crianças?", perguntou ela, encarando o filho.

"Ele me chamou de puta, ele me mantém nesta casa como uma puta, mãe", disse Mumbi, numa voz engasgada, e agora soluçava abertamente.

"Gikonyo, por que isso tudo?", perguntou Wangari ao filho.

"Isso não tem nada a ver contigo, mãe!", disse ele.

"Não tem nada a ver comigo?" Ela alteou a voz, batendo nos lados do corpo com ambas as mãos. "Que o mundo inteiro venha aqui para ouvir a resposta que um filho, meu filho, me dá. Não tem nada a ver comigo, que pariu você entre estas coxas? Que chegue esse dia — hah! — Toque nela de novo, se você acha que é homem!" Wangari estava incontrolavelmente furiosa. Gikonyo quis dizer alguma coisa; então, de repente, se virou e saiu de casa.

"E agora, você pare de chorar e me conte o que aconteceu", disse ela delicadamente a Mumbi, que já se sentara, arfando e soluçando.

Um rio corre pela linha de menor resistência. O ressentimento de Gikonyo era dirigido a outro lugar; aconteceu apenas de Mumbi estar ali. E o rosto e a voz dela o encontraram numa hora em que seus muros, que defendiam cuidadosamente sua vida frustrada do mundo exterior, estavam no estado mais frágil.

Dando sequência à conversa do dia anterior com o deputado, Gikonyo foi visitar os cinco homens envolvidos no esquema. Eles reviram sua posição e resolveram aumentar a empresa agrícola, aumentar o preço da ação, e convidar as pessoas a comprarem ações. Dessa forma, levantariam dinheiro suficiente para a fazenda de Burton. De tarde fizeram uma visita a Burton, para ver se ele aceitaria uma boa entrada. Então pagariam o resto no final do mês. Se o empréstimo prometido pelo deputado saísse, eles o empregariam no desenvolvimento da fazenda. A primeira coisa que eles viram na entrada principal da Green Hill Farm (como era chamada a fazenda de Burton) foi uma nova placa. Gikonyo não conseguia acreditar nos seus olhos quando leu o nome. Caminharam até a casa sem um sussurro, mas com o mesmo pensamento entre eles. Burton partira do Quênia para a Inglaterra. O novo dono era o próprio deputado deles.

Gikonyo tentou não pensar na experiência do dia, nem na sua briga com Mumbi, quando se dirigiu à cabana de Warui. Seu primeiro dever era com o Partido. Além do mais, ele queria que as comemorações da Uhuru fossem um sucesso, já que isso seria um acréscimo a seu poder e prestígio. Warui estava sozinho na cabana, cheirando rapé perto do fogo. O que fazia um homem como Warui estar satisfeito com a vida, a despeito da idade e da perda da mulher, pensou Gikonyo, sentando e ouvindo as encantadoras palavras de boas-vindas de Warui. Seria porque ele vivera plenamente sua vida como homem, marido e pai ou porque vivera sua vida para o povo? "Conquistei o primeiro desejo de meu coração: minha mãe tem uma boa casa para morar. Tenho um pouco de terra e bastante dinheiro para comprar comida e bebida. Mas agora o dinheiro não me dá nenhum prazer, a riqueza tem o mesmo gosto de água amarga na boca. E, no entanto, eu preciso continuar a cavar mais."

Warui não estava tão satisfeito quanto sua aparência dava a entender a Gikonyo. Apenas tinha prazer em viver ativamente, e se recusava a se curvar aos dissabores da vida. Sua mulher morrera três anos antes. Mukami havia sido uma mulher que admirava o marido e gostava de louvar suas qualidades para outras mulheres. Warui, por seu lado, sempre lhe trazia doces ao final de cada dia. Ela era boa ouvinte e toda noite ele revivia seus feitos do dia ao lado dela. Se nada de excitante houvesse acontecido, ele contava velhas histórias sobre a origem do Movimento, o rompimento dos gikuyu com as missões, e sobre a procissão de Harry. Mukami o censurava muitas vezes pela sua vaidade, mas gostava de qualquer episódio que falasse da força e coragem de seu homem.

A maior decepção que Warui tinha na vida eram seus três filhos. Haviam sido recrutados para lutar pela Inglaterra na Segunda Guerra Mundial. O mais velho morreu em ação; os outros dois voltaram, menos esmagados pela violência e privações da guerra do que pelas mulheres e pelas terras estranhas que haviam visto. Ambos haviam passado ilesos pela Emergência, escapando das florestas e dos campos de concentração, se prostrando e se acovardando perante qualquer lado que parecesse mais forte em determinado momento e determinado local. Depois da Emergência eles voltaram para o vale do Rift, onde moraram como trabalhadores rurais nas terras dos brancos. Kamau, o mais velho dos dois, acreditava implicitamente no poder dos ingleses.

"Eu te digo uma coisa. Se você vir um inglês, tenha medo dele", costumava dizer numa voz que sugeria um conhecimento maior dos segredos dos brancos do que Kamau gostava de revelar. "Eu vi com meus próprios olhos o que eles fizeram com Hitler. E olha que os alemães também não eram uns meninos. O que você acha que Kihika e seus homens podem fazer com suas armas caseiras improvisadas, pangas vagabundos e lanças rombudas?"

Warui, entretanto, punha fé no Deus da nação e no que ele chamava misteriosamente de espírito do povo negro. Ele acreditava, por sua vez, que pessoas como Harry e Jomo tinham um poder místico; seus discursos sempre o emocionavam e o levavam às lágrimas; nesses momentos ele contava a história da procissão de 1923 e terminava com o mesmo refrão: "Talvez, se a gente tivesse armas...". Ele tinha a mesma fé em Mugo, queria que seus filhos tivessem crescido para ser como ele, e usava a mesma fórmula que no decorrer dos anos o havia feito prever, com uma exatidão profética que o surpreendia, os heróis nacionais: dá para ver nos olhos deles, costumava dizer com frequência à sua mulher. Mas agora Mukami morrera e seus filhos o haviam decepcionado.

Depois de alguma conversa fiada, Gikonyo mergulhou no assunto de sua visita.

"Mugo diz que não vai liderar a cerimônia."

"O que está me dizendo? Mas estive hoje com ele, esta tarde, e ele não disse nada."

"Ainda assim ele diz que não vai liderar; é um sujeito estranho, difícil de compreender."

"Agora que penso nisso, ele parecia perturbado quando falei com ele."

"Vim aqui para você e eu voltarmos a vê-lo. Caso contrário, teremos de encontrar outro homem, e o tempo é curto."

A caminho da cabana de Mugo, Gikonyo contou a Warui a decepção que tivera com a Green Hill Farm.

"E ele não te disse que tinha comprado quando você esteve com ele ontem?", perguntou Warui.

"Não, ele não me contou. Eu pude perceber, no entanto, que ele não quis me olhar nos olhos."

"São esses deuses que nos governam", disse Warui, demonstrando simpatia. Ele queria contar a Gikonyo a história de como o povo se rebelou contra as governantes mulheres que enriqueciam e descuidavam da responsabilidade de seu cargo, mas apenas murmurou: "Acabarão apenas criando raiva no coração de seus adoradores".

Gikonyo não respondeu, e nada mais foi dito sobre esse assunto até chegarem perto da cabana de Mugo.

"É o velho ditado que vira verdade: *Kamwene Kabagio ira*", disse Warui.

Quando ainda era pequeno, Mugo foi uma vez à estação de Rung'ei para ver os trens. Caminhou pela plataforma, espantado com o trem de carga e seus muitos vagões. Alguns levavam cavalos, animais grandes e poderosos. Um dos cavalos fitou-o e bocejou, abrindo suas potentes mandíbulas. Mugo tremeu de pavor e ficou um tempo sem poder se mexer. Temia ser esmagado contra o chão pelos cascos daqueles animais.

Mugo sentiu o mesmo terror irracional ao deixar Mumbi e o general R. Sentiu-se perseguido, incapaz de escapar. Queria voltar à sua cabana, e chegou a apressar o passo.

Mas ele estava irrevogavelmente ligado à vida dos aldeães. Tentou pensar em outra coisa — nele mesmo, em sua tia —, mas não podia fugir do que sabia sobre as vidas de Gikonyo e Mumbi.

O sol queimava de tão quente. As crianças — havia sempre crianças — brincavam nas ruas. E no dia anterior, domingo, ele tinha visto essas cabanas como objetos que não tinham nada a ver com ele. Ontem, hoje de manhã, antes de Mumbi contar sua história, as cabanas passavam por ele sem nada cantar sobre o passado. Agora estavam diferentes: as cabanas, a poeira, a trincheira, Wambuku, Kihika, Karanja, campos de detenção, o rosto branco, arame farpado, morte. Ele estava ciente das sepulturas ao lado da trincheira. Ele tremeu de frio, e o temor de cascos galopantes se transformou no terror de uma descoberta indesejada. Dois anos antes, nos campos, ele não teria se importado em como Wambuku estaria na cova, ou como se sentiria. Como foi que a história de Mumbi havia rachado seu íntimo adormecido, liberando sentimentos e pensamentos aprisionados? O peso das palavras dela e o rosto do general R. se esfumaram nos atos do passado. Antes ele gostava de ver os incidentes de sua vida como fatos isolados. As coisas estavam destinadas a ocorrer em momentos distintos. A gente não podia escolher nada, tão certamente como não teve escolha no nosso nascimento. Portanto, ele não cansava a cabeça tentando ligar o que aconteceu antes com o que veio depois. Amortecido, ele corria sem pensar na estrada, no seu início ou no seu fim.

Mugo parou de repente no meio da rua principal da aldeia, espantado por ter caminhado cada vez mais para o interior dela. Os incidentes desabavam sobre ele. Mexia-se com dificuldade para abrir caminho entre aquela massa. Foi novamente atraído pela trincheira e parecia incapaz de resistir a essa volta para o ontem. As paredes da trincheira hoje estavam desmoronadas: a terra caíra e enchera o fundo. Cascas de batata, sabugos podres de milho, pedaços de papel branco, ossos e restos de carne podre estavam espalhados por cima e nos lados do que era agora uma vala rasa.

Três mulheres, vergadas debaixo de fardos de lenha, atravessaram a vala para entrar na aldeia.

Mugo continuou caminhando na esperança de — com uma curiosidade culpada — chegar à parte que ele mesmo ajudara a cavar. Medo e expectativa nervosa o açoitavam por dentro. Ele fitaria a cena sem vacilar.

A cena inteira voltou à vida com nitidez. Ele trabalhava a poucos metros da mulher. Trabalhara no mesmo lugar durante três dias. Depois um guarda pulara dentro da trincheira e acertara a mulher com um chicote. Mugo sentiu o chicote morder sua carne, e o gemido de dor que ela deu foi como um grito de seu próprio coração. No entanto, ele não a conhecia, recusava-se havia três dias a reconhecer as pessoas à sua volta como companheiros no sofrimento. Agora ele só viu a mulher, o chicote e o guarda. A maioria continuou cavando, fingindo não ouvir os berros da mulher, com medo de sofrer o mesmo destino. Outros a olhavam de soslaio quando levantavam suas pás e suas jembes. Aterrorizado, Mugo se adiantou e segurou o chicote antes que o guarda pudesse bater na mulher pela quinta vez. Mais guardas e dois ou três soldados correram para a cena. Outras pessoas pararam temporariamente de cavar e assistiram à luta e aos chicotes que agora desciam sobre o corpo de Mugo. "Ele é maluco", alguns disseram mais tarde, depois de Mugo ter sido levado num furgão da polícia. Para Mugo a cena permaneceu como um pesadelo cujas bordas borradas e deformadas ele não conseguia captar ou reconstituir durante o interrogatório secreto que se seguiu mais tarde. Ele só viu do outro lado da mesa a cara inescrutável do homem branco cujos olhos frios o examinavam da cabeça aos pés. A voz, que finalmente veio, como a de um cadáver, era puro veneno.

"Você fez o juramento."

"Não, não, Effendi."

"Leve-o de volta à cela."

Dois policiais o arrastaram; despejaram água fria nele e o trancafiaram. Estranho como Mugo se esqueceu das botas com cravos ferindo sua carne, mas se lembrou para sempre da água no chão de cimento.

Mugo olhou do outro lado os homens e mulheres que trabalhavam nos shambas estreitos, delimitados por cercas grossas e descuidadas que se espalhavam a partir da vala, a antiga trincheira. Ele parecia ver as coisas como se fossem novidade. As pessoas viviam sempre fazendo isso, entra dia, sai dia, arrancando comida do solo duro?

De repente a curiosidade que levara Mugo de volta à trincheira murchou, e ele queria escapar dela e das memórias que reverberavam dentro de si. Atravessou a aldeia. Sua cabana parecia agora o único lugar seguro. Ele queria voltar para aquele estado de limbo em que se encontrava antes de ouvir a história de Mumbi e ter olhado em seus olhos. A poeira que ele levantava ao voltar para a cabana esvoaçava baixo em volta de seus calcanhares.

Foi quando Warui o encontrou na rua. Warui vinha de uma pequena aglomeração que se formara do lado de fora da cabana da velha. Para Mugo, Warui era uma aparição especialmente aborrecida naquele momento. Ele desprezava Warui sem ser capaz de dizer por quê. A cara de Warui estava conturbada por seus pensamentos, mas Mugo não percebeu.

"Há muito tempo essas coisas podiam acontecer", começou a falar logo, como se Mugo já conhecesse os pensamentos de Warui.

"Que coisas?" Eles caminhavam lentamente na mesma direção.

"Você não ouviu?"

"Nada de estranho."

"Esse caso aqui é estranho. Para dizer a verdade, essas coisas costumavam acontecer, não muitas vezes, uma ou duas, talvez, mas aconteciam mesmo. Quando um homem ou criança morria era jogado na floresta. Quando eu era jovem, vi com meus próprios olhos um sujeito que voltou dos mortos."

"O que foi que aconteceu?", perguntou Mugo, impaciente.

"Você sabe, é a velha. Você sabe que ela tinha um filho surdo e mudo de nascença."

À menção da velha, Mugo ficou nervoso. A náusea que sentira com o surgimento de Warui desaparecera. Ele mal conseguia esperar que Warui contasse o caso no seu próprio ritmo. Mugo lembrou que no domingo passado ele quase entrara na cabana dela. Será que morrera?

"Sabe o que aconteceu com seu filho? Foi morto. Uma bala o atingiu no coração durante a Emergência. Como você pode imaginar, foi um grande sofrimento para ela. Durante todos esses anos ela não saiu de sua cabana, e não falou uma palavra com ninguém. E agora ela começa a falar. Assim mesmo. E o que ela diz? Seu filho voltou; diz que já o viu duas vezes."

"Estranho", comentou Mugo.

"Uma vez ele entrou na cabana. E depois saiu, sem falar. Por isso ela deixou a porta aberta por muitos dias, para que Gitogo pudesse voltar. Ela diz que ele voltou há pouco, ficou na porta, e aí foi embora sem falar. Ela está falando, falando o tempo todo."

"Estranho", disse Mugo de novo, temeroso.

"Sim, é o que eu digo. Está estranha a nossa aldeia, e não consigo deixar de dizer isso a mim mesmo quando vejo coisas que aconteceram há um, dois, três — há muito anos, voltarem para perturbar a tranquilidade e o descanso de uma mulher. Os que estão enterrados na terra devem ficar na terra. As coisas de ontem devem continuar sendo de ontem."

Muito tempo depois, quando finalmente Mugo conseguiu se livrar de Warui, percebeu que o caso o afetara de um modo que ele não conseguia explicar. Perambulou pelas ruas pensando na velha e naquela ligação emocionante que ele achava existir entre os dois. Então tentou descartar o caso. Mas, conforme continuava, viu-se com medo de encontrar uma aparição do mundo dos mortos. A própria vida parecia uma perambulação absurda. Não havia, certamente, nenhuma ligação entre o nascer e o pôr do sol, entre o hoje e o amanhã. Por que então ficar perturbado pelo que já morrera, pensou, lembrando-se da velha. E imediatamente ele ouviu a voz de Mumbi e viu o rosto do general R. olhando-o. Ele estava num espaço aberto da aldeia. Seu lábio inferior caiu; sentiu que perdia energia. Com o corpo fraco, encostou-se numa pequena árvore e, aos poucos, escorregou até o capim. Segurou a cabeça com as mãos. Não fui eu, sussurrou para se convencer. Não fui eu, teria acontecido... o assassinato de mulheres e homens na trincheira... mesmo que... mesmo que... Ele gemia. A voz de Mumbi era uma faca que o havia estripado e revelado seu coração para si mesmo. A estrada de sua cabana levava à trincheira. Mas será que não teria acontecido? Cristo teria morrido na cruz do mesmo jeito. Por que culpavam Judas, uma pedra nas mãos de um poder maior que o homem? Kihika... crucificado... a ideia o atravessou como um clarão, e aconteceu uma coisa curiosa. Mugo viu sangue grosso pingando das paredes de sua cabana. Como não o vira antes?, agora pensava, quase calmo, sem medo. Mas ele tremia ao caminhar para a cabana, decidido a descobrir se o sangue estava realmente lá.

Não viu nada na parede. Sentou-se na cama e voltou a descansar a cabeça contra as mãos. Será que estava ficando maluco da cabeça? Assustou-se com a ideia e olhou para as paredes de novo.

Estava escuro, era noite, quando Warui e Gikonyo foram ver Mugo.

"Tenho medo de não estar bem da cabeça", disse ele. "Não posso, não posso enfrentar tantos olhares."

"Tome uma aspirina, vai clarear a sua cabeça", disse Warui, incapaz de entender a melancolia enigmática na cabana. "Como é mesmo que aquele sujeito canta? *Aspro ni dawa ya Kweli.*" Ele riu baixo sozinho e de repente se calou, lembrando-se da conversa anterior com Mugo sobre a velha.

"Por favor, pense de novo", disse Gikonyo. Warui e Gikonyo saíram da cabana. Gikonyo ficou espantado com a expressão de pavor na cara de Mugo. Warui lembrou que ainda não contara a Gikonyo sobre a velha.

"São apenas imagens na cabeça", Gikonyo descartou o caso, pensando agora em Mumbi. De repente ele sentiu um impulso de bater nela, realmente bater nela e botá-la no seu lugar. Desta vez não deixaria a mãe interferir.

Warui foi à casa de Wambui e lhe contou sobre a recusa de Mugo. Wambui e Warui foram a algumas outras cabanas e espalharam a história. E assim ela passou de cabana em cabana. O homem que tanto sofrera revelou ainda maior grandeza pela sua modéstia. Ao se recusar a liderar, Mugo se tornara um herói lendário.

A quem apelar?, pensou Gikonyo, ao correr para descarregar sua raiva em Mumbi. Ele estava com raiva de todo mundo: do deputado (por que eleger esses sujeitos só para eles se enriquecerem?), de Mugo (quem ele pensa que é?) e de Mumbi (pensei que o casamento trouxesse felicidade). Tremeu de nervosismo do lado de fora da casa. Ninguém o impediria. Ele daria uma surra em Mumbi até que ela gritasse por piedade.

Empurrou a porta com força, apenas para mirar dentro dos olhos de Wangari.

"Ela voltou para os pais. Está vendo como você desfez seu lar? Fez uma boa mulher sofrer por nada. Vamos ver agora que proveito isso lhe trará, ao continuar a envenenar a sua cabeça com essas coisas, quando deveria tê-las aceitado e buscado uma maneira de reconstruir sua vida. Mas você, como uma criança tola, jamais buscou saber o que aconteceu. Ou saber que mulher Mumbi é de verdade."

Em circunstâncias normais, Gikonyo sabia que, quando Wangari adotava aquela voz fria e controlada, ela estava com raiva ou profundamente magoada. Agora ele também estava com raiva, incapaz de transformar em palavras os muitos pensamentos que passavam pela sua cabeça.

"Que ela não volte nunca", gritou, olhando com furor para a mãe, incluindo-a em toda aquela conspiração contra a sua vida. Wangari se levantou e sacudiu o dedo direito para ele.

"Você. Você. Se hoje você fosse um bebê que ainda rastejasse e comesse lama e poeira, eu te daria um beliscão tão forte nas coxas que você aprenderia. Mas agora você já é um homem. Leia o seu próprio coração, e conheça a si mesmo."

Ela saiu e deixou Gikonyo em pé, sozinho dentro da nova casa.

Treze

A maioria da gente de Thabai o viu primeiro no novo mercado de Rung'ei no dia do temporal. Você se lembra da quarta-feira, logo antes da Independência? O vento soprava e a chuva batia de lado no chão. As mulheres abandonaram suas mercadorias na intempérie e correram para se abrigar nas lojas, não demorando a formar uma aglomeração em varandas estreitas. A água pingava do saco e das peças de roupa com que cobriam as cabeças; pequenas poças se formavam no chão de cimento. As pessoas diziam que água que caía era uma bênção para nossa independência conquistada a duras penas. Murungu lá em cima nunca dormia: sempre deixava que suas lágrimas caíssem aqui, na nossa terra, do Agu e Agu. Como a gente, quando criança, costumava cantar:

'Ngai deu aos gikuyu um belo recanto,
Onde nunca falta comida, água ou pastagens.
Que bom, por isso os gikuyu devem louvar Ngai
Pois ele sempre foi generoso com todos.'

Chovera no dia em que Kenyatta voltara para casa vindo da Inglaterra: chovera também no dia em que Kenyatta voltara para Gatundu, de Maralal.

Vimos o sujeito que andava na chuva. Um velho cesto sujo cheio de vegetais e batatas pendia de seu ombro. Era alto, de ombros largos, e andava ligeiramente curvado, o que dava uma impressão de poder. O fato de ser o único sujeito na chuva logo atraiu a atenção das pessoas ao longo das marquises das lojas e calçadas. Alguns chegaram a forçar caminho até a frente para vê-lo.

"O que ele está fazendo, bancando o bobo na chuva?"

"É surdo-mudo."

"Está se mostrando, se quer saber."

"Talvez ele tenha um longo caminho pela frente e tenha medo de ser apanhado pela noite."

"Mesmo assim, ele devia esperar que a chuva amainasse um pouco, pois, diga lá, qual a vantagem de chegar em casa com uma pneumonia na carcaça?"

"Ah, talvez algo lhe pese no coração."

"Não é nada que o obrigue a se ensopar até ficar doente. Qual de nós não tem um peso no coração?"

O sujeito se aproximou da esquina na extremidade mais distante das lojas de Rung'ei. As mulheres debatiam todos os riscos que as pessoas corriam ao se expor à água. Logo o sujeito sumiu atrás das lojas.

"O que o impede de se abrigar?"

"Mugo é um sujeito esquisito", disse Wambui pensativamente.

Mugo fora ao mercado comprar comida. Ao abrir caminho entre as pessoas, entre os renques de mulheres sentadas, sentiu-se observado e se arrependeu inteiramente de ter vindo. Então o sol pareceu morrer prematuramente; a paisagem e o céu se tornaram opacos e cinzentos. Começou a soprar um vento frio que carregava pedaços de papel branco, pano, capim e penas, tudo a rodopiar. As nuvens se aglomeravam rápido no céu. Alguns raios foram seguidos por um ribombar fraco do trovão. E, subitamente, veio a chuva. Mugo teve mais uma sensação de reviver cenas mortas. Ele se lembrou das mulheres-diabo nas lojas indianas, havia muito tempo, e se pôs em fuga.

Em algum lugar, uma mulher começou a canção da trincheira, que já fora o hino da aldeia. Outras fizeram coro.

"E ele pulou na trincheira

Dizendo palavras ao soldado que trespassou meu coração como uma lança;
Você não vai bater na mulher, ele disse,
Não vai bater numa grávida, disse ao soldado.

O trabalho parou na trincheira
A terra também fez silêncio.
Quando o levaram
Lágrimas vermelhas como sangue escorreram em meu rosto."

O nome de Mugo foi cochichado de ouvido em ouvido. Os casos misteriosos sobre ele se espalharam pelas mulheres no mercado. Isso não teria acontecido num dia normal de feira. Mas não se tratava de mais outro dia. Esta noite o Quênia obteria a Uhuru. E Mugo, nosso herói da aldeia, não era nenhum sujeito comum.

Wambui colocou a coisa assim: o Dia da Independência sem ele não teria graça; ele é Kihika renascido. Ela perambulou pela praça do mercado resolvida a pôr sua resolução secreta em ação. As mulheres precisavam agir. As mulheres precisavam forçar a questão. "E, afinal de contas, ele é nosso filho", disse ela às mulheres no mercado durante uma reunião improvisada depois da chuva. O espírito de luta de Wambui jamais morrera.

Ela acreditava no poder das mulheres de influenciar os acontecimentos, especialmente quando os homens haviam se omitido ou pareciam indecisos. Muita gente em Thabai se lembrava de sua hoje célebre atuação durante a greve dos trabalhadores em 1950. A greve tinha o intuito de paralisar o país e dificultar o governo do homem branco. Alguns homens, que trabalhavam numa grande fábrica de sapatos e na área colonizada, ficaram resmungando e chegaram a declarar, diziam os boatos, que não fariam greve. O Partido convocou uma assembleia geral em Rung'ei. No auge dos trabalhos, Wambui de repente saiu da plateia e liderou um grupo de mulheres até o palanque. Agarrou o microfone dos oradores. As pessoas ficaram interessadas. Haveria algum homem circuncidado que sentia um frio na barriga à vista de um homem branco? As mulheres, disse ela, haviam trazido seus Mithuru e Miengu ao palanque. Que esses homens, então, declarou com desdém, se apresentassem para colocar os vestidos e os aventais das mulheres e dessem a elas suas calças. Os homens ficaram duros nas suas cadeiras e tentaram rir junto com a multidão para esconder seu constrangimento íntimo. No dia seguinte ninguém foi ao trabalho.

Agora as mulheres decidiram mandar Mumbi a Mungo. Mumbi, a irmã de Kihika. Confrontariam Mugo com sua doce e insistente juventude — juventude essa que não deveria ser ignorada nem negada.

Por isso Wambui foi dar o recado a Mumbi. E lá descobriu que Mumbi deixara o marido. Mas Wambui foi procurá-la mesmo assim.

"Este problema diz respeito a toda Thabai", disse ela à jovem, para convencê-la. "Esqueça seus problemas de casa e do coração. Vá até Mugo. Diga a ele isto: a mulheres e as crianças precisam dele."

Mumbi achara difícil contar aos pais o motivo de ter deixado o marido. Ela nunca contara à mãe ou ao pai sobre a tensão em que vivia: como você vai contar às pessoas que seu marido se recusava a dormir com você? Não poderiam, talvez, pensar que ele era impotente, e espalhar boatos negativos? Aliás, como não sabiam de toda a história, seus pais não a receberam de braços abertos. Um pai nunca deve encorajar a filha a desobedecer ao marido. Wanjiku chegara a ridicularizar a explicação capenga de Mumbi.

"Eu fico espantada com as mulheres de hoje. Não aguentam uma bofetada, macia como uma pluma, nem a menor bronca de um homem. Na nossa época, uma mulher era capaz de aguentar pancada em cima de pancada de seu marido e, mesmo assim, não pensava em voltar correndo para os pais."

"Você não gosta mais de mim? Não posso mais ficar na casa dele. Não depois do que ele disse — não posso, não posso."

"Ssh! Não fale como uma mulher tola."

"Não, mãe, se você não me quiser nesta cabana, diga logo, e irei com meu filho para Nairóbi ou outro lugar qualquer. Mas não vou voltar para aquela casa. Posso ser mulher, mas até uma cadela medrosa reage quando encurralada contra a parede."

Wanjiku sentia por Mumbi. Mas sua delicada tarefa era de remendar o que havia sido rasgado.

"Falaremos depois sobre isso, minha filha", disse, numa voz mais suave.

Outra coisa atormentava Mumbi. Mesmo no seu sofrimento, ela não podia esquecer o que o general R. dissera. Karanja seria morto pela sua participação no assassinato de Kihika. Será que isso deveria ser feito em nome de seu irmão? Já não havia corrido sangue demais? Por que cumular de mais culpa o país? Ela acordou de manhã sem que tivesse resolvido o problema. Mas tinha sorte de aquele ser o dia de mercado em Rung'ei, frequentado por gente das oito serranias em volta de Thabai. Encontrou por acaso um sujeito que ia para Githima e se decidiu rapidamente. Pegou um pedaço de papel (seus irmãos a haviam ensinado a ler e a escrever) e anotou: Não venha à reunião amanhã. Colocou o endereço de Karanja e o deu ao sujeito. Sentiu-se aliviada.

E agora Wambui e as mulheres tinham vindo pedir sua ajuda. No início Mumbi quis evitar se meter em assuntos que envolvessem o marido que ela deixara. Mas, à medida que Wambui falava, foi tomando corpo um traço desafiador em Mumbi: não permitiria que Gikonyo achasse que ela estava solitária e infeliz. E se ela tivesse êxito onde ele fracassara? Este pensamento a entusiasmou; passou a encarar a missão com prazer.

O entusiasmo se aguçou no final do dia, quando ela se dirigiu para a cabana de Mugo. O dia tinha sido encoberto e enevoado; a noite parecia mais escura que o normal; Mumbi se sentiu de novo uma menina, enfrentando o escuro, o vento, a tempestade, para encontrar o amante. E se Mugo fosse... ela deixou a pergunta e a resposta em aberto. A possibilidade de que Gikonyo a pegasse falando com outro homem a incomodava. Mas ela era livre, disse a si mesma, palavras para servir de apoio contra o medo. Ele que a encontrasse, repetiu em desafio. Ainda assim seus passos vacilaram e seu coração bateu descompassado ao se aproximar da cabana de Mugo.

De início, o sangue esquentou nas suas veias, e o medo se misturou ao prazer quando ela viu Mugo na porta. Mas Mugo barrou a porta sem jeito, como se esperasse uma explicação. Ela ficou meio apreensiva.

"Não vai me convidar para entrar?", ela disse, em um falso tom alegre.

"Ah, desculpe — entre." Ela não podia ver seu rosto, mas havia um tremor inequívoco na voz. Sob a luz, ela reparou na inquietude de Mugo. Sua distância orgulhosa diminuíra, seus olhos escuros tinham aquele ar debochado que se vê nos viciados em bebida. Ele se sentou longe, como se tivesse medo dela. Era bonito e solitário; ela mordeu o lábio inferior para se controlar. Olhou em volta da cabana vazia, cujas paredes mal recebiam a luz da lamparina a óleo.

"Está um pouco vazia", ele disse subitamente, adivinhando os pensamentos dela.

"Está bem para um homem. Os solteiros têm poucas necessidades." Ela riu sem jeito. Estava espantada com o medo e a antipatia dele, em violento contraste com a excitação do seu olhar no dia anterior. No entanto, ela permitiu que pensamentos frívolos ocupassem sua fantasia; se ele me quisesse... se ele...

"Você sabe por que vim?", perguntou ela, hesitante, na esperança de quebrar sua resistência enervante.

"Eu não sei — a não ser que — a não ser que seja sobre aquilo que você me disse ontem — o que eu quero dizer é que — eu não sabia o que você estava querendo..."

"Ah, eu queria que você falasse com meu marido. Ele teria te ouvido. Sabe, desde que voltou da detenção, ele nunca mais veio à minha cama. E nunca disse nenhuma palavra sobre a criança. O que estava em seu coração permaneceu escondido de mim até ontem. Foi duro, duro, duro..." Ela começara num tom de voz normal e acabara emocionada. Lembrou-se do dia em que Gikonyo voltara para casa, da detenção. Ela quisera falar com ele, fazê-lo compreender por uma palavra, um olhar, mas nenhuma palavra se formou na sua cabeça. O surgimento dele pareceu tê-la esmagado e jogado num silêncio burro e insensível. E, no entanto, como ela quisera se comunicar com ele, naquele momento, enquanto olhava para a parede oposta, pensando no que ele lhe faria. Ela se deteve, e houve uma pausa triste até que ela se recuperasse e voltasse ao presente. "Aliás, isso não é importante agora. Eu briguei com ele na noite passada — e voltei para a casa dos meus pais."

"Não!", disse ele com emoção, baixando a guarda por um momento.

"É verdade. Mas não foi por causa disso que vim ver você. As mulheres de Thabai e da região de Rung'ei me pediram isso. Elas querem que você vá à reunião de amanhã."

"Não posso", respondeu ele, decidido.

"Mas você precisa", respondeu ela, se entusiasmando com o desafio.

"Não, não."

"Você precisa — todo o pessoal está te esperando. As pessoas querem você."

"Mas — mas — eu não posso."

"Elas gritam por você."

"Mumbi, Mumbi", gritou ele numa voz atormentada.

"Vem sim, Mugo, vem sim."

"Não."

"Então eu te imploro", disse ela com firmeza, com nova força e autoridade. Ela o mirou nos olhos, tentando fazer contato, desejando abrir o coração dele por um momento, abrir ao menos os segredos de seu poder sobre os homens e o destino. E ela o deixou aprisionado, ao alcance de seus dedos, de repente percebendo o seu poder sobre ele. Não o deixaria escapar.

"Você compreende o que está pedindo?"

"Foram os campos?", ela perguntou, abrandando um pouco.

"Não — sim — tudo."

"O quê?"

"Eu."

"Foi duro. Batiam em você nos campos. Ouvimos falar."

"Ouviu?"

"Sim. O que aconteceu?"

"Nada, só que vi homens rastejando no chão, sabe, como aleijados, porque suas mãos e pés estavam presos por correntes de ferro." Ele falava o tempo todo numa voz contida, como uma criança. "Uma vez enfiaram gargalos de garrafas com força no traseiro das pessoas, e os homens uivavam como animais enjaulados. Isso foi em Rira." Ele fez uma pausa, como se contemplasse uma cena distante e, ao mesmo tempo, próxima. A seguir se inclinou na direção dela, de maneira conspiratória, e lhe sussurrou um segredo, como uma criança. "Quando eu era mais novo e vi o homem branco, não sabia quem ele era, ou de onde tinha vindo. Agora eu sei que um Mzungu não é um homem — sempre se lembre disso — ele é o diabo — o diabo." Ele fez uma nova pausa para recuperar o fôlego e continuou na voz contida. "Vi um sujeito cujo membro foi quebrado com um alicate. Ele saiu da sala de interrogatório, caiu e gritou: como é duro saber que eu jamais poderei tocar na minha mulher de novo! Ah, meu Deus, como poderei olhá-la nos olhos depois disso? Pois só pude olhar dentro de um abismo, de uma escuridão impenetrável."

As lágrimas brotaram no rosto de Mumbi. Ela queria fazer contato, consertar o que estava errado, curar os feridos.

"Então, Mugo", ela apelou através de lágrimas, "você precisa falar amanhã. Não sobre meu irmão, que já está morto e enterrado. Cujo trabalho na terra já foi feito. Fale para os vivos. Fale com eles sobre aqueles que a guerra aleijou, deixou nus e cheios de cicatrizes: os órfãos, as viúvas. Conte ao nosso povo o que você viu."

"Eu não vi nada."

"Até isso, Mugo, qualquer coisa", falou ela, sentindo que ele escorregava. Ela lutou para segurá-lo e viu que tremia.

"Sobre mim?"

"Tudo."

"Você quer que eu faça isso?", ele perguntou, alteando a voz. A mudança de tom, parecido com o gemido de um animal prestes a ser sacrificado, assustou-a.

"Sim", assentiu ela, temerosa.

"Eu queria viver a minha vida. Nunca quis me envolver com nada. Então ele entrou na minha vida, aqui, numa noite como esta, e me puxou para dentro da correnteza. Por isso o matei."

"Quem? O que você está falando?"

"Rá! Rá! Rá!", ele deu uma gargalhada forçada. "Quem assassinou seu irmão?"

"Kihika?"

"Sim."

"O homem branco."

"Não! Eu o estrangulei — eu o estrangulei—"

"Isso não é verdade — Acorde, Mugo — Kihika foi enforcado — escute e pare de falar assim — eu vi o corpo dele pendurado numa árvore."

"Fui eu! Fui eu! Rá! Rá! Rá! Era isso que você queria saber. E farei de novo — com você — esta noite."

Ela tentou gritar por socorro, mas a voz não saía da garganta. Ele se aproximou dela, fazendo barulhos, rindo como um demente. Ela correu para a porta; mas ele já estava lá antes dela.

"Você não pode — fugir. Sente — Rá! Farei o mesmo com você—" Ele tremia e sua voz saía aos arrancos violentos.

"Imagine a vida inteira sem poder dormir — uma porção de dedos a tocar a sua carne — olhos sempre te olhando — em lugares escuros — nos cantos — nas ruas — nos campos — dormindo, acordando, sem descanso — ah! Aqueles olhares de novo — vocês não podem deixar a gente em paz um minuto — quero dizer — deixar que a gente coma, beba, trabalhe — todos vocês — Kihika — Gikonyo — a velha — aquele general — quem te mandou aqui hoje à noite? Quem? Ah! Esses olhares de novo — veremos quem é o mais forte — agora—"

Ela tentou gritar; novamente, a voz não saía. Ele se aproximou dela, pondo uma das mãos em sua boca, a outra procurando a garganta. Ela ofegava e choramingava. Olhou nos seus olhos. Mesmo depois, não conseguia explicar o pavor que viu dentro deles. De repente ela parou de resistir e se entregou.

"O que é, Mugo? O que está errado?", ela soluçou.

Aqueles de vocês que já visitaram Thabai ou qualquer das oito serranias em volta de Rung'ei (isto é, de Kerarapon até Kihingo) terão ouvido falar de Thomas Robson, ou, como era geralmente conhecido, Tom Terror. Ele era o epítome daqueles dias negros de nossa história que testemunharam sua nomeação a chefe de distrito de Rung'ei — isto é, quando a Emergência vigorava em sua fúria desenfreada. As pessoas diziam que ele era maluco. Falavam dele com medo, chamavam-no de Tom ou simplesmente "ele", como se a enunciação de seu nome completo evocasse sua presença. Dirigindo um jipe, com um askari ou dois atrás, um fuzil automático Bren e um revólver na cintura, parcialmente escondido pela jaqueta cáqui, ele surgia de repente nos lugares e horas mais imprevisíveis para pegar as vítimas incautas. Ele as chamava de Mau Mau. Botava-as no jipe, levava-as à beira da floresta e as mandava cavar suas sepulturas. Mandava que se ajoelhassem. Às vezes ele interrompia as orações com o fuzil Bren. Com mais frequência, com o revólver. Mas vez ou outra perdoava alguém, apesar de esse alguém estar ajoelhado na beira da cova. De modo que até o último momento a vítima não sabia o que fazer; arriscar a correr e levar uma bala, ou esperar para ver se Tom mudaria de ideia. Diziam que ele estava em todo canto. Os boatos se espalhavam. Alguém vira Tom aqui; outro, ali. Alguns aldeãos viam seu jipe em sonhos e gritavam. Ele era um predador humano, que andava dia e noite. Era a morte. Era especialmente cruel com os trabalhadores rurais que haviam sido removidos do vale do Rift e levados de volta a Gikuyu-Ini.

Isso foi em 1954.

Suas atividades terminaram em maio de 1955. Uma noite, rodando de Rung'ei para a sede do distrito, ele viu um sujeito sozinho andando na estrada de asfalto. O homem se encolheu junto a uma cerca ao lado da estrada. Tom gritou com ele. O sujeito se aproximou do jipe andando com dificuldade, com os joelhos aparentemente presos. Perto do jipe, podia-se ouvir seus dentes batendo e chocalhando, de modo que Tom se viu rindo. "*Usiogope Mzee*", ele falou jovialmente, como se para reassegurar o sujeito. "Tom não vai te comer." De repente o homem velho se endireitou, arrancou algo do bolso e acertou dois tiros rápidos em Tom. Antes que o policial amedrontado pudesse fazer alguma coisa, o sujeito pulara a cerca em direção às lojas indianas. Os policiais atiraram para cima. Tom não morreu logo. Dizem (ele é uma lenda na aldeia) que ele mesmo foi dirigindo para o hospital, onde morreu três horas mais tarde sem dizer nada que fizesse sentido, exceto uma palavra: animais.

Dentro de horas os aldeães estavam sitiados por soldados; circulou a informação oficial, que mais tarde sairia nas manchetes dos jornais; chefe de distrito assassinado sem motivo por bandidos Mau Mau.

Nesse dia — os aldeães falam até hoje sobre isso — Mugo tinha ido, como sempre, para seu terreno perto da estação de Rung'ei, se deliciando com os sonhos que ele amava, sonhos que muitas vezes o levavam do presente para o futuro. Ele viera a considerá-los uma mensagem particular, uma profecia. Não escapara ileso das primeiras operações da Emergência? O Quênia estava em Estado de Emergência desde 1952. Algumas pessoas tinham sido levadas para campos de detenção; outras tinham fugido para a floresta: mas tratava-se de uma tragédia num mundo que não lhe pertencia. Ele se mantinha isolado, sentindo que um dia soariam juntos as cornetas, os tambores, as trompas, para anunciar o seu ingresso no outro mundo. Muitas vezes ele ouvia a conversa entre homens que construíam cabanas em Thabai; mas suas palavras não lhe diziam nada: que lhe importava que as mulheres estivessem fazendo trabalho de homem, que as crianças estivessem amadurecendo cedo demais? Ele mesmo não tinha começado a se virar sozinho cedo na vida? Mugo foi dos primeiros a terminar sua cabana dentro do prazo estabelecido. Fizera a obra, levantando a cabana, trançando o teto, barreando as paredes, sem ajuda de ninguém. A cabana foi sua primeira grande façanha. Depois de se mudar para ela, ele retomou sua vida cotidiana: cuidar da plantação, de olho no futuro.

Nesse dia, sexta à noite, ele voltou do shamba cansado. Colocou cuidadosamente a jembe e o panga contra a parede antes de abrir a porta, sentindo um calor bom ao toque do cadeado. Muitas vezes ele se demorava enfiando a chave nele, adiando o final do gesto; a operação lhe dava prazer; a cabana era uma extensão dele mesmo, de seus sonhos e esperanças. Ele entrou, sentou na cama e admirou as paredes (o barro ainda não secara) e o teto em formato cônico, do qual pendiam pedaços de capim e de samambaias. Logo a escuridão tomou conta da cabana. Ele acendeu o lampião a óleo, assobiando para si mesmo enquanto o fazia. Então fez um fogo e fritou uma mistura de grãos de milho e feijões em cima das pedras quentes. Esta era sua única refeição do dia. Ele sempre cozinhava grãos de milho e feijões secos em grande quantidade e então, nos dias seguintes, fritava um pouco de cada vez, o suficiente para uma refeição. Depois de comer, andava até a porta para ver se estava trancada direito. Novamente ele se demorou diante do ferrolho, admirando-o. Tinha apenas vinte e cinco anos. Não possuía nada, mas o futuro estava em suas mãos. Ele se esticou todo na cama: era sempre bom se deitar depois de um dia duro de trabalho no shamba. Massageou o estômago e deu um arroto, vagamente satisfeito. Lá fora da cabana havia o toque de recolher. Novamente, essas leis não afetavam Mugo, já que, mesmo antes de 1952, ele raramente saía. Ele se acostumara a entrar num estado de tranquilidade crepuscular sempre que se deitava de barriga para cima, na cama ou no shamba. Nesse momento seu coração dialogava com estranhas vozes. E as vozes se fundiam numa voz provinda de Deus, clamando: Moisés, Moisés! E Mugo tinha a resposta pronta: aqui estou, Senhor.

Foi nessa etapa do sonho que ele ouviu apitos, gritos e o barulho de passos. Os apitos rasgaram a noite brutalmente, assim como os pensamentos de Mugo. Sempre havia esse apitaço quando os Combatentes da Floresta atacavam alguma aldeia ou matavam alguém importante. Mas houvera uma longa calmaria em Thabai; a última vez que houvera essa bagunça fora na semana em que o reverendo Jackson Kigondu e o professor Muniu foram mortos. Os toques de apito aumentavam de volume, e depois decresciam, à medida que eram trazidos e levados pelo vento. Então pararam. A aldeia mergulhou num silêncio profundo. Tão subitamente quanto chegou, o silêncio foi quebrado pelos tiros. Houve berros, e Mugo ouviu gritos distantes de mulheres. Os tiros estavam agora mais próximos da cabana e os toques de apito se tornaram prementes, insistentes. Um sujeito gritou: Robson. Mugo descansou o corpo sobre o cotovelo direito, e seu coração bateu descompassadamente, pela proximidade dos tiros e dos gritos. Novamente o barulho generalizado parou. Mugo ouviu alguém gemendo e protestando; eu só estava indo para casa. Verdade, eu só estava indo para casa. Quando a tranquilidade voltou a reinar, Mugo se estendeu na cama e mergulhou num cochilo. Ele era um dos poucos felizardos que não sabiam o que era o terror de uma batida noturna da polícia em sua cabana.

Não sabia quanto tempo esteve nesse estado; mas foi certamente acordado por uma batida na porta. Abriu os olhos, espantado, e se sentou. Quem podia ser? A batida se repetiu. Mugo se adiantou cautelosamente, estacou, se adiantou e estacou de novo. Deu um encontrão no lampião, que se apagou. A escuridão súbita o alarmou mais ainda que a batida na porta. Ele procurou os fósforos no meio das pedras. E no fundo de sua mente havia a questão premente: deveria abrir? Uma terceira batida, mais contínua, mais insistente, fê-lo pular até a porta. Pôs-se de lado para os guardas entrarem, ao mesmo tempo que recomeçava sua busca temerosa pelos fósforos.

"Deixe eu acender o lampião", murmurou, olhando de soslaio para a silhueta do sujeito na porta.

"Não precisamos dele", disse o homem em voz baixa. "O brilho das brasas basta."

"Quem é você?"

"Sssh! Não grite — e não tenha medo."

"Quem é você?", repetiu Mugo, desesperado, reconhecendo a voz ligeiramente. O sujeito riu de maneira um pouco nervosa, e Mugo sentiu que o quarto de repente ficou gelado. Ele tropeçou numa caixa de fósforos e estava prestes a acender um deles quando o sujeito cochichou discretamente.

"Não faça isso — a guarda nacional e a polícia estão em todo canto — Ele está morto."

"Quem?"

"O chefe do distrito."

"Robson?"

"Sim — eu o matei. Andava querendo acabar com ele — esses meses todos."

E havia um lamento naquele sussurro. A caixa de fósforos caiu da mão de Mugo. Ele teve de pegá-la de novo; mas sua mente não estava no gesto. Um fluido frio se introduzira na sua barriga com as palavras do sujeito; inúmeras agulhas pinicavam sua carne.

"Deixe eu acender o lampião", disse Mugo numa voz que não lhe pertencia.

"Se quiser — talvez seja melhor mesmo — preste atenção, estou acostumado à escuridão — você acha que eles vão fazer uma busca em todas as cabanas esta noite?"

Finalmente Mugo acendeu o lampião. Olhou para sua visita.

"Kihika!", suspirou involuntariamente.

Kihika usava um casaco sujo e rasgado, do tipo cáqui que os soldados trajavam na última grande guerra (hoje casacos assim eram usados pelos velhos), e tênis enlameados que um dia haviam sido brancos. Seus cabelos curtos e desgrenhados emprestavam linhas severas às suas feições. Mugo recuou e se encostou contra um poste perto da cama.

"Eu — eu não sabia que era você."

"Então me perdoe", disse Kihika, com os olhos passeando em volta da cabana. "Eu não queria que eles me seguissem na floresta. Além do mais, eu queria te visitar — sempre quis falar com você."

"Tem — tem uma cadeira."

"Ah, estou acostumado a ficar de pé. A gente passa dias e noites de pé. Ou agachado."

"Por quê?"

"A gente não ousa dormir."

"Você quer me matar? Eu não fiz nada", apelou Mugo.

Mas, antes que Kihika conseguisse responder, houve outros toques de apito. Ele sacou uma pistola e se meteu debaixo da cama. Mugo se deixou cair num banco e sentiu que seria capaz de chorar. Podia ser apanhado em flagrante abrigando um terrorista. Então ele se lembrou de repente do lampião e o apagou. A cabana mergulhou novamente nas trevas. Os toques de apito pararam. Kihika saiu se contorcendo de seu esconderijo e ficou perto da lareira. Mugo estava consciente da silhueta de Kihika sobre ele.

"A gente não mata qualquer um", começou ele, como se não tivesse havido uma interrupção. "Não somos carniceiros — como Robson — que matava homens e mulheres sem motivo nem propósito." Ele falava rápido, nervosamente, andando em volta da lareira. Será que aquele era o homem que queimara Mahee? Que uma vez falara num comício e fizera as mulheres tentarem arrancar os cabelos e as roupas?

"A gente só revida. Batem na sua face esquerda. Você dá a face direita. Por um, dois, três — sessenta anos. Então, de repente, é sempre de repente, você diz: não vou dar mais a outra face. Se você estiver encurralado, revida o golpe. Confia na sua força e espera que ela te sustente nessa hora. Você acha que a gente gosta de disputar comida com macacos e hienas na floresta? Eu também já conheci o conforto de um bom fogo e o amor de uma mulher junto à lareira. Está vendo? A gente precisa matar. Dizem que a gente não pode vencer a bomba. Se formos fracos, não poderemos vencer. Desprezo os fracos. Por quê? Porque nada obriga os fracos a permanecerem fracos. Escuta! Nossos pais lutaram bravamente. Mas sabe qual foi a maior arma usada pelo inimigo contra eles? Não foi a metralhadora. Foi a divisão que promoveram entre nós. Por quê? Porque o povo unido é mais forte do que a bomba. Ele não tremerá nem fugirá diante da espada. Ao contrário, será o inimigo que fugirá. Essas não são as palavras de um louco. Nem palavras nem milagres poderiam fazer o faraó libertar os filhos de Israel. Mas, à meia-noite, o Senhor golpeou todos os primogênitos do Egito, desde o filho do faraó sentado no trono até o do cativo que estava na prisão. E todos os primogênitos do gado. E, no dia seguinte, o faraó os libertou. É este o nosso objetivo. Criar o terror no meio deles. Atingi-los em suas casas, noite e dia. Eles sentirão as flechas venenosas nas veias. Não saberão de onde virá a próxima. Espalhar o terror no coração do opressor."

Ele falou quase sem altear a voz, quase sem se dar conta de Mugo ou do perigo, como alguém possuído. Sua amargura e frustração se revelavam no fluxo nervoso das palavras. Cada uma delas confirmava a suspeita de Mugo de que o sujeito era maluco.

"Você acha que não temos medo da morte? Temos. Minhas pernas quase se recusaram a se mexer quando Robson me chamou. A cada minuto, eu esperava que uma bala acertasse meu coração. Já vi homens se mijarem, e outros gargalharem loucamente diante da perspectiva de um combate. E o gemido animal dos homens morrendo é um som terrível de se ouvir. Mas é preciso que poucos morram para que muitos vivam. É este o significado da crucificação hoje em dia. Do contrário, merecemos ser escravos, a maldição de ter de rachar lenha e carregar água para sempre para o homem branco, para sempre. Na escolha entre a liberdade e a escravidão, acho que cabe ao homem escolher a liberdade e morrer por ela. Precisamos—"

De repente ele parou de falar e de andar, e pela primeira vez pareceu dar-se conta da presença de Mugo. Este estava sentado rigidamente no banco, olhando o chão, certo de que os guardas o pegariam. Kihika estava maluco, maluco, pensou, e esse pensamento só aumentou seu pavor.

"O que vocês querem?" É melhor mantê-lo falando. Um louco não era perigoso desde que estivesse falando.

"Queremos uma organização forte. O branco sabe disso e tem medo. Qual o outro motivo de fazer as pessoas se mudarem para essas aldeias? Ele quer nos isolar do povo, nossa única força. Mas não conseguirá. Precisamos manter o caminho entre nós e o povo livre de obstáculos. Eu te observei muitas vezes em Thabai. Você é um sujeito que se criou sozinho. Você é homem, você sofreu. Precisamos de um homem assim para organizar um movimento clandestino na aldeia nova."

Mugo pestanejou de susto a cada palavra de Kihika.

"Eu — eu nunca fiz o juramento", protestou ele debilmente.

"Eu sei", disse Kihika. "Mas o que é um juramento? Algumas pessoas precisam do juramento para ligá-las ao Movimento. Existem aqueles que não guardam segredo a não ser obrigadas por um juramento. Eu conheço eles. Conheço os homens pelas suas caras. Aliás, quantos fizeram o juramento e agora estão lambendo os pés dos brancos? Não, você faz um juramento para confirmar uma opção já feita. A decisão de pôr ou não a sua vida à disposição do povo mora no seu coração. O juramento é a água borrifada na cabeça durante o batismo."

Outras considerações passaram rápido pela cabeça de Mugo. Lembrou que a porta não estava trancada. Levantou-se, passou por Kihika e ouviu pelo buraco da fechadura. Pensou em sair correndo e gritando pelos guardas, mas então lembrou que Kihika tinha uma arma. E que essa arma acabara de matar um homem. Trancou a porta e voltou para o seu lugar. Andava num pesadelo. Não podia ser verdade que o homem que incendiara Mahee, o homem que acabara de matar Robson, estivesse de fato na cabana. Sentiu desejo de falar, mas não foi capaz de pensar em nada o que dizer ou fazer. A essa altura a aldeia estava na paz das sepulturas: os apitos e os tiros eram coisas que haviam acontecido anos atrás. Mas lá estava Kihika, não mais ofegante, ou andando nervoso, e sim aparentemente recomposto. Era uma realidade.

"Eu te encontro dentro de uma semana", disse Kihika, de forma triunfal. Mugo aquiesceu. Kihika acertou cuidadosamente o lugar do próximo encontro deles na floresta de Kinenie.

Tão logo Kihika acabara de falar, o silêncio foi rompido pela terceira vez por gritos e tiros a distância. Os tiros e os gritos aumentavam intermitentemente e dessa vez não pararam. (No dia seguinte Mugo soube que uma quantidade de sujeitos, suspeitos de serem Mau Mau, haviam sido retirados de suas casas, em conexão com a morte de Robson. Dois homens da aldeia, mortos a tiro durante a noite, foram mais tarde descritos nos jornais como integrantes da gangue que havia atacado um chefe do distrito que mal estava armado, e cujos serviços à região eram bem conhecidos.) Kihika foi até a porta e ouviu. Mugo pensou novamente em se atracar com ele e gritar por socorro.

"Preciso ir — talvez eles venham dar uma batida nas casas", disse Kihika num sussurro. Seu nervosismo voltara; era de novo um homem em fuga. Ele abriu a porta e a fechou silenciosamente.

"Se lembre do nosso encontro", disse ele antes de se esgueirar no escuro e desaparecer tão depressa e silenciosamente quanto surgira.

Mugo ficou parado alguns minutos no meio de sua nova cabana. O terreno não estava firme sob seus pés. Correu até a porta, abriu-a com força, na vaga esperança de gritar por socorro. Olhou a noite. Pela terceira vez trancou a porta. Mas para que trancá-la? Por que deveria? Era melhor não ter porta alguma do que ter uma ali que, mesmo assim, deixava entrar o frio e o perigo. Destrancou-a e andou lentamente até a cama, onde sentou apoiando o rosto entre as mãos. Pegou um lenço sujo para enxugar a cara e o pescoço, mas no meio do caminho esqueceu o suor frio; o lenço murcho caiu sobre os joelhos. Ele já ouvira barulhos no vento, havia muito tempo, e não fora capaz de captar um aviso consistente; agora os ruídos estavam dentro de sua cabeça.

Alguns minutos antes, deitado na cama, no seu quarto, o futuro era promissor. Tudo na cabana ainda estava no mesmo lugar de antes, mas agora o futuro era vazio. Ele esperava que viesse a polícia ou a guarda, o prendesse, o matasse a tiros. Ele só via prisão e morte. Kihika era um homem procurado desesperadamente pelo governo, especialmente depois da destruição de Mahee. Ser apanhado dando abrigo a um terrorista significava a morte. Por que Kihika viera arrastá-lo a uma luta e a problemas que ele não criara? Por quê? Ele não está satisfeito em massacrar homens, mulheres e crianças. Precisa vir me chamar para que eu me banhe nesse sangue. Não sou seu irmão. Não sou sua irmã. Não fiz mal a ninguém. Só cuidei de meu pequeno shamba e da lavoura. E agora terei de passar minha vida preso por causa da loucura de um homem!

Mugo acordou no dia seguinte espantado por ainda não ter sido preso. Tentou não pensar no encontro noturno. Tinha sido apenas um sonho. Já tive pesadelos assim antes. A noite exagera tudo — nossos medos, misérias e desespero. O mato e as árvores parecem homens. Rá! Rá! Rá! Mas suas tentativas desajeitadas de se consolar não conseguiam desfazer a realidade; o rosto de Kihika ficou indelevelmente gravado na sua mente; o cabelo desgrenhado, o olhar inquieto baniram as ilusões reconfortantes e fizeram Mugo tremer apesar do pleno dia. Imagine um sujeito caminhando no crepúsculo, mas que sente segurança no seu isolamento. Então de repente vem a escuridão; e ele percebe que está em perigo de quebrar a perna, porque está numa estrada que acabará, a qualquer momento, num buraco profundo. Nos dias seguintes Mugo perambulou entre sua cabana e o shamba, esperando a qualquer momento que um policial ou um guarda batesse no seu ombro. Toda vez que via um policial ou um guarda, o suor de repente se formava em seu rosto e ele sentia uma fraqueza nas pernas. E em nenhuma circunstância esquecia a sombra de Kihika atrás dele, à espera de uma resposta. O que farei?, perguntava-se. Se eu não servir a Kihika, ele me matará. Eles mataram o reverendo Jackson e o professor Muniu. Se eu trabalhar para ele, o governo me pega. O homem branco tem braços compridos. E vão me enforcar. Meu Deus, eu não quero morrer, não estou pronto para a morte, eu nem sequer vivi. Mugo se sentia profundamente confuso e aflito, porque a vida toda evitara conflitos: em casa, ou na escola, raramente se enturmava, com medo de se envolver em brigas que poderiam arruinar sua oportunidade de um futuro melhor. Ele argumentava assim: se você não entrar em contato com o mal, então o mal provavelmente não mexerá contigo; se você deixa as pessoas em paz, então elas devem te deixar em paz. É por isso que agora, à noite, ainda incapaz de resolver o seu dilema, Mugo só fazia gemer por dentro, perplexo: eu roubei algo de alguém? Não! Já caguei no pátio de algum vizinho? Não. Já matei alguém? Não. Então como pode Kihika, a quem nunca prejudiquei, ter feito isso comigo?

Inveja, concluiu ele, incapaz de encontrar outra resposta à sua própria pergunta. Esse pensamento fez reviver o velho ódio que ele tinha de Kihika, tão forte agora que quase o sufocou. Kihika, que tinha pai e mãe, e um irmão e uma irmã, podia brincar com a morte. Havia gente que choraria seu fim, que batizaria os filhos com seu nome, de modo que o nome de Kihika jamais morreria nos lábios dos homens. Kihika tinha tudo; Mugo, nada.

Essa ideia o obcecava: enchia-o de uma fúria seca, uma raiva sem lágrimas que obliterava outras coisas e incapacitava seu sono. O dia fatal, sexta, pegou-o, portanto, indeciso quanto ao rumo de ação que tomaria. Como de hábito, ele pegou uma jembe e um panga e foi caminhando em direção ao seu shamba. Para fugir do encontro com as pessoas, Mugo escolheu um caminho inusitado que atravessava os campos em direção a Rung'ei. Era cedo e todos os campos estavam desertos. Aqui e ali a terra estava cheia de locais com destroços, onde menos de uma semana atrás ficavam lares que constituíam a velha aldeia de Thabai. O olhar pesado de Mugo não discernia nada. E sua mente era um vazio branco que ofuscava a vista como o sol do meio-dia. Ele estava naquele ponto de exaustão provocada pelo acúmulo de noites insones, pensamentos inflamados, incessantes, sem rumo — o ponto em que o sujeito fica irritado, pronto para estourar à menor provocação, sem que ele mesmo se dê conta desse perigo. Seus pés roçavam as cercas cobertas de orvalho e logo corria água sobre eles, em filetes descontínuos. Seu lábio inferior caiu; sempre que ficava nervoso seu lábio caía. Ele tremia todo. O tremor e a depressão aumentavam quanto mais ele caminhava. Ao chegar às lojas indianas, estava muito fraco, sem poder andar. Por isso deixou cair sua jembe e seu panga sobre um monturo de lixo nos fundos da loja e sentou para recuperar as forças. Nos fundos de todas as lojas havia monturos assim, com um fedor de lixo decomposto. As crianças indianas às vezes cagavam ali. As africanas muitas vezes remexiam aquilo, revirando com os pés o lixo recém-jogado à procura de pão ou moedas perdidas. Enfiavam os pés nos "bolos de merda". Os garotos xingavam horrivelmente e às vezes atiravam pedras nos indianos, em vingança. Uma vez pegaram três garotos africanos segurando uma garota indiana no chão, bem atrás do monturo ao lado do qual Mugo estava sentado agora para descansar. Foram acusados de violar a garota. Em virtude da idade deles, o juiz só os mandou para a Escola de Wamumu. Mugo não pensava nesses detalhes sórdidos do passado da loja. Apenas segurava a cabeça entre as mãos e gemia sem parar: "Por que ele fez isso comigo?".

De repente uma rajada de vento levantou um pouco de lixo e poeira no ar. Mugo cobriu o rosto com as mãos para proteger os olhos contra a areia. Os pedaços de papel subiram em espiral, cada vez mais alto, formando uma coluna cônica giratória, que diziam ser possuída por demônios femininos. Normalmente ela só durava alguns segundos e desaparecia tão súbita e misteriosamente quanto surgira. Mas agora não parava, aumentando de força e arremessando as coisas muito alto no céu. Finalmente o vento parou. Mugo observava a poeira e o lixo caindo no chão. De algum modo, esse gesto o aliviou do tremor e da depressão. Pegou a jembe e o panga e seguiu caminho até o shamba. Estava quase calmo.

Mas só durante algum tempo.

Depois de andar apenas alguns passos de onde estivera sentado, Mugo viu uma estranha cena. Ele olhou para a parede de folhas de zinco. Seu cabelo ficou em pé até a raiz. Sentiu um prazer alarmante na barriga. Porque a cara de Kihika estava ali, pregada na loja, tornando-se cada vez maior e mais distorcida quanto mais ele olhava. A cara, nítida contra uma superfície branca, despertou o mesmo nervosismo e terror que ele uma vez experimentara quando garoto, na noite em que quisera estrangular sua tia. A cabeça de Kihika estava a prêmio — um prêmio — pela — cabeça — de — Kihika.

Mugo caminhou em direção ao chefe do distrito, estonteado pela excitação e o espanto reprimidos. Deus mandou que Abraão oferecesse seu único filho, Isaac, como sacrifício na fogueira, numa montanha na terra de Moriá. E Abraão lá construiu um altar, arrumou a lenha, amarrou seu filho, Isaac, e o deitou no altar, em cima da lenha. E Abraão estendeu a mão e pegou a faca para matar seu filho. E Isaac, ali deitado, esperava o golpe de espada que o decapitaria. Sabia que a espada baixaria certeira — por um segundo teve certeza da morte pela lâmina fria de um panga. E de repente Isaac ouviu a palavra do Senhor. Chorou. Salvo da morte. Salvo da morte, repetiu Mugo. Ele caminhava tendo essa visão. E na sua cabeça entorpecida havia uma multidão de ideias tumultuadas que adquiriram a lógica concreta de um sonho. O argumento era tão claro, tão estimulante, explicava coisas que ele tinha sido incapaz de resolver na sua vida. Sou importante. Não devo morrer. Preciso me manter vivo, saudável, forte — esperando a minha missão na vida — é meu dever para comigo, para com os homens e mulheres de amanhã. Se Moisés tivesse morrido entre os juncos, quem teria sabido que ele estava destinado a ser um grande homem?

Essas sensações grandiosas se misturavam a pensamentos sobre a recompensa em dinheiro e várias possibilidades que se abriam diante dele. Ele compraria mais terra. Construiria uma casa grande. Então buscaria uma mulher com quem teria filhos. A novidade e a proximidade desse esquema aumentavam seu atual entusiasmo. Ele jamais pensara antes em mulheres em ligação ao seu corpo viril. Agora as imagens de várias garotas que ele vira na aldeia passaram pela sua cabeça. Ele exibiria sua vitória diante do fantasma da tia. Seu lugar na sociedade estaria assegurado. Estaria a meio caminho do poder. E o que é a grandeza sem o poder? O que é o poder? Um juiz é poderoso: ele pode condenar alguém à morte, sem que ninguém questione sua autoridade, seu julgamento, ou fira seu corpo em contrapartida. Sim — para ser importante é preciso ocupar um lugar onde você pode condenar os outros à morte e ao sofrimento sem que ninguém pergunte nada. Como um diretor de escola, um juiz, um governador.

Ele chegou quase cedo demais à chefatura. As instalações haviam sido construídas recentemente como base, a partir da qual as aldeias vizinhas podiam ser rapidamente alcançadas. Dois policiais armados de fuzis, em suéteres pretos de gola rulê, guardavam a entrada. No estado em que estava, Mugo não tinha paciência com essas coisas irreais que atrapalhavam seu caminho.

"Posso ver o chefe?", perguntou, tentando passar por eles, ainda preso à sua visão interior.

"O que você quer?" Um dos policiais puxou-o para trás pelo ombro.

"Eu — eu quero vê-lo sozinho", disse ele, surpreso.

"Com uma jembe e um panga? Rá! Rá! Rá!"

"Diga o que você quer aqui."

"Não posso — não para vocês."

Os policias riram e fizeram troça das respostas de Mugo. Pegaram seu panga e sua jembe e os jogaram por terra.

"Não posso! Não posso! Vocês ouviram isso? Ei, fazendeiro, o que você quer?"

"Eu preciso — é — é importante." O medo começou a se insinuar nele. Eles fizeram uma busca completa, empurrando-o grosseiramente.

"Ele devia tirar a roupa."

"Que sujeito alto — seu negócio é provavelmente tão longo quanto o pinto de um jumento."

"Como você faz com as mulheres? Hein?"

"Mulheres? Você está brincando. Até uma prostituta gorda sairia correndo à vista disso."

"Talvez ele faça a coisa com ovelhas — ou vacas. Tem gente assim, você sabe. De noite. Rá! Rá!"

"Rá! Rá! Ou com velhas — dando dinheiro ou à força. Rá! Rá! Rá!"

"Rá! Rá! Rá!"

John Thompson, o chefe do distrito, saiu e gritou que parassem de rir. Eles lhe falaram sobre Mugo, e ele lhes disse para deixá-lo entrar. Mugo estava quase sem fôlego ao entrar na sala, grato ao homem branco que o resgatara da vergonha e da humilhação. E, agora que tinha entrado, não sabia como começar. Era a primeira vez que ele se defrontava com um homem branco tão de perto. Fixou os olhos na parede oposta, determinado a não olhar para o rosto do branco.

"O que você quer?" A voz assustou Mugo.

"Kihika — vim por causa dele."

Thompson se endireitou na cadeira à menção desse nome. Em seguida se levantou, com as mãos buscando a beira da mesa, como para se apoiar. Olhou para Mugo. Os dois homens eram quase da mesma altura. Mugo se recusou resolutamente a olhar nos olhos do outro. O homem branco sentou de novo.

"Sim?"

"Eu sei..." Ele engoliu saliva. Foi tomado de pânico. Temia que a voz lhe faltasse.

"Eu sei", disse em voz baixa, "eu sei onde se pode achar Kihika esta noite."

E agora o ódio que ele sentira por Kihika brotou revigorado. Tremeu com uma raiva triunfante ao contar a história que o atormentara durante uma semana. Por um tempo, sentiu uma alegria pura, deliciosa, diante de sua própria ousadia, diante do que de repente considerou como um grande ato de coragem moral. Na verdade, para ele, naquele momento, havia uma espécie de pureza no gesto; ele se colocava além do bem e do mal: não detinha a vida de um homem na sua cabeça? Seu coração — seu corpo — estavam plenos a ponto de transbordar. Lágrimas de alívio se equilibravam na beira de seus olhos. Durante uma semana ele lutara contra demônios, sozinho, num pesadelo interminável. Essa confissão era seu primeiro contato com outro homem. Sentiu uma profunda gratidão ao homem branco, ouvinte paciente que tirara esse peso do coração de Mugo, que o libertara do pesadelo. Chegou a ter a audácia de olhar para o homem branco, o amigo recém-encontrado. Um sorriso se abriu no rosto de Mugo. O sorriso, porém, se congelou em algo que parecia desdém quando ele encontrou o olhar inescrutável e inquiridor do homem branco.

O chefe do distrito se levantou novamente. Contornou a mesa até onde Mugo estava. Segurou Mugo pelo queixo e inclinou seu rosto para trás. Em seguida, inesperadamente, deu uma cusparada no rosto escuro. Mugo recuou um passo e levantou a mão esquerda para limpar a saliva. Mas o homem branco alcançou o rosto de Mugo primeiro e deu-lhe uma bofetada, com força.

"Muita gente já nos deu informação falsa sobre esse terrorista. Ouviu? Porque querem a recompensa. Vamos guardar você aqui e, se não estiver contando a verdade, iremos enforcar você lá fora. Ouviu?"

Mugo estava de volta ao seu pesadelo. A mesa, a cara branca, o teto, as paredes que giravam, giravam. Então tudo parou de repente. Ele tentou se endireitar. De repente o chão onde ele pisava cedeu. Ele estava caindo. Esticou os braços no ar. O fundo estava tão distante que ele só conseguia ver a escuridão. Mas sabia que havia pedras agudas que se projetavam do chão. Ele não era nada. As lágrimas não podiam ajudá-lo. Com um grito abafado, seu corpo bateu nas pedras quebradas e rochas pontudas, aos pés do homem branco. O choque da descoberta foi tão profundo que o anestesiou. Não sentiu dor nenhuma, nem viu sangue.

“Está ouvindo?”

“Sim.”

“Diga Effendi.”

“Sim...”

A palavra entalou, bloqueando a garganta. Da sua boca aberta saíam ruídos inarticulados. Uma espuma se acumulou nos cantos da boca. Ele fitou o homem branco, com um brilho aquoso nos olhos, sem vê-lo. Então a mesa, a cadeira, o chefe do distrito, as paredes caiadas — a terra — começaram a girar, cada vez mais depressa. Ele segurou na mesa para se equilibrar. Não queria o dinheiro. Não queria saber o que fizera.

Em verdade, em verdade vos digo: se o grão de trigo que cai na terra não morrer, permanecerá só; mas se morrer, produzirá muito fruto.

João 12, 24

(*versículo sublinhado em preto na Bíblia de Kihika*)

Vi então um céu novo e uma nova terra — pois o primeiro céu e a primeira terra se foram.

Apocalipse 21, 1

Catorze

O Quênia conquistou sua Uhuru dos ingleses em 12 de dezembro de 1963. Um minuto antes da meia-noite, as luzes foram desligadas no estádio de Nairóbi, de modo que as pessoas de todo o país e do mundo que haviam se reunido ali para a cerimônia foram tragadas pela escuridão. No escuro, a Union Jack foi rapidamente baixada. Quando então as luzes se acenderam, a nova bandeira do Quênia tremulava desfraldada, acenando no ar. A banda da polícia tocou o hino nacional e a multidão aclamou sem parar quando viu que a bandeira era preta, vermelha e verde. A aclamação soava como um grande estalo de muitas árvores caindo na lama grossa do estádio.

Na nossa aldeia, a despeito do chuvisco, homens, mulheres e crianças haviam se espalhado nas ruas, onde dançavam e cantavam na chuva. Por causa da escuridão, botavam os lampiões nos degraus da porta para iluminar as ruas. Como sempre nessas ocasiões, alguns jovens passeavam em grupos, levando lanternas, espreitando e cochichando nos cantos escuros e na periferia, na verdade procurando companhia amorosa na multidão. As mães avisavam as filhas para tomar cuidado para não serem violadas no escuro. As garotas dançavam no meio, provocantes, arrebitando os traseiros, sabendo que estavam sendo observadas pelos homens nos cantos. Todo mundo estava à espera de que algo acontecesse. Essa "expectativa" e a incerteza que a acompanhava — como uma mulher dividida entre o medo e a alegria, nas contrações do parto — eram uma corda esticada sob os berros, assobios e risadas. As pessoas iam de rua em rua cantando. Aclamavam Jomo, Kaggia e Oginga. Recordavam Waiyaki, que mesmo antes de 1900 desafiara os brancos que vieram para Dagoreti, na esteira de Lugard. Recordavam também os heróis de nossa aldeia. Criavam palavras para descrever as façanhas de Kihika na floresta, feitos apenas igualados pelos de Mugo na trincheira e nos campos de detenção. Misturavam hinos de Natal com cantigas e danças só executadas durante ritos de iniciação, quando os garotos e garotas são circuncidados, assumindo a responsabilidade de homens e mulheres. E sob tudo isso estava o refrão que nos seguia de uma rua a outra. Em algum ponto, uma mulher sugeriu que a gente fosse cantar para Mugo, o ermitão, na sua cabana. O grito foi adotado pela multidão que, mesmo antes de a decisão ser tomada, já havia começado a furar o chuvisco e a escuridão até a cabana de Mugo. Por mais de uma hora a cabana ficou sitiada. O nome dele estava em todos os lábios. Tecemos novas lendas em torno de seu nome e imaginamos façanhas. Esperávamos que Mugo saísse e se juntasse a nós, mas ele não abriu a porta diante de nossas batidas. Quando chegou a hora, à meia-noite, as pessoas deram um longo berro. Então as mulheres entoaram as cinco Ngemi para dar as boas-vindas a um filho, ao nascer ou na circuncisão. Isso elas cantaram para Kihika e Mugo, os dois heróis da libertação, pertencentes à nossa aldeia. Logo depois, nos dispersamos para nossas várias cabanas para esperar pela manhã, quando as comemorações da Uhuru realmente começariam.

Mais tarde de noite o chuvisco se transformou numa chuva pesada. Os raios, seguidos de trovões, iluminavam de vermelho e branco as nossas cabanas, embora a luz só filtrasse pelas rachaduras nas paredes. O vento aumentou com a chuva. Um som uivante, junto de um contínuo ribombar, vinha das árvores e cercas se vergando e quebrando, enquanto o vento e a chuva açoitavam os galhos e as folhas. Alguns telhados de palha trançada estragados criavam muitas goteiras, que faziam poças no chão. Para não ficar ensopadas, as pessoas não paravam de mudar as camas de um lugar para outro, apenas para ser incomodadas por uma nova goteira.

O vento e a chuva eram tão fortes que algumas árvores foram arrancadas pela raiz, enquanto outras quebraram no tronco ou perderam os galhos.

Foi o que vimos na manhã seguinte quando fomos a um campo perto de Rung'ei, onde ocorreriam as danças e eventos esportivos para comemorar a Uhuru. As plantações nas encostas do vale ficaram bastante prejudicadas. A água a correr cavara valas que agora serpenteavam pelos campos inclinados. Pés de batata e feijão revirados jaziam em toda parte no chão do vale. As folhas dos pés de milho estavam muito rasgadas.

A própria manhã estava tão encoberta que temíamos que o dia não ganhasse vida. Mas a chuva parara. O ar estava doce e fresco, e um calor íntimo se transfundia da terra fértil para os nossos corações.

O campo havia sido escolhido pelo Comitê da Uhuru do Partido porque era o mais central em relação a todas as serranias em volta. A área se inclinava perigosamente em direção às lojas de Rung'ei; as pistas de atletismo marcadas com cal subiam de repente em calombos e caíam em buracos ou valas rasas.

Primeiro vieram os esportes e corridas escolares. As crianças surgiram, elegantes, nos seus uniformes verdes, azuis ou marrons. Cada escola tinha a própria torcida e foram uma barulhada e uma aclamação danadas enquanto as crianças caíam e se levantavam de novo para continuar a corrida. Havia duas bandas de jovens com cornetas e tambores que entretinha as pessoas no intervalo das corridas, com músicas militares e triunfais. As bandas pertenciam à ala da juventude do Partido. Os esportes e as corridas escolares foram seguidos por danças tradicionais. Garotos e garotas não circuncidados alegraram a multidão com um muthuo vigoroso; haviam pintado os rostos com giz e ocre vermelho, e atado guizos aos joelhos; homens e mulheres mais jovens dançaram mucung'wa; as mulheres mais velhas, de mithuru, miengu e colares de contas, dançaram ndumo. Gikonyo passou a manhã inteira correndo de um lugar a outro, de grupo a grupo, verificando se tudo corria bem. Aquele era seu dia, era a glória, e ele queria fazer dele um grande sucesso.

A multidão de espectadores não era tão grande quanto Gikonyo imaginara. E, ao contrário do que ele talvez esperasse no dia da Uhuru, um desânimo dominou a sessão da manhã, isto é, os eventos esportivos e as danças.

Mas, de repente, lá pelo fim da sessão da manhã, aconteceu algo que pareceu quebrar o desânimo. Foi anunciada uma corrida de três milhas — doze voltas ao redor do campo. Jovens e velhos, mulheres e crianças, todos podiam participar do evento. Esse arranjo espontâneo (a corrida não estava no programa) reavivou e esquentou a reunião. Em todo canto havia gente gritando e discutindo, instigando uns aos outros a participar da corrida. Toda vez que uma mulher se apresentava, era saudada com risos de apreciação e aplausos. O maior aplauso foi para Warui, quando o velho, com cobertores e tudo, se apresentou para a corrida. Mumbi, que estava sentada ao lado de Wambui, chorou de tanto rir quando Warui deu uma corridinha pelo campo até o ponto de partida. As crianças se pavoneavam para cima e para baixo em volta dos participantes idosos.

"Vamos participar da corrida", Mwaura disse a Karanja.

"Meus ossos estão enferrujados", protestou Karanja, desviando os olhos de Mumbi para a miscelânea de corredores.

"Vamos lá, cara. Você já foi um corredor de fundo. Lembra aqueles dias em Manguo?"

"Você vai participar?"

"Vou — contra você", disse Mwaura, puxando Karanja pela mão.

O súbito aparecimento de Karanja espantou Gikonyo, que, para evitar olhar para ele, mudou para onde estava Warui, com quem conversou animadamente. Karanja vacilava também; não lhe ocorrera que Gikonyo pudesse participar da corrida. Seu coração se encheu de desprezo pelo carpinteiro; ele não desistiria da prova, decidiu, recordando a velha corrida deles até o trem. O drama inacabado seria encenado de novo diante de Mumbi, e apenas a poucos metros da mesma estação de trem. Talvez ele levasse a corrida desta vez, e Mumbi também. Por que outro motivo ela escreveria aquele bilhete?, raciocinou com otimismo ansioso, ao se inclinar para desamarrar os sapatos. Mwaura falava com o general R. e o tenente Koina e parecia frisar alguma coisa com o indicador direito. Os competidores, uma multidão bastante grande de mulheres, homens e colegiais, foram agora alertados. Todo o campo fez silêncio um segundo antes de soprarem o apito. Em seguida um tumulto de gritos da parte dos espectadores acompanhou o pandemônio da largada. Os corredores pisavam uns nos outros. Um garoto caiu no chão e escapou milagrosamente ileso do pisoteio.

Warui abandonou a corrida quase imediatamente. Foi sentar ao lado de Wambui e Mumbi.

"Você? Eu nunca mais confiarei na sua força", troçou Mumbi. "Você envergonhou todas as suas mulheres fiéis."

"Vamos deixar as crianças brincarem", disse ele, sacudindo lentamente a cabeça. "Na nossa época, a gente já correu milhas e milhas atrás do nosso gado roubado pelos masai. E não era brincadeira, eu te digo."

Antes do final da primeira volta, muitos corredores haviam imitado o exemplo de Warui e abandonado a competição. Só uma mulher completou a terceira volta. Foi no final da quarta volta, quando muita gente já tinha escolhido abandonar a corrida, que Mumbi subitamente reparou na presença de Karanja. Suas palmas cessaram de imediato; sua excitação murchou ao voltar às recordações do passado. A visão de Karanja e Gikonyo no mesmo campo deixava-a constrangida, de modo que agora desejava ter ficado em casa com os pais. Aliás, por que Karanja viera, apesar de seu bilhete de aviso? Ou será que não recebera a mensagem? Ao ver o general R. na corrida, lembrou-se do que ele dissera dois dias atrás. A ironia de suas palavras agora lhe calou fundo a partir de seu conhecimento mais completo da situação. As circunstâncias haviam mudado desde que ela escrevera aquele bilhete. Ela então não sabia que o homem que de fato traíra Kihika era agora o herói da aldeia. Como ela podia contar isso a alguém? Ela suportaria acrescentar mais sofrimento a Mugo, cujos olhos e boca pareciam distorcidos pela dor? Ela se lembrava dos dedos dele na sua boca, os outros tateando desajeitadamente a garganta. Então o vazio terrível em seus olhos. De repente, diante de sua pergunta, ele tirara as mãos de seu corpo. Ajoelhara-se diante dela, um penitente submisso e alquebrado.

"Mumbi." Ele engoliu em seco. Estendeu um pouco as mãos, sem firmeza, em seguida escondeu inesperadamente o rosto entre elas. Todas essas mudanças abruptas de ânimo e de gestos lhe roubaram as palavras. A despeito de seu medo, ela pousou uma de suas mãos trêmulas nos ombros dele.

"Escuta, Mugo! Eu vi meu irmão morrer. O chefe do distrito estava lá, com a polícia."

"Você tem olhos para ver e ouvidos para escutar. Então não sabe quem traiu seu irmão?

"Foi Karanja! Você estava com meu irmão. O general R. nos contou."

"Não!"

Ela recuou. Pelo grito cavo, pela sua aparência, ela sabia.

"Você!"

"Eu — sim — eu."

Ele não a olhara. Sua voz havia mexido com ela, suplicado. Mas ela não tinha como impedir seu ódio e seu tremor. Foi para a porta, longe da figura imóvel do herói da aldeia. Não tinha palavras. Não tinha sentimentos. Nada. Mecânica e rapidamente, abrira a porta. Noite escura. Parecia que ela andou e correu ao mesmo tempo. A escuridão. Nem mesmo o perfil de casas e de coisas. Chuvisco. E as vozes de homens e mulheres recitando cantigas da Uhuru que a alcançavam no meio da garoa, parecendo vir de outra aldeia, ao longe.

De manhã ela disse a Wambui: "Mugo não quer participar dessas comemorações: não podemos deixá-lo em paz?". O conhecimento que ela trazia dentro de si implicava outro dilema; ou Karanja ou Mugo. Mas ela não queria que ninguém morresse ou viesse a se prejudicar por causa de seu irmão. Ela gostaria de poder falar com Gikonyo, que talvez descobrisse uma solução. Por que Karanja ignorara seu bilhete?, perguntou-se de novo. De repente ficou irritada consigo mesma: o que lhe importava ele, que destruíra sua vida?

"Qual o problema?", perguntou Wambui.

"Nada", respondeu Mumbi rapidamente, começando a aplaudir de maneira frenética.

Enquanto corria, Gikonyo tentava se fixar em outras coisas; as caras meio familiares na multidão; as novas lojas de Rung'ei mais adiante; a área do assentamento europeu, do outro lado. Será que a Uhuru faria essas terras passarem para mãos africanas? E isso faria alguma diferença para o homem comum da aldeia? Ouviu um trem ribombando na estação de Rung'ei. Pensou em seu pai nas províncias do vale do Rift. Ainda estaria vivo? Qual seria a sua aparência? Ele atravessou o largo campo de sua infância, o início da idade adulta, o romance com Mumbi. Kihika, a Emergência, os campos de detenção, as pedras na calçada, a volta para casa e para a traição de Mumbi, tudo isso passou pela sua mente em rápida sucessão. Como Mumbi dominara sua vida. A própria ausência dela praticamente o desarmara e o fizera ceder. Sacudiu a cabeça com raiva, obrigando-se a se concentrar na corrida atual. Ele e Karanja eram novamente rivais. Mas rivais em relação a quê? Por quem competiam? Karanja só está troçando de mim, pensou. Ele fervia de ódio enquanto ofegava e enxugava o suor da testa. Continuou a correr, o desejo de ganhar o entusiasmou. Mantinha sua colocação pouco atrás de Karanja. Seu objetivo era manter certo ritmo, conservando energia para a última volta, quando aceleraria, confiante de que seus músculos fossem obedecer à sua vontade.

Mwaura agora liderava na sétima volta. Alguns metros atrás vinha Karanja, em seguida, o general R., Gikonyo, o tenente Koina e três outros sujeitos, nesta ordem. A maioria dos outros competidores desistira. Em volta do campo os espectadores aclamam ora este, ora aquele. Vamos, vamos!, gritavam. As corridas de fundo sempre haviam sido populares em Thabai. As pessoas desprezavam as de curta distância, considerando-as coisa de criança. Mesmo aqueles que tinham queixas particulares contra Karanja, ex-chefe do distrito e líder da guarda nacional, agora esqueciam seus sentimentos amargos na excitação do momento. Torciam por ele.

E Karanja lembrava uma cena, havia muito tempo, na estação de trem, onde ficou lutando contra a consciência de que Gikonyo e Mumbi tinham ficado para trás, sozinhos. Como ele desejara essa mulher! Senhor, como o violão gemera por Mumbi na floresta! Se ele não tivesse vacilado, esperando o dia seguinte, talvez a tivesse conquistado. Mais tarde, quando lhe propôs casamento, ela recusou — com um sorriso. E essa recusa a ligou irrevogavelmente a ele. Ficou esperando sua oportunidade. Quando Gikonyo foi levado para a detenção, Karanja soube de repente que nunca deixaria que o afastassem de Mumbi. Vendeu os segredos do Movimento e do juramento, pagou o preço para ficar perto de Mumbi. Dali para a frente a roda da vida o empurrou para uma dependência cada vez maior do homem branco. Essa dependência lhe deu poder — poder de salvar, de prender, de matar. Os homens se encolhiam diante dele; ele os desprezava e também os temia. As mulheres lhe ofereciam seus corpos despidos; mesmo algumas das mais respeitáveis vinham a ele de noite. Mas Mumbi, a sua Mumbi, não queria ceder, e ele jamais poderia forçá-la. Ironicamente, como pensou depois, como pensava agora, ela só se deitou debaixo dele quando ele estava à beira da derrota. Sentira uma pontada momentânea de intensa vitória que, segundos depois do ato, murchou para se transformar em isolamento e humilhação totais. Ele tirara vantagem dela. Era por isso, pensava ele, que ela o desprezava. Ele não podia encará-la — não depois daquela sapatada que o pegou na cara e provocou lágrimas cegantes. Sempre quisera que Mumbi viesse espontaneamente, pelo fato de ele ser importante, irresistível para ela. E agora estava correndo por ela. Não havia sido ela mesma quem lhe dera uma segunda chance? O bilhete dela o resgatara de um desespero terrível. Os Thompson tinham ido embora, o homem branco partiria. Desde que os Thompson ficassem, Karanja acreditava que o poder branco jamais realmente iria embora. Talvez porque Thompson fora o primeiro homem branco que Karanja vira e conhecera? Porque Thompson, o chefe do distrito, parecia ao povo de Thabai, antes da Emergência, o símbolo do governo e da supremacia do homem branco. O poder branco dera a Karanja uma temível segurança — agora essa segurança, com os alicerces já abalados, desmoronara em pedaços. Ele percorria corredores escuros. Não podia ver o sol. E então o bilhete chegara. Avisava-o para não participar das comemorações de hoje. Por quê? Mwaura já o havia convidado e, no seu desespero, ele se recusara a participar. O bilhete dela o fizera pensar de novo, no decorrer da noite. E a todo momento só aguçara a sua curiosidade de ver Mumbi. Thabai era, afinal de contas, a sua aldeia: quem ousava dizer que Karanja não podia voltar para casa? Em algum ponto, num canto de seu coração, Karanja confiava no seu poder físico sobre Mumbi. Não era ela, afinal, a mãe de seu filho? Ele não levara seu aviso a sério. Era a maneira feminina de fazer as coisas. E esse ponto de vista foi confirmado quando ele e Mwaura chegaram a Rung'ei, onde ele soube que Mumbi abandonara o marido. Sua mensagem penetrara vivamente no coração dele. Toda a minha vida eu corri atrás dela, refletiu amargamente. Mas só por um momento. Não podia deixar que esses pensamentos o desviassem da vitória que se apresentava. Esta era sua última corrida. Se ele conquistasse Mumbi, sua vida estaria completa. A Uhuru e suas ameaças, nada disso jamais o perturbaria. Por isso agora ele acelerou o ritmo. Precisava pegar Mwaura na décima volta. Precisava se livrar de Gikonyo, que se agarrava como um carrapato, bem próximo a seus calcanhares.

Porque agora Gikonyo ultrapassara o general R. e estava em terceiro lugar. Cerrou os dentes, determinado. Sabia que Mumbi estava assistindo; não queria ser humilhado na sua frente pelo amante. Ela viera para fazer troça dele, pensou. Viera para mostrar que ela agora era independente. Por duas vezes ele fora até onde ela estava sentada, para falar alguma coisa a Wambui, e havia resolutamente ignorado a sua presença. Isso o fizera parecer tolo, e o irritou ainda mais. Viu que Karanja acelerava e fez o mesmo. Até agora, ninguém alterara a colocação na oitava volta, mas a multidão absorveu o calor e a tensão da disputa.

Até mesmo Mumbi esqueceu agora o peso no coração, arrebatada pelo momento. Queria que Gikonyo vencesse, e também rezava que perdesse. Criticava seu modo de correr deselegante, mas seguia seu progresso com ansiedade. Aclamava o general R. e o tenente Koina, que seguiam na esteira de Gikonyo. Vamos lá, vamos lá; seu coração ofegava enquanto ela sacudia um lenço branco. Toda vez que Karanja passava ela se sentia constrangida, e não conseguia controlar esse sentimento.

O general R. corria com facilidade. Antes da Emergência, ele costumava participar de todas as corridas de fundo. Chegara a desenvolver uma teoria sobre elas. "São um teste de por quanto tempo você aguenta a privação", costumava dizer. "Você diz a si mesmo: não desistirei; vou levar até o fim." Seu corpo tinha um belo ritmo. Enquanto corria, ensaiava seu papel na cena que haveria de ocorrer naquela tarde. Eles lhe haviam pedido para falar no lugar de Mugo. Estava determinado a não decepcionar Kihika, cuja alma presidiria a reunião, triunfante.

Sua mente não conseguia se fixar no momento. Sem aviso, ele estava de volta a Nyeri. Onde havia nascido. A escola, o estudo: isso fora o sonho e a expectativa de sua infância. Ele lembrava como costumava fazer bicos e pegar serviços para cultivar terrenos alheios. Seu pai fora promovido de mensageiro colonial a auxiliar subalterno do governo. Não contribuía em nada para o lar, a não ser com violência. Chegava a extorquir dinheiro tanto da mulher quanto do filho. Era também explosivo e voltava para casa bêbado, para encher a mãe do garoto de murros. Ela gemia e chorava, como um animal enjaulado. Muhoya — pois era este o nome próprio do general — se encolhia ou saía correndo. Ele se odiava pelo tamanho que tinha e pela falta de coragem. Mas não chorava como as outras crianças — nem mesmo quando seu pai o castigava. Um dia vou pegá-lo, jurava intimamente. Nunca contou seus planos para ninguém — nem para a mãe. Um dia ele mataria o tirano — sua mãe choraria de gratidão, embora nunca tivesse reclamado do trabalho penoso ou dos punhos que choviam sobre ela. Quando cresceu, o desejo de vingança minguou. Ele postergou o dia do acerto de contas para um futuro vago. Mas inesperadamente o dia chegou. Muhoya, jovem recém-circuncidado, voltou para casa e encontrou o pai em seu passatempo predileto. De repente o jovem sentiu que o momento chegara. "Se você preza sua vida", gritou, "nunca mais encoste a mão nela." De início o pai ficou tão espantado que sua mão ficou esquecida no ar. Ouvira bem? Foi tomado de uma ira de leão. Levantou a mão para bater no garoto. Mas Muhoya segurou o braço do pai. Os anos de ódio e medo fizeram-no delirar de alegria, ainda que temerosa. Pai e filho se engalfinharam numa luta de vida ou morte. O filho não via o pai, e sim um perpetrador de violência gratuita, um tirano colonial insignificante que extorquia dinheiro até dos parentes mais próximos. E seu pai não via o filho, e sim um súdito que não queria se sujeitar. Mas Muhoya jamais imaginara o gesto traiçoeiro do escravo. A mulher pegou um pau e lutou a favor do marido. Foi Muhoya então que ficou insensível de incredulidade. "Ele é seu pai e meu marido", gritava ela, enquanto dava uma pancada em seu ombro. Muhoya saiu correndo de casa. Pela primeira vez chorou. Não conseguia compreender. Ficou contente quando foi recrutado pelos ingleses para lutar na guerra deles. Mas nunca esqueceu essa experiência. Nunca. Só mais tarde, quando viu tantos quenianos capazes de defender orgulhosamente sua escravidão, foi que ele pôde compreender a reação da mãe.

Ouviu Mumbi torcendo por ele. Isso o acordou para o presente. Reagiu à torcida acelerando seu ritmo. Em breve tinha se distanciado do tenente Koina. Corria furiosamente. Não queria pensar no passado. Ele jamais gostaria de reviver uma infância daquelas.

Assim o drama ganhou velocidade. Koina fez uma tentativa de diminuir a distância que o separava do general. Mas de algum modo não conseguia ter vontade de disputar de verdade. Sentia-se abatido. Estava assim havia dois dias. Não conseguia compreender. Vira muita coisa na Segunda Guerra Mundial e na Guerra da Independência. Isso deveria tê-lo ensinado a esperar o inesperado na vida. Por exemplo, tinha bastante orgulho de ter sido cozinheiro durante a Segunda Guerra. Depois dela, ele falava nisso com orgulho, até que se viu frustrado pelo desemprego constante e abriu mais ou menos os olhos. Koina se tornaria uma dessas pessoas que tinham sempre problema com os patrões porque viviam exigindo seus direitos. Ele citava os serviços prestados ao homem branco durante a guerra e alegava que isso lhe dava direito a um tratamento melhor. Numa fábrica de sapatos perto de sua casa, uma vez disse ao patrão, diante dos outros trabalhadores: "Eu quero mais dinheiro. Quero uma casa decente e bastante comida, exatamente como você. Quero um carro igual ao seu". Foi expulso da fábrica. Isso lhe deu um pouco de juízo. Depois disso ele foi trabalhar para a mulher. Ele gostara do cachorro dela. Quando criança tivera um bando de cachorros que usava para caçar antílopes. Como teria gostado de levar o cachorro bem alimentado dela para uma verdadeira caçada de lebres e antílopes na floresta! Parece que ela gostava que seu cachorro e ele se dessem tão bem. Ela lhe dava presentes. Todo Natal. Mas então ele começou a pensar. A quantidade de carne que o cão comia dava para alimentar uma família inteira. A quantidade de dinheiro gasto com o cachorro era mais do que o total dos ordenados de dez quenianos. O cão tinha o seu próprio quarto na casa, com uma cama, lençóis e cobertores! E quanto à mulher? Ela não tinha marido, filhos, nenhuma família próxima. No entanto, sua grande casa poderia facilmente albergar muitas famílias. Como isso podia ser? Por que ele tinha que morar num barraco enquanto essa mulher e seu cachorro viviam naquele luxo e opulência? Ele ficou inquieto. Que satisfação foi fazer o juramento de ingressar no Exército de Libertação e da Terra do Quênia! Avistara o caminho. Quando chegasse finalmente a independência, ele endireitaria todas as distorções, expulsaria do Quênia toda a gente do tipo da dra. Lynd e seu cachorro. O Quênia, afinal de contas, era um país do homem negro.

O dia pelo qual ele esperava chegou: ele agora iria à floresta para se juntar ao Exército de Libertação. Mas iria à floresta depois de triunfar sobre a dra. Lynd. Ele deixou os homens entrarem na casa e eles pegaram as duas armas e uma pistola dela. "Não quero te ver nunca mais neste país", ele lhe disse, enquanto abatia seu cachorro a golpes de panga. "Está me ouvindo? Não quero ver a sua cara no Quênia nunca mais!"

Nos dias de privação e mortes no campo de batalha ele quase esquecera o incidente, até outro dia quando foi a Githima para ver Mwaura sobre os planos para atrair Karanja às comemorações de Uhuru. E ali, defronte dele, estavam a dra. Lynd e seu cachorro. Ela permanecia ali como se estivesse fazendo pouco dele: Está vendo?, ainda tenho a casa grande, e minha propriedade se multiplicou. Githima, de fato, não mudara muito. O assentamento exclusivamente branco parecia ter até aumentado. Por que ela ainda estava no Quênia? Por que todos esses brancos ainda estavam no Quênia a despeito do tilintar dos sinos da Uhuru? A Uhuru realmente mudaria as coisas para pessoas como ele e o general R.? As dúvidas o aguilhoavam. A presença obstinada da dra. Lynd tornou-se uma obsessão. Encheu-o de medo, uma espécie de premonição. Tentara compartilhar essas ideias com o general R., mas não conseguia encontrar as palavras... Até mesmo agora, enquanto corria, só de pensar no encontro inesperado ele começava a tremer. O fantasma viera devorar a sua vida; a bebida fresca da Uhuru tornara-se insípida na boca. O general R. estava agora muitos passos adiante de Koina. Koina se mexia com dificuldade. Houve um rumor da multidão: isso instilou uma nova vida nos membros de Koina. Só importava a luta, só a luta, ofegava ele.

No início da décima primeira volta, Gikonyo passou à frente de Karanja. Uma nova onda de gritos e vivas surgiu como reação a essa mudança na colocação. A torcida deu força a Karanja, e ele também fez um esforço desesperado para retomar a liderança. Em breve Gikonyo alcançou Mwaura, que lutou bastante, mas em vão. Karanja também veio e o ultrapassou. Mwaura desanimou e não demorou a ser ultrapassado por todo mundo. A luta era agora entre Gikonyo e Karanja. Poucos sabiam que havia motivos ocultos e paixões por trás do combate; a multidão sentia apenas sua estranha tensão e seu estranho tom. Na última volta os dois corriam emparelhados ombro a ombro. Em certo momento parecia que Karanja passaria Gikonyo. Mas este aparentava estar possuído por um demônio. Na verdade, havia algo temerário na maneira como os dois corriam. As pessoas ficaram na ponta dos pés.

Foi nesse momento que algo inesperado aconteceu. Enquanto Gikonyo corria morro abaixo, seu pé agarrou num tufo de capim, que o derrubou, e ele levou Karanja consigo. O campo ficou em silêncio. O general R. e os outros vieram, passaram por eles e correram até a chegada. Então a plateia explodiu numa confusão febril. As pessoas corriam até o lugar onde os dois homens jaziam um sobre o outro. Quando Gikonyo caiu, Mumbi deixou cair o lenço que sacudia. "Ngai", gritou, e atravessou o campo até ele. Ajoelhou-se e examinou sua cabeça com cuidado. Gikonyo estava tão exausto e zangado que não sabia o que estava acontecendo. Karanja foi o que se recuperou primeiro e se apoiou no cotovelo esquerdo. Ao ver a cabeça de Gikonyo entre as mãos de Mumbi, mãos que pareciam tão delicadas, seus olhos perderam o viço e ele se estendeu de novo no chão. As pessoas fervilhavam em volta. Ao constatar que Gikonyo não tinha se machucado, Mumbi lembrou que estavam separados. Envergonhada, abriu caminho na multidão e foi para casa antes que alguém pudesse falar com ela. A multidão também se dispersou, discutindo e especulando sobre qual dos dois teria ganhado a corrida. Alguns apostavam em Karanja; outros, em Gikonyo. Ao partirem, poucos repararam que Gikonyo ainda não tinha se levantado. Suava intensamente; seu rosto se contorcia de dor. Tentou se levantar e sentou de novo. Foi só depois que o levaram correndo para o hospital que as pessoas ficaram sabendo que Gikonyo quebrara o braço esquerdo.

E isso encerrou a sessão matutina.

De tarde o sol surgiu e clareou o céu. A névoa que desde a manhã pairava no ar se dissipou. A terra fumegava cinzenta, como estrume fresco de vaca. A fumaça morna se espalhou e ficou mais rala enquanto subia para o céu claro. A cerimônia principal para relembrar os filhos mortos e abençoar os alicerces do novo futuro seria realizada à tarde. Parecia que todo mundo andara esperando e se preparando para a ocasião. Salvo as velhas e as poucas pessoas aleijadas ou doentes, a maioria das pessoas de nossa aldeia veio à reunião. Aquele era o dia de Kihika; era o dia de Mugo: era o nosso dia.

Outras pessoas de Ndeiya, Lari, Limuru, Ngeca, Kabete e Kerarapon vieram de caminhão ou de ônibus, fazendo filas na praça do mercado de Rung'ei. Havia os escolares em seus uniformes cáqui, com verde, vermelho e amarelo — de todas as cores do arco-íris; as crianças da aldeia em farrapos, com moscas reunidas em torno dos olhos e das bocas feridas; mulheres vestidas de miengu e mithuru, com colares de contas no pescoço; mulheres vestidas de túnicas com motivos florais que deixavam o ombro esquerdo despido; mulheres em vestidos modernos; mulheres cantando hinos cristãos misturados a cantigas tradicionais e cantigas da Uhuru. Havia os desempregados usando casacos que jamais haviam visto água e sabão; o governo agora ficaria menos severo com aqueles que não podiam pagar impostos? Haveria mais empregos? Haveria mais terra? Os lojistas e comerciantes prósperos debatiam suas perspectivas agora que o poder político era nosso; alguma providência seria tomada em relação aos indianos?

Nós nos sentamos. Githua, a quem chamávamos brincando de nosso "campeão perneta", chorou copiosamente de grande alegria.

A multidão criava uma harmonia: há uma beleza qualquer comovente no espetáculo de um grande número de pessoas sentadas numa desordem ordenada.

Plantaram uma árvore no lugar onde Kihika havia sido enforcado. Perto dela, amarrados a uma pedra, estavam dois carneiros pretos, sem mácula, para o grande sacrifício. Warui e dois velhos murchos da aldeia de Kihingo foram escolhidos para conduzir o sacrifício, depois de terminados os tributos aos mortos em combate. Mbugua e Wanjiku ocupavam cadeiras proeminentes perto do palanque. As cadeiras para os líderes e principais oradores estavam dispostas em volta do microfone no palanque. Mumbi, que havia ouvido falar na aldeia sobre o braço quebrado de Gikonyo, fora ao hospital.

Nós esperávamos.

Houve novamente aquela expectativa de tirar o fôlego que pairava sobre nossa aldeia desde a noite anterior. Parecia que muita gente ainda esperava que Mugo fosse falar. Queriam vê-lo de corpo presente e ouvir sua palavra. As histórias sobre o poder de Mugo haviam se espalhado de boca em boca e eram as principais responsáveis pelo grande comparecimento. Teria sido impossível negar os muitos relatos conflitantes que se tornaram lendas da noite para o dia. De qualquer maneira, ninguém, especialmente da nossa aldeia, iria negar nada. Algumas pessoas diziam que na detenção Mugo levara um tiro, mas a bala não penetrara em seu corpo. Por meio desses poderes, Mugo tinha sido responsável por muitas fugas da detenção de homens que mais tarde foram lutar na floresta. E quem, a não ser Mugo, teria sido capaz de contrabandear cartas dos campos para os membros do parlamento na Inglaterra? Havia quem insinuasse que ele chegara a estar na batalha de Mahee e lutara lado a lado com Kihika. Todos esses casos andavam circulando livremente na reunião. Cantamos canções em cima de canções sobre Kihika e Mugo. Uma santa paz unia nossos corações. Como aqueles que vieram de longe para ver Mugo fazer milagres e até falar com Deus, todos nós esperávamos que algo extraordinário acontecesse. Não era exatamente uma sensação de felicidade; era mais a sensação atormentada de uma catástrofe final inevitável.

O secretário do Partido substituiu Gikonyo. Nyamu era um homem baixo, corpulento, que durante a Emergência foi apanhado em flagrante com balas nos bolsos. Dizem que seus tios ricos (eram legalistas) subornaram a polícia, e isso, além de sua juventude — ele tinha apenas dezessete anos —, o salvara da pena de morte, o destino de todos que fossem apanhados com armas e munição. Em vez disso, foi preso por sete anos. Nyamu agora chamou o reverendo Morris Kingori para abrir a reunião com uma oração. Antes de 1952, Kingori era um célebre pregador da Igreja Ortodoxa Grega Kikuyu, uma das muitas igrejas independentes que haviam rompido com a instituição missionária. Quando essas igrejas foram proibidas, Kingori ficou muito tempo desempregado, antes que ingressasse como instrutor no Departamento de Agricultura durante a consolidação agrária na Província Central, emprego que ele detinha até hoje. Como pregador, costumava cantar e dramatizar suas orações; levantava a voz e o olhar para o céu, em seguida baixava-os. Muitas vezes, batia no peito e puxava a roupa e os cabelos. O protesto se alternava com a submissão, a humildade com a angústia, a intimação com a promessa. Ele agora estava no palanque, com a Bíblia na mão.

Kingori: Oremos. Senhor, abra nossos corações.

Multidão: E nossas bocas evocarão o Seu louvor.

Kingori: Deus de Isaac e Jacó e Abraão, que também criou Gikuyu e Mumbi, e nos deu nossos filhos, esta terra do Quênia, nós, nessa ocasião para ser sempre lembrada por todas as nações da terra como o dia em que Vós libertastes Vossos filhos do Misri, Vos imploramos agora que deixeis Vossas lágrimas se derramarem sobre nós, porque Vossas lágrimas, oh, Senhor, são uma bênção eterna. Correu sangue para que houvesse este dia. Cada poste de nossas cabanas está manchado com sangue, não o sangue do carneiro, mas sangue das veias e da pele de nossos filhos e filhas, que morreram para que pudéssemos viver. E em todo canto nas nossas aldeias, na praça do mercado, nos shambas, sim, até mesmo no ar, ouvimos as viúvas e os órfãos a chorar, e passamos por eles, falando alto para abafar seus gemidos, porque nada podemos fazer, Senhor, nada podemos fazer. Mas o grito de Raquel em nosso meio jamais pode ser abafado. Oh, Deus de Isaac e Abraão, a jornada pelo deserto é longa. Não temos água, não temos comida, e nossos inimigos nos seguem de perto, montados em carroças e a cavalo, para nos levar de volta para o faraó. Pois eles são contrários a deixar que nosso povo vá, estão com raiva no coração ao ver nosso povo partir. Mas, com Vossa ajuda e orientação,

Senhor, chegaremos seguramente e caminharemos na costa de Canaã. O Senhor que disse que, quando dois ou três se juntam, o Senhor concederá o que eles pedem, nós agora Vos suplicamos em uma só voz, para abençoar o trabalho de nossas mãos enquanto aramos o solo e defendemos nossa liberdade. Pois está escrito: pedi e vos será dado; buscai e achareis; batei e vos será aberto. Tudo isso pedimos em nome de Jesus Cristo, nosso Senhor, Amém.

Multidão: Amém.

As pessoas começaram a cantar, lideradas pela banda juvenil de violões, tambores, flautas e latas. Voltaram a recriar a história, dando-lhe vida através das palavras e das vozes: alienação agrária, Waiyaki, Harry Thuku, taxação, recrutamento do trabalho para a terra do branco, o rompimento com as missões, e, ah, as terríveis fome e sede de educação. Cantaram sobre Jomo (ele veio, como uma lança flamejante entre nós), sua estada na Inglaterra (Moisés na terra do faraó) e sua volta (regressou montado numa nuvem de fumaça e chamas) para salvar seus filhos. Foi preso, mandado para Lodwar, e no terceiro dia voltou para a casa de Maralal. Veio numa carruagem. Contra ele as portas do inferno não conseguiram prevalecer. Agora os anjos tremiam diante dele.

Nyamu leu pedidos de desculpa do deputado da região e dos membros da Assembleia Regional, por todos terem ido a Nairóbi representar a área de Rung'ei nas comemorações nacionais. Não mencionou a ausência de Mugo.

Em seguida vieram os discursos. A maioria dos oradores falou dos sofrimentos durante a Emergência, ou então do crescimento do Partido. Tinham orgulho de Kihika, o filho da aldeia, cujo combate pela liberdade jamais seria esquecido. Contaram suas qualidades, a coragem, a humildade, o amor à pátria. Sua morte foi um sacrifício para a nação.

No final de cada fala, a multidão ovacionava ou cantava, mesmo que os oradores tivessem apenas repetido questões já frisadas. A voz de Githua, quando chorava, ovacionava ou gritava, abafava a de todo mundo sentado em volta. As pessoas esperavam o tempo todo que Mugo falasse. Sempre que um orador sentava, elas pensavam que o próximo da lista seria certamente o próprio Mugo. Mas esperavam com paciência, porque o melhor prato sempre vinha por último.

No final, Nyamu anunciou o general R.; o homem que lutara ao lado de Kihika falaria no lugar de Mugo. Circunstâncias fora do controle de qualquer um haviam impedido Mugo de ir à reunião. Esta declaração teve como reação o silêncio. Então, de um canto, alguém gritou por Mugo. A exigência foi imediatamente retomada em coro de várias partes do campo, até que a reunião fervesse com o nome de Mugo, numa unidade ameaçadora. Então a unidade foi quebrada e irromperam uma gritaria e uma movimentação indisciplinadas; gente se levantava, formavam-se grupos e todos discutiam, gesticulavam, protestavam, como se tivessem sido enganados para ir à reunião. Nyamu consultou os anciãos. Resolveram fazer uma última súplica a Mugo. Levou tempo para que Nyamu e os anciãos pusessem novamente ordem na reunião, prometendo que uma delegação de dois seria imediatamente despachada para trazer Mugo. Pediram aos dois anciãos que não aceitassem um "não" como resposta. Nesse meio-tempo, será que as pessoas poderiam sentar para ouvir as palavras do general R.? Elas se acalmaram de novo com a cantiga da trincheira:

"E ele pulou na trincheira
Dizendo palavras ao soldado que trespassaram meu coração como uma lança;
Você não vai bater na mulher, ele disse,
Não vai bater numa grávida, disse ao soldado."

Por baixo das palavras havia um barulho de algo como uma corda metálica quebrada. Depois disso as pessoas fizeram silêncio.

O general R. permanecia ao lado do microfone, e seus olhos vermelhos procuravam penetrar a multidão anônima. Deu um pigarro, dois. Sabia o que queria dizer. Ensaiara o ato, palavra por palavra, muitas vezes. Mas agora, em pé na beira do precipício, achou difícil pular ou fixar o seu olhar na cena abaixo. Resumida em uma única imagem, sua vida na floresta passou como um clarão por sua mente. Ele reviu as cavernas escuras de Kinenie, as fugas constantes das bombas na floresta de Nyandarwa, a sede, a fome, a carne crua e depois a vitória deles em Mahee. Conte a eles, insistia uma voz dentro dele. Conte a eles como você e Kihika planejaram a coisa. Esta imagem e a voz sumiram. Agora era o rosto do reverendo Jackson Kigondu que jazia diante dele: Jackson havia pregado continuamente contra os Mau Mau em igrejas e reuniões públicas convocadas por Tom Robson. Ele conclamava os cristãos a lutarem lado a lado com os brancos, seus irmãos em Cristo, para restaurar a ordem e o reino do espírito. Jackson havia recebido três avisos para parar com suas atividades contra o povo. "Em nome de Jesus, que lutou contra os colonialistas romanos e seus asseclas fariseus, nós lhe pedimos que pare de tomar o partido do colonialismo britânico!" Mas Jackson se tornou cada vez mais desafiador. Precisava ser silenciado. Era o mesmo Jackson que agora estava diante dele, fazendo troça. "Ainda estamos aqui. Nós, que vocês chamavam de traidores e colaboracionistas, jamais morreremos!" E de repente o general R. se lembrou das preocupações recentes do tenente Koina. Este dizia ver os fantasmas do passado colonial ainda a assombrar o Quênia independente. E a verdade era que aqueles que estavam agora marchando nas ruas de Nairóbi não eram os soldados do Exército da Terra e Libertação do Quênia, e sim do King's African Rifles, as próprias forças coloniais que fizeram nos campos de batalha aquilo que Jackson fazia nas igrejas. O rosto de Kigondu se transformou então no de Karanja e de outros traidores em todas as comunidades do Quênia. A sensação de traição iminente foi tão forte que o general R. tremeu no seu momento triunfal. Agarrou o microfone para se equilibrar. Tomou consciência de que a multidão parara de cantar e olhava para ele. Isso levou o general R. ao pânico. Será que todo mundo via o rosto ou estava só na sua mente?, pensou ele em pânico. Olhou bem em frente e se dirigiu ao rosto que troçava dele.

"Você pergunta por que lutamos, por que vivemos na floresta junto dos animais selvagens? Você pergunta por que matamos e derramamos sangue?

"O branco andava de carro. Morava numa casa grande. Seus filhos iam ao colégio. Mas quem arava a terra que dava café, chá, píretro e sisal? Quem cavava as estradas e pagava impostos? O branco vivia na nossa terra. Comia do que cultivávamos e cozinhávamos. E até as migalhas de sua mesa, ele as jogava para os seus cachorros. Foi por isso que fomos para a floresta. Quem não estivesse do nosso lado estava contra nós. Foi por isso que matamos nossos irmãos negros. Porque, por dentro, eles eram brancos. E já sei que essa guerra ainda não terminou. Conquistamos a Uhuru hoje. Mas o que significa 'Uhuru'? Está contido no nome de nosso movimento: Terra e Liberdade. Que o Partido que hoje governa a nossa terra se dedique novamente aos ideais pelos quais nossa gente deu a vida. O Partido não pode jamais trair o Movimento. O Partido jamais pode trair a Uhuru. Jamais poderá vender o Quênia de novo para o inimigo! Amanhã perguntaremos: onde está a terra? Onde está a comida? Então que essas coisas sejam feitas agora, porque não queremos outra guerra... mais sangue nas minhas... nas nossas mãos..."

O general R. achou difícil continuar. Olhando essa gente, sua dúvida terminou. Ele sabia que eles o apoiavam e que, ao pedir mudanças, falara por eles. O rosto desafiador do reverendo Jackson sumira. Ele agora retomou seu discurso num tom de voz calmo, confiante.

"Queremos um Quênia construído em cima da tradição de resistência heroica de nosso povo. Precisamos reverenciar nossos heróis e punir os traidores e colaboracionistas do inimigo colonial. Hoje estamos aqui para reverenciar um herói! Não faz muitos anos que Kihika foi estrangulado aqui com uma corda. Viemos para lembrá-lo, o homem que morreu pela verdade e pela justiça. Nós, seus amigos, gostaríamos de revelar diante de vocês toda a verdade sobre sua morte, para que a justiça seja feita. Dizem, tenho certeza que todos vocês sabem, que Kihika foi capturado pelas forças de segurança.

Mas vocês já pararam para se perguntar algumas coisas? Ele foi capturado em combate? Por que estava sozinho? Por que não estava armado? Devo dizer-lhes? Naquela noite Kihika ia se encontrar com alguém que o traiu."

Ele fez uma pausa para deixar que suas palavras fossem absorvidas. As pessoas olhavam umas para as outras, e começaram a murmurar. O drama tinha ficado mais excitante do que haviam imaginado.

"Continue!", gritou alguém.

"Estamos ouvindo", gritaram várias vozes.

O general R. prosseguiu.

"Talvez o traidor de Kihika esteja aqui, agora, nesta multidão. Nós pedimos que ele venha ao palanque, para confessar e se arrepender diante de todos."

As pessoas olharam de um lado para outro para ver se alguém se levantara. O general R. esperava, apreciando a tensão; o drama agora estava se desenrolando como ele previra. Embora não pudesse vê-lo, sabia onde Karanja estava sentado. Dissera a Mwaura e ao tenente Koina que ficassem de olho nele.

"Que ele não pense que pode se esconder", prosseguiu o general R. "Porque nós o conhecemos. Ele foi amigo de Kihika. Eles costumavam comer e beber juntos."

"Fale o nome dele", Githua levantou e gritou.

"*Toboa*! *Toboa*!" Mais pessoas gritaram, severamente, quase sedentas de vingança.

"Vou dar a ele uma última chance. Que se apresente como sinal de arrependimento."

As pessoas pararam de repente de rumorejar e gritar. Ficaram sentadas, tensas, com todos os olhares voltados para o mesmo ponto, para ver o sujeito que estava em pé. Era alto, imponente, mas as pessoas sentadas próximas podiam ver que seu rosto estava agitado. Ninguém vira Mugo chegar ao local. Usava um casaco sujo e sandálias feitas de pneu velho de caminhão. É Mugo, alguém sussurrou. O sussurro se espalhou e aumentou de volume. As pessoas aplaudiam. As pessoas gritavam. Finalmente, o ermitão viera falar. A outra tragédia fora esquecida. As mulheres entoavam os cinco Ngemi para um filho vitorioso. O general R. ficou zangado com Mugo por ter estragado o clímax da outra tragédia. Karanja escaparia? Mas ele não demonstrou sua raiva; na realidade, entregou imediatamente o microfone a Mugo. As pessoas esperavam que Mugo falasse.

"Vocês queriam Judas", começou ele. "Vocês queriam o homem que levou Kihika a esta árvore aqui. Pois este homem se encontra diante de vocês agora. Kihika veio me ver à noite. Ele depositou sua vida em minhas mãos, e eu a vendi ao homem branco. E isso tem destruído a minha vida todos esses anos."

Ele falou o tempo todo numa voz clara, dando um intervalo no final de cada frase. Ao chegar ao fim, no entanto, sua voz rachou e se reduziu a um sussurro. "Agora vocês sabem."

E ainda assim ninguém disse nada. Nem mesmo quando ele se afastou do palanque. Gente aparentemente apática abria caminho para ele. Abaixava a cabeça e evitava seu olhar. Wanjiku chorou. ("Foi a cara dele, não a memória de meu filho, que provocou as lágrimas", disse ela depois a Mumbi.) De repente Githua se levantou de seu canto e seguiu Mugo. Ele ria e ergueu uma das muletas que apontou para Mugo, gritando: "Mentiroso — hiena vestida de carneiro". Denunciou Mugo como impostor, desafiando-o para uma briga. "Olhem para ele! Olhem para ele — o homem que a gente queria que fosse nosso chefe. Rá! Rá! Rá!" A risada e a voz de Githua só faziam realçar o profundo silêncio na praça do mercado. As pessoas ficaram sentadas de cabeça baixa por um minuto mais ou menos depois que Mugo e Githua foram embora. Em seguida se levantaram e começaram a falar, se afastando em várias direções, como se a reunião tivesse acabado após a confissão de Mugo.

O sol empalidecera; as nuvens se acumulavam no céu. Nyamu, Warui, o general R. e alguns anciãos ficaram para completar o sacrifício antes da tempestade.

Karanja

Mas a chuva, quando caiu, mais tarde, não foi um toró. Chuviscava sem parar, sem variação de ritmo nem de volume. O tempo, era a impressão que dava, mergulharia numa dessas garoas penosas e infindáveis. Nesses dias o sol nunca dava bom-dia nem boa-noite. Sem relógio, era impossível adivinhar a hora.

Na cabana de sua mãe em Thabai, Karanja meteu algumas roupas numa sacola.

"Você não vai me deixar fazer um chá?", perguntou de novo a mãe. Ela estava sentada num banco perto da lareira, a perna direita dobrada, descansando numa pedra. Estava inclinada para a frente, de modo que o queixo e as mãos se apoiavam no joelho. Wairimu tinha um aspecto murcho, olhos fundos e mandíbulas proeminentes. Seus olhos agora observavam os movimentos silenciosos do filho na porta.

"Não", disse Karanja depois de uma pausa, como se as palavras lhe causassem dor.

"Está chovendo lá fora. Uma xícara de chá quente vai te aquecer por dentro — já que você falou que não vai passar a noite aqui."

"Eu já disse que não quero chá — ou qualquer outra coisa", retrucou ele com a voz alterada por uma irritação evidente. A irritação era dirigida menos a Wairimu do que à sacola que ele manipulava, à cabana cheia de fumaça, à garoa lá fora, à vida e às coisas em geral.

"Poxa, eu só estava falando", disse Wairimu numa voz retraída.

Nunca foi fácil decifrar a relação de Karanja com a mãe. Ela era a terceira das quatro mulheres que o pai de Karanja adquirira pagando um grande dote em cabras e gado. Ele as adquiriu, sim, mas depois as deixou entregues aos seus próprios recursos. Construiu sua cabana a uma milha de suas mulheres, mantendo equidistância entre as emoções e a ajuda que recebia de cada mulher e de seus filhos. Ele visitava uma mulher de cada vez, fazia um filho e depois se retirava para sua cabana. Os filhos de Wairimu morreram ao nascer; Karanja foi o único sobrevivente, a única prova viva das visitas surpresa de seu homem à sua cama. Wairimu esperara muito do filho. Esperara que ele fosse o homem a cuidar dela quando ficasse velha. Desde cedo, no entanto, Karanja demonstrara tendências que não pertenciam aos atributos normais de um filho trabalhador. Cantava, tocava violão e perseguia as mulheres.

"Você precisa parar de tocar esse negócio", Wairimu reclamava. "Precisa fazer um trabalho útil qualquer", costumava dizer com frequência, ameaçando quebrar ou queimar o violão. Muitas vezes brigavam. Mas, nos raros momentos em que filho e mãe ficavam próximos, ela lhe contava delicadamente uma história para ilustrar o destino do preguiçoso. Era isso que o fazia lembrar muitas vezes a mãe e, na hora da agonia, ter saudades dela.

"Uma vez, há muito tempo", começava ela, "havia uma pobre mulher que tinha um filho só. Njoki, pois esse era seu nome, queria que seu filho percebesse que eram pobres e só podiam ter o suficiente para comer se trabalhassem muito. Toda manhã o filho acordava, engraxava os sapatos e passava a roupa com cuidado e ia ter com seus colegas nas lojas e nas ruas. De noite voltava com uma turma de rapazes e garotas, e pedia comida à mãe. Njoki era uma mulher generosa, que gostava de ter jovens em casa. Ela lhes dava comida e lhes contava histórias. Mas todo dia ela ficava mais triste porque seu filho era incapaz de pegar uma jembe e um panga para ir ao shamba. Já que não queria constranger o filho, ela escondia sua tristeza quando havia gente em casa. Njoki era uma mulher de bom coração e as pessoas sempre louvavam sua generosidade e capacidade de trabalho. Isso agradava o filho, porque ele tinha realmente orgulho da mãe e das pessoas o chamarem de filho de Njoki.

"Um dia, ele trouxe para casa três amigos de uma aldeia distante. Já os visitara muitas vezes e sempre fora muito bem tratado, com abundância de comida e bebida. Ele, por sua vez, falava de sua casa e muitas vezes lhes prometera uma retribuição à altura se fossem alguma vez visitá-lo. Foi por isso que ele pediu à mãe que fizesse uma festa para eles. Njoki acendeu um bom fogo. Botou uma toalha limpa na mesa. Trouxe pratos e colheres e limpou-os com um pano. Depois voltou para a cozinha. O filho estava muito satisfeito, falava da mãe e a elogiava como cozinheira. Njoki voltou da cozinha com três pratos, e em cada prato havia um par de sapatos engraxados. Botou os pratos com os sapatos na mesa.

"'Sinto muito, mas hoje não fui ao shamba', ela disse. 'Passei o dia engraxando esses sapatos, e assim é só o que temos para comer.'

"Seu filho mal podia falar de vergonha. Na manhã seguinte pegou um panga e uma jembe e só deixou o campo ao pôr do sol."

"Ah, isso é para mim", Karanja dizia. "Está bem, amanhã vou ao shamba com você."

Durante a Emergência, Wairimu desaprovava o filho por ter se tornado um guarda e um chefe, e dizia:

"Não reme contra o povo. O homem que ignora a voz do próprio povo não acaba bem."

Apesar de ter vergonha de suas atividades, ela o apoiava, pois, como dizia, jamais se rejeitava um filho nascido do próprio ventre.

Karanja acabou de arrumar as coisas na sacola. Então, como se estivesse disposto a esclarecer uma cisma, voltou-se para a mãe.

"Meu violão ainda está aí?"

"Procure na pilha do canto."

Karanja esquecera o instrumento até aquele momento. Durante a Emergência, parara de tocar inteiramente. Ele procurou entre uma pilha de potes quebrados e cabaças até pescar o instrumento no fundo dela. A madeira estava rachada, coberta de poeira e fuligem, e cheirava a fumaça. As cordas estavam soltas, e duas quebradas. Tentou limpar a camada de poeira e fuligem, então desistiu do empreendimento. Prendeu uma ou duas cordas soltas. Arranhou um pouco as cordas; o instrumento produziu um ruído ribombante enquanto a poeira caía na boca do violão. Ele andou até a porta. Fora, ainda garoava.

"Aonde você vai na chuva?", perguntou Wairimu. Karanja parou na porta como se estivesse espantado com a pergunta. Virou-se devagar; seus olhos baços piscaram ligeiramente, o peito se estufou. Ia dizer alguma coisa quando um pouquinho de fumaça entrou nos seus olhos; tossiu e se pôs de lado. As lágrimas brilhavam em seus olhos. O momento passara.

"Eu não sei", disse. "Vou voltar para Githima", continuou, decidido. Saiu, com a sacola e o violão pendurados no ombro. Wairimu não abandonou sua posição, encolhida junto à lareira.

O chuvisco tamborilava no violão e na sacola. Ele caminhou até o ponto de ônibus no centro comercial de Thabai, através da névoa cinzenta, sem olhar nem para a direita nem para a esquerda. Chegou um ônibus ao ponto, deixou passageiros e depois foi embora. Karanja andava com o passo certo de quem não tinha pressa de chegar ao destino. Viu Mumbi (ela devia ter saído daquele ônibus) atravessar a rua até a aldeia, protegendo a cabeça da garoa com um Gikoi. Seu coração bateu de repente, e ele se recuperou de uma quase paralisia e acelerou à vista de Mumbi. Apanhada no meio da garoa e da névoa, ela parecia mais bonita do que nunca.

Mas como poderia esquecer a preocupação profunda no seu rosto quando ela se inclinou sobre Gikonyo, depois da queda? Aquilo jogara Karanja de volta à dor e ao desespero. Se ela tivesse ao menos olhado para ele. Mas parecera ignorar sua existência.

Mesmo assim, o coração de Karanja batia. Mumbi não o viu até chegar muito perto. Deu um grito de surpresa.

"Como está Gikonyo?", perguntou ele, sem pensar muito na pergunta. Supôs que ela fora ao hospital, porque não a vira na cerimônia.

"Está bem. As enfermeiras me disseram que deve receber alta em breve."

"Procurei por você na cerimônia. Queria te ver. Queria agradecer o bilhete."

"Não foi nada. Não me custou esforço algum. De qualquer maneira, você o ignorou."

"Eu não sabia de que tratava o aviso. Pensei que você quisesse me ver."

"Não."

"Nunca?"

"Nunca mais." Falavam apressados por causa da garoa.

"Mesmo assim, obrigado", ele disse depois de uma pequena pausa. "Eles estavam querendo me matar?"

"Não sei."

"Eu sei. Mwaura me contou."

"Quem é Mwaura?"

"Trabalha comigo. Quando Mugo veio à cerimônia..."

"Mugo, na cerimônia?"

"Sim. E confessou..."

"Confessou?"

"Você não soube? Ele veio à cerimônia e foi na frente de todos nós. Parece um sujeito corajoso."

"Sim!", concordou ela, se recuperando do susto, começando a se distanciar de Karanja. "Está chovendo. Preciso ir para casa", disse.

"Será que eu não posso... não posso ver a criança... pela última vez?"

"Será que você não pode ser homem e me deixar em paz, Karanja?", ela disse com paixão, dando-lhe as costas imediatamente. Karanja observou-a ir embora até ser engolida pela névoa e as cabanas da aldeia.

"Sim, senhor. Ele é um homem corajoso", repetiu ele na direção dela. "Chegou a salvar minha vida: para quê?"

Karanja recomeçou a andar. Sua cabeça e sua roupa estavam ensopadas. Chegaram dois ônibus, um depois do outro. Na frente veio FOI POR POUCO, seguido de perto por SUJEITO DE SORTE.

"Nairóbi?", perguntou um cobrador, já pegando sua bagagem.

"Githima!", disse ele, segurando a bagagem com mais firmeza.

"Então leve a bagagem para dentro, depressa." Mesmo antes de Karanja arranjar um assento, o garoto já tinha assobiado e FOI POR POUCO começara a andar. Então SUJEITO DE SORTE, que vinha atrás, ultrapassou-o. Os dois ônibus apostavam corrida para pegar passageiros no próximo ponto.

"Pé na tábua e vamos nessa", dizia o cobrador incitando o motorista. Cada ônibus queria chegar primeiro a Nairóbi, por causa das pessoas que voltavam para casa depois das comemorações da Uhuru na cidade.

Dentro de pouco tempo o ônibus chegava ao ponto de Githima. Karanja desceu e o ônibus prosseguiu, cerca de meia milha atrás do rival. Karanja entrou no restaurante de beira de estrada. O lugar estava entupido de gente que se protegia da chuva. Colocou o violão e a sacola contra a parede, num canto, e sentou numa pequena mesa vazia. Quando o garçom chegou, Karanja pediu chá e chapati com ensopado de carne. Descansou a cabeça entre as mãos, com os cotovelos na mesa, e olhou o vazio. As moscas se amontoavam nas rachaduras da mesa cheias do melado grosso de açúcar escuro, óleo, pedaços de carne e batatas podres. Chegou a comida e o cheiro do ensopado fumegante o fez querer vomitar. Afastou-o para o lado. Depois sorveu um pouco de chá. Olhou de novo para a mesa, sem notar as moscas ou o depósito nas rachaduras. Na porta, as pessoas conversavam sobre a Uhuru, Jomo e a chuva. Na sua mente Karanja revolvia a confusão dos acontecimentos do dia, ora focando um, ora outro, qualquer coisa que lhes desse algum tipo de coerência.

Lembrava-se vagamente do pesadelo pelo qual passara durante a reunião quando o general R. intimou o traidor a ir ao palanque. Mwaura estava sentado ao lado de Karanja. O tenente Koina, a poucos metros. Os dois olharam de soslaio um para o outro e depois para Karanja. Foi então que ele percebeu que as palavras do general R. eram dirigidas a ele, e ligou-as diretamente ao aviso de Mumbi. Se ele andasse até o palanque, as pessoas o destroçariam com as unhas. Viu uma imagem passageira de todas aquelas mãos arrancando sua carne. Não era o que ele temera quando Thompson foi embora? Temia o poder negro: temia esses homens que haviam expulsado os Thompson e o ameaçaram. Pensou em se levantar e negar qualquer culpa pela captura de Kihika. Mas o medo o deixou pregado ao chão. Então aquele sujeito, Mugo, surgira com a confissão que inocentava Karanja. Mwaura virou-se para Karanja, com um olhar tenso de malícia. "Ele te salvou", disse, se afastando depressa.

Relembrando isso, Karanja tremeu involuntariamente ao pensar no que teria acontecido se Mugo não tivesse chegado a tempo. Quando menino, Karanja viu uma vez uns cachorros despedaçarem um coelho. Desmembraram o animal e cada cachorro correu com seu pedaço sanguinolento. Karanja viu-se agora como aquele coelho. Mas por que tenho medo de morrer?, perguntou-se, lembrando os muitos terroristas que ele e outros guardas, liderados por seus oficiais brancos, haviam matado a tiros. Na época, de certo modo, não sentira culpa. Quando atirava neles, pareciam mais animais do que seres humanos. De início isso entusiasmara Karanja, fazendo-o se sentir um novo homem, detentor de um poder invisível cujo símbolo era o homem branco. Mais tarde, essa consciência do poder, essa capacidade de dispor da vida humana meramente puxando o gatilho, obcecou-o tanto que se tornou uma necessidade. Agora, esse poder deixara de existir. E Mumbi acabara de rejeitá-lo. Para que, então, Mugo salvara Karanja? Sorveu outro gole de chá. Esfriara, e ele o colocou de lado. A vida estava vazia como a escuridão e a névoa que engolfavam a terra. Ele pagou pela refeição que não comera, pegou a sacola e o violão e caminhou até a porta.

"Ei", o garçom chamou-o de volta, "ei, você esqueceu o troco."

Karanja se virou, pegou o dinheiro e, sem contar, saiu. E ela nem sequer me deixa ver a criança, pensou com tristeza, ao tomar a estrada para Githima. Por que quis ver a criança hoje? Nunca tivera esse desejo antes. Um carro passou correndo e por pouco não o pegou. Ele se pôs de lado, mais perto ainda da margem, quase roçando na cerca de arbustos, sem ter consciência de seu gesto. Thompson se foi, perdi Mumbi. Sua mente saltava de imagem em imagem, sem seguir nenhuma ordem coerente. Acontecimentos de sua vida surgiam e desapareciam. E se Kihika estivesse vivo e aparecesse para ele agora, na estrada? Karanja se assustou, com medo da cerca viva e da escuridão. A chuva havia amainado, vindo agora em pancadas finas e irregulares. As roupas de Karanja estavam coladas ao corpo. Ele fora ver Kihika pendurado na árvore. Dera ouvidos ao seu coração, porque a gente tem pena ou sente tristeza por um amigo que se perde. Mas ao contrário, ele só sentiu repugnância; o corpo era horroroso; os lábios secos, onde algumas moscas brincavam, eram feios. O que é a liberdade?, Karanja se perguntara. A morte era como a liberdade? Ir para a detenção era a liberdade? Qualquer separação de Mumbi era a liberdade? Logo depois ele confessou o juramento e ingressou na guarda para salvar a própria vida. Em seu primeiro serviço ele usava um capuz. O capuz — um saco branco — cobria todo o corpo, menos os olhos. Durante as operações de triagem, as pessoas passavam em fila diante do homem encapuzado. Por um aceno de cabeça, o encapuzado apontava os envolvidos com os Mau Mau.

Foi sua personalidade encapuzada que Karanja viu agora nitidamente à sua frente, no escuro. Ele quase podia tocar as aberturas através das quais o encapuzado via o mundo. Estão só na sua cabeça, reassegurou-se. Ele agora estava perto do cruzamento ferroviário. Ouviu o troar de um trem à distância. Lembrou-se da corrida até o trem. O troar se tornava cada vez mais perto e alto. Um dia levaram umas pessoas das aldeias ao posto de Rung'ei, para passar por uma triagem. Um a um, passaram por ele, e Karanja, encapuzado, reconheceu muita gente e sabia, com prazer, que ninguém podia vê-lo. A cena mudou para a comemoração da tarde. "Ele parece ser um homem de coragem", pensou. E ela concordara. A imagem de Mugo no palanque, como um fantasma, surgiu diante de si, se fundindo com a do encapuzado. Karanja estava perto do cruzamento, contemplando os muitos olhos que haviam observado Mugo na comemoração. O trem estava agora tão perto que ele podia ouvir as rodas rangendo nos trilhos. Sentiu o ranger na própria carne, como naquela vez na estação de Rung'ei. Tinha consciência também de muitos olhares raivosos a contemplá-lo no escuro. O trem estava apenas a poucos metros do cruzamento. Ele deu um passo à frente. Então o trem passou chispando, as luzes, a máquina, os vagões, tão perto que o vento empurrou-o para trás. A terra onde ele estava tremeu. Quando o trem sumiu, o silêncio em torno se aprofundou; a noite parecia ter ficado mais escura.

Mugo

Mumbi queria andar e correr, e abandonar seu corpo à garoa, tudo ao mesmo tempo. Ela trotava, ofegante sob a pressão de um fardo do qual não conseguia se livrar. A notícia da confissão de Mugo acabou sendo mais uma coisa que veio se somar aos eventos da tarde que, para ela, fora muito difícil. No Hospital Timoro Gikonyo não dera uma palavra, nem sinal de reconhecer sua presença. "Ele acha que o estou subornando para me aceitar de volta", refletiu ela penosamente, ao ver que ele fechava os olhos e virava a cabeça para o outro lado, fingindo dormir, quando ela se aproximava. "Mas eu não vou voltar para sua casa, nem que ele se ajoelhe diante de mim", resolvera. Ao chegar em casa ensopada, Mumbi encontrou Mbugua e Wanjiku descansando perto do fogo, em silêncio; a criança dormia no chão. O calor da cabana era um contraste bem-vindo à lama, à névoa e às pancadas da chuva lá fora. Mumbi trocou de roupa sem dar uma palavra, com um esforço penoso de seus membros.

"Como está ele?" Wanjiku se aproximou, com cautela, depois que Mumbi sentara.

"Eu não vou visitá-lo de novo", explodiu ela, num tom de voz que incluía seu pai e sua mãe, em coisas que a frustravam constantemente na busca de paz entre potes quebrados e ruínas. "Nem se eu ouvir dizer que ele está morrendo."

"Ande na estrada com cautela", retrucou Wanjiku, com palavras repletas de sarcasmo. "Essas palavras não devem ser ditas na casa dele. Lembre que ele será sempre seu marido, a não ser que exija a devolução do dote."

"Meu marido? Nunca."

"Sssh!"

Aos poucos Wanjiku conseguiu amainar seu ânimo, e Mumbi concordou em cuidar de Gikonyo durante o tempo em que ele estivesse no hospital.

"Um homem doente jamais deve ser abandonado num hospital. A gente muitas vezes resgata do perigo até o inimigo. Além do mais, você não precisa ir sozinha ao Timoro. Você tem Wangari, mulher inigualável em qualquer situação, por ser prestativa e ter um coração caloroso."

Mumbi se sentiu útil de novo. Ouviu Wanjiku contar em detalhe sobre Mugo e a comemoração. Mbugua continuou a cabecear junto ao fogo, um velho que nessa época mal falava, a não ser quando Kariuka voltava para casa durante as férias. Mumbi ouviu a história e sentiu que devia fazer algo. Mas o quê?, perguntou-se, uma questão que ela sabia que ninguém podia responder por ela. O fogo a deixava sonolenta. Foi tomada por uma exaustão; o cansaço tomou conta de seus membros, ombros, cabeça e coração, aninhando-se em cada junta. Ela ansiava por se enrodilhar contra sua mãe idosa e ser consolada. O que posso fazer?, perguntou-se de novo. Ouvindo o barulho abafado da chuva caindo no telhado de capim trançado, ela se abandonou ao cansaço que a possuía, como forma de escapar da necessidade de agir. Mumbi permaneceu no seu assento, com o corpo e o espírito passivos diante de uma calamidade que ela sentia com os olhos e ouvidos. "Verei Mugo amanhã. Além do mais, ele estava presente e por isso sabe", persuadiu-se na cama, no chão, ao lado do filho. "A noite está escura e chuvosa."

Ela e Wangari acordaram cedo e foram juntas ao hospital. Gikonyo estava sentado no leito. Seu braço fora engessado.

Elas lhe contaram sobre a comemoração e a grande confissão de Mugo. Ele ouviu a história com a cabeça ligeiramente inclinada.

Wangari e Mumbi viram Gikonyo tremer, de modo que as cobertas sacudiam.

"Qual é o problema?", sua mãe perguntou, pensando que fosse dor no braço. Gikonyo pareceu não ter ouvido.

Fitou a parede oposta, alguma coisa além do hospital. Depois do que lhes pareceu um longo silêncio, Gikonyo olhou para as duas mulheres. Estava mais composto. Seu rosto duro mudara, quase abrandara. A careta sumira. Sua voz, quando falou, era baixa, espantada, quase tingida de vergonha. "Ele era um sujeito corajoso por dentro", disse. "Foi objeto de muitas homenagens, cumulado de louvores. Poderia ter se tornado um chefe. Aponte outra pessoa que teria exposto sua alma a todos aqueles olhares." Fez uma pausa e deixou que seu olhar se detivesse em Mumbi. Em seguida o desviou e disse: "Lembrem-se de que poucas pessoas naquela reunião são dignas de levantar uma pedra contra esse homem. A não ser que eu — a gente — também abra nossos corações para que o mundo os veja".

Ao ouvi-lo falar assim, Mumbi se sentiu levada às nuvens e depois puxada de volta à terra por um tremendo medo. "Eu devia ter ido vê-lo antes de vir aqui", pensou.

Assim que voltou para Thabai, Mumbi correu para a cabana de Mugo e empurrou a porta. Tudo estava arrumado do mesmo modo como quando ela partira na noite anterior. O fogo obviamente não fora aceso por um dia ou dois. A cama não estava arrumada. Um cobertor gasto cheio de cerdas expostas pendia até o chão. Mumbi fechou a porta e correu para procurar o general R. na sua cabana. Encontrou-a trancada. "Está certo, voltarei de noite."

De noite ela voltou e não viu luz na cabana de Mugo. Foi avançando às apalpadelas no escuro e então, com medo, chamou: "Mugo". Não houve resposta. "Para onde foi ele? Para onde foi todo mundo?" Ela olhou em volta, recuando até a porta. Queria uma testemunha, qualquer testemunha, que contradissesse as respostas que irrompiam dentro dela — como incontáveis ecos que devolviam aos gritos suas palavras e temores, no escuro. Ela fechou a porta, com mais medo ainda, e correu por todo o caminho, através da garoa, por trilhas escorregadias, até a casa de seus pais.

Embora sem ter consciência do fato, Mumbi reencenara o mesmo movimento que fizera na noite em que se afastara de Mugo. Só que então havia luz na cabana e Mugo fora capaz de ver o que ele interpretou como desprezo e horror no rosto dela. Ele permaneceu em pé, fitando longamente o assento que ela acabara de abandonar. Depois fechou a porta, apagou a luz e foi para a cama. Lá ficou deitado, ciente de que acabara de perder alguma coisa. Muitas vezes o desprezo na cara de Mumbi surgia como um lampejo rompendo a escuridão, e um tremor incontrolável o dominava. Por que era importante agora, naquela noite, o que Mumbi pensasse dele? Ela estivera tão próxima. Podia ver sua face e sentir seu hálito morno. Ela sentara ali, e falara com ele e lhe dera uma visão de um novo mundo. Confiara nele e lhe fizera confidências. Essa simples confiança o obrigara a contar a verdade. Ela se encolhera e fugira. Ele perdera sua confiança para sempre. Para ela, agora — assim ele raciocinava, via e sentia —, ele era alguém desprezível e sujo.

E então de repente ele ouviu o pessoal da aldeia em volta de sua cabana cantando cantigas da Uhuru. Até as palavras de louvor transmitiam-lhe uma aguda ironia. O que fizera para a aldeia? O que fizera para qualquer pessoa? No entanto ele agora percebia essa confiança imerecida sob uma nova luz, como a coisa mais doce do mundo. Mumbi vai contar a eles, pensou. Ele viu desprezo e horror não só na cara de Mumbi, mas em todas as pessoas da aldeia. A imagem, nítida em sua cabeça, o fez se enroscar de medo.

Naquela noite ele mal fechou os olhos. A imagem de Mumbi se fundiu com a da aldeia e dos campos de detenção. Ele olhava para Mumbi e ela imediatamente se transformava em sua tia ou na velha.

Acordou cedo e estranhamente calmo. Permaneceu calmo. Ficou calmo a manhã inteira. As imagens torturantes da noite anterior haviam passado. Isso o surpreendeu; como podia se sentir calmo sabendo o que ia fazer?

Mesmo assim, quando o momento chegou, e ele viu a grande multidão, surgiram dúvidas que acabaram com sua calma. Encontrou o general R. falando e se lembrou de Karanja. Por que não deveria deixar que Karanja arcasse com a culpa?

Ele afastou a tentação e se levantou. De que outro modo poderia encarar Mumbi novamente? Seu coração batia forte, sentia as mãos suarem enquanto caminhava entre a grande multidão. Suas mãos tremiam, suas pernas bambeavam. Na sua cabeça, estava tudo claro e resolvido. Ele ia ficar ali e assumir o crime publicamente. Fixou-se nessa visão. Nada, nem mesmo a gritaria, as cantigas e os louvores o desviariam do objetivo. Foi a clareza da visão que lhe deu coragem quando se pôs diante do microfone e do súbito silêncio. Tão logo as primeiras palavras saíram, Mugo se sentiu leve. Tirara um peso de muitos anos dos ombros. Estava livre, seguro, confiante.

Só por um minuto.

Mal acabara de falar quando o silêncio em volta, a leveza interna e a súbita liberdade fizeram grande pressão sobre ele. Sua visão ficou turva nas bordas. O pânico o dominou ao descer do palanque e caminhar entre as pessoas, agora caladas. Ele tinha consciência de si mesmo, de cada passo que dava, das imagens que corriam e giravam na sua cabeça em torno de um eixo constante: então ele era responsável por qualquer coisa que fizera no passado, por qualquer coisa que faria no futuro. Essa consciência lhe dava medo. Nada o obrigaria agora, nesse minuto, a voltar àquele lugar. Imagine se todas aquelas pessoas tivessem se levantado e cravado as unhas e os dentes no seu corpo?

Na sua cabeça o pensamento virou fato. Ele não entrou na sua cabana. Ouviu a risada de Githua e se sentiu perseguido. Não queria morrer, queria viver. Mumbi o fizera ter consciência de uma perda que também era uma possibilidade. Demorou-se do lado de fora da cabana e observou atentamente ao redor, a aldeia, o centro comercial de Kabui e a estrada que seguia adiante. Depois que acordassem, as pessoas viriam pegá-lo? Ele viu as nuvens que se acumulavam no céu. Talvez devesse fugir da aldeia antes de a chuva cair. Começou a andar em direção à estrada. Avançou alguns metros e então pensou que podia encontrar gente vindo de Rung'ei. Ele iria por outro caminho, por dentro da aldeia, pegando a outra estrada para Nairóbi. Lá, começaria uma vida nova.

Convicto dessa resolução, caminhou depressa pela rua principal da aldeia, que ele sempre tomara a caminho do shamba. Mas as pessoas da reunião já haviam começado a se dirigir para lá. As ruas e cabanas em breve estariam apinhadas, e ele não escaparia. Apressou o passo. Agora se defrontava com a cabana que pertencia à velha. Uma emoção ardeu dentro de si. Sentiu um desejo incontrolável de entrar na cabana, de ver a velha pela última vez. Mas resolveu seguir adiante antes de a chuva e a noite caírem.

Os primeiros pingos, no entanto, o pegaram antes de ele ter avançado poucos passos. Era melhor se abrigar, pensou. Se a velha estivesse lá, será que não podia dar um jeito de escondê-lo até a hora da escuridão, quando poderia escapar às escondidas? Voltou atrás em seus passos, atravessou a rua e, reprimindo uma voz alta que o instava a ir embora imediatamente, entrou na cabana. A velha estava sentada perto da lareira vazia, com os pés mergulhados nas cinzas. Quando ele entrou, ela levantou devagar a cabeça. Na penumbra da cabana seus olhos tinham um estranho brilho.

"Você — você voltou!", ela disse, com o rosto contorcido num sorriso meio congelado, que não era deste mundo.

"Sim", disse ele, com o corpo ardendo de desejo de escapar, que ele novamente reprimiu.

"Eu sabia que você viria, eu sabia que você viria me buscar e me levar para casa", ela parecia grotesca na sua alegria. Tentou se levantar e cambaleou de volta ao assento. Lentamente se levantou de novo.

"Durante todos esses anos esperei por você — eu sabia que eles não tinham realmente te matado — essa gente, você sabia que eles não acreditaram quando eu disse a eles, quando eu digo a eles que tenho visto você?"

Ela andou na sua direção. Mas Mugo não ouvia seus murmúrios loucos. Porque de repente o rosto dela mudara. Mugo olhou dentro dos olhos de sua tia. Um novo ódio o moveu. A vida era apenas uma repetição constante do que acontecera ontem e anteontem. Só que dessa vez ela não ia escapar. Ele suprimiria aquele sorriso escorregadio, aquele brilho desdenhoso no seu olhar. Mas, antes que pudesse agir, a mulher cambaleou de volta ao assento. O sorriso ainda perdurava em seu rosto. Ela não se mexeu nem fez o menor gesto. E de repente ele soube: a única pessoa que jamais exigiria a presença dele estava morta. Ele enterrou o rosto nas mãos e assim ficou por alguns segundos.

A seguir, fechou a porta e saiu para a garoa. Não prosseguiu com seus planos anteriores. Ao contrário, voltou para sua cabana. Ali acendeu o lampião a óleo e sentou na cama. Não tirou as roupas molhadas. Fitou a parede oposta. Não havia nada nas paredes: nem visões de sangue, de passos galopantes atrás dele, nem de campos de detenção, e Mumbi parecia algo de um passado distante. Vez por outra ele batia na barra da cama, quase com irritação. A água pingava de seu cabelo, descia pelo rosto e pelo pescoço em filetes descontínuos; pingava também de seu casaco, em linhas irregulares pelas pernas até o chão. Uma gota ficou presa nos cílios direitos e a luz do lampião se repartiu em pequeninos feixes. Então a gota entrou no olho, se dissolveu ali dentro e escorreu pelo rosto como uma lágrima.

Ele não esfregou o olho nem fez nada.

Houve uma batida na porta. Mugo não atendeu.

A porta se abriu e entrou o general R., seguido do tenente Koina.

"Estou pronto", disse Mugo, levantando-se sem olhar para os visitantes.

"O julgamento será hoje à noite", pronunciou gravemente o general R. "Wambui será o juiz. Koina e eu seremos os únicos anciãos presentes à audiência."

Mugo não disse nada.

"Apenas seus atos bastarão para condená-lo", continuou o general R., sem ódio nem amargura aparentes. "Nem você — nem ninguém jamais escapa dos próprios atos."

O general R. e o tenente Koina o levaram da cabana.

Warui, Wambui

Warui olhou para fora, evitando o vazio embotado do olhar de Wambui.

"Isso continua há dois dias, essa garoa", comentou, impelido a dizer alguma coisa por causa do mal-estar que sentia na cabana de Wambui. Estava sentado, aconchegado perto da porta, com as mãos e os pés enterrados na coberta; seu pescoço marcado por rugas circulares e a cabeça grisalha eram as únicas partes descobertas de seu corpo. Wambui, acocorada diante dele, fazia seu olhar vazio descansar de vez em quando sobre ele, antes de desviá-lo para a névoa e a chuva lá fora.

"Esse tipo de garoa pode durar muitos dias", disse ela com uma voz inexpressiva. Ambos recaíram no silêncio, criando uma imagem de crianças desoladas para quem a vida perdera o calor, a cor e a animação. Não havia fogo na lareira. Pedaços de casca de batata, casca de milho e capim jaziam espalhados no chão como se a cabana não tivesse sido habitada durante um ou dois dias. Em outras circunstâncias, isso teria espantado Warui ou qualquer outra visita, porque a cabana de Wambui era das mais limpas da aldeia. Ela varria o chão pelo menos duas vezes por dia e limpava os utensílios logo depois de usá-los. Na cabana, cada utensílio, cada pedaço de equipamento tinham seu próprio lugar em vários armários abertos ao longo das paredes. Quanto às paredes de barro, eram caiadas com cal que ela comprava de Weru, e ela as vistoriava frequentemente para ver se havia rachaduras, e se houvesse, eram remendadas imediatamente, e as áreas gastas, restauradas. "Um homem não possui nenhum outro canto senão aquele em que descansa a cabeça", era a resposta misteriosa aos muitos elogios à sua limpeza. Warui não a via desde o dia do grande sacrifício.

Durante os últimos dois dias o pessoal de Thabai tinha ficado recolhido, evitando por decisão unânime discussões públicas sobre os acontecimentos no dia da Uhuru. Havia coisas que deixavam Warui perplexo, problemas cuja solução ele buscava inutilmente no seu coração. Não conseguindo, viera ter com Wambui. No entanto, agora conversavam como se não soubessem o que o outro falava, como se tivessem vergonha de determinados assuntos na presença do outro.

"Talvez tenha sido o frio que a matou", ele fez outra tentativa.

"Quem?"

"A velha."

"Si-im!", disse ela de modo irrelevante, dando um suspiro. "Todos nos esquecemos dela naquele dia. Não devíamos ter deixado ela sozinha. Era velha. A solidão a matou."

"Por que justo naquele dia, eu não paro de me perguntar. Ela estava acostumada a viver sozinha, não estava?"

"Mas então havia vida em torno dela. A fumaça e a algazarra das crianças. Naquele dia, todos nós fomos à reunião. Todos. Não havia fumaça em lugar algum, nem gritos nem risos das crianças na rua. A aldeia ficou vazia." Ela falava como se estivesse construindo uma tese num debate.

"Mas por que naquele dia?" Warui continuava em dúvida. Ele, também, parecia imerso num debate, no seu coração.

"Ela era solitária, você entende? O filho dela veio vê-la. Gitogo a levou para casa naquele dia", ela terminou de dizer com uma irritação impaciente.

"Sim. As coisas começaram a mudar na nossa aldeia no dia em que ela começou a ter visões dos mortos."

Wambui olhou para ele. Dessa vez não disse nada.

"E que dia", continuou Warui. "Que dia! Primeiro Gikonyo quebra o braço." Ele parou inesperadamente e se virou para Wambui. Ela estava observando as pancadas de chuva lá fora, indiferente às suas palavras ou aos problemas no seu coração. Ao olhar na mesma direção, viu Mumbi surgir de repente do nevoeiro, a alguns metros da porta. Mumbi entrou na cabana com os pés molhados, enlameada. Pingava água do saco com o qual cobria a cabeça e as costas. Ela o tirou e o sacudiu um pouco antes de pendurá-lo num cabide. Wambui lhe deu um assento perto da porta.

"Está frio", disse Mumbi se controlando, fazendo um barulho sibilante ao sugar o ar entre os dentes fechados. "Eu não estou com sorte hoje. Minha mãe ainda não acendeu o fogo em casa, por isso corri até aqui porque vocês sempre têm um fogo aceso. Olhem só o que encontrei."

"Você foi hoje ao hospital?", perguntou Wambui.

"Sim, estive lá com minha sogra. Vou todo dia."

"Como está o braço dele?"

"Não chegou a quebrar, foi só uma fissura. Terá alta em breve."

"Alguma coisa deu errado...", Warui recomeçou, seguindo lentamente os próprios pensamentos. "Todo mundo foi embora. E um minuto antes o campo estava totalmente coberto de gente, como nos dias de Harry, sabe, durante a procissão. Depois, num piscar de olhos, todos tinham ido embora. O campo ficou tão vazio. Só restaram quatro (ou cinco?). Matamos os carneiros — e rezamos para a nossa aldeia. Mas foi como água quente na boca de um homem com sede. Não foi aquilo pelo qual eu esperara todos esses anos."

"Você está dizendo isso, mas foi o mesmo para mim, para todo mundo. Eu jamais teria desconfiado de que foi ele... esse Mugo, quem fez aquilo." Fazendo um esforço, Wambui mencionara o próprio nome que ela e Wambui vinham evitando. Mumbi não disse nada durante certo tempo.

"Ele não foi encontrado", disse Mumbi finalmente, num tom de voz alterado.

"Ninguém o viu desde aquele dia", respondeu Warui, como se Mumbi tivesse feito uma pergunta.

"Talvez ele tenha se trancado dentro da cabana", disse Wambui.

"Eu fui lá na noite passada. A porta não estava fechada, nem trancada por dentro. Não encontrei ninguém."

"Talvez ele tenha abandonado a aldeia", observou Warui.

"Ou talvez ele estivesse no banheiro quando você entrou."

"Mas voltei à cabana essa manhã antes de ir ao hospital."

Uma pequena brisa soprou a garoa na cara deles. Wambui enxugou a água no rosto com as costas da mão. Warui inclinou a cabeça e esfregou o rosto com a coberta. Mumbi se inclinou para trás, como se fosse empurrar seu assento também para trás, mas não fez nada. Todos permaneceram nos mesmos lugares perto da porta.

"Talvez eu pudesse tê-lo salvado. Talvez eu pudesse ter entrado na cabana naquela noite", lamentou Mumbi.

"De quem você está falando?", Wambui perguntou rapidamente, desviando o olhar de Mumbi.

"Mugo."

"Não havia nada a ser feito", disse Wambui lentamente. "Está me ouvindo? Ninguém poderia tê-lo salvado... porque... não havia nada a salvar."

"Mas você não viu a cara dele, Wambui, você não o viu", disse Mumbi, numa voz acalorada. Em seguida ela baixou o tom e continuou. "Quero dizer, na noite antes da comemoração. Quando você me mandou vê-lo — a cara dele mudou como se ele tivesse uma dor aguda no coração — quero dizer, a cara dele estava diferente ao me contar sobre—"

"O quê?", Wambui e Warui perguntaram juntos. Essa novidade pareceu ter despertado o interesse deles.

"Sobre Kihika, meu irmão."

"Você sabia?"

"Sabia. Ele me contou."

"Talvez você devesse ter nos contado antes da reunião", disse Wambui de modo acusatório, e perdeu o interesse na notícia.

"Eu não queria que nada acontecesse. Eu nunca pensei que ele fosse mais tarde à comemoração."

"Isso é verdade", concordou Warui e retomou seus pensamentos numa voz perplexa e quase decepcionada. "Eu fui enganado pelo seu olhar. Mas eu me pergunto: por que ele fez aquilo tudo na trincheira e na detenção?"

Mumbi foi a primeira a se recuperar desse estado de espírito introspectivo. Ela disse:

"Preciso ir agora. Tenho certeza de que já há fogo em casa. Talvez a gente não deva se preocupar tanto com a comemoração... nem... com Mugo. Precisamos viver."

"Sim, temos a aldeia para construir", concordou Warui.

"E amanhã o mercado, e capinar e cultivar os campos para a próxima estação", observou Wambui, procurando enxergar além da garoa e da névoa.

"E cuidar das crianças", terminou Mumbi ao se levantar e pegar seu saco de proteção contra a chuva, para ir embora. Então ela se virou e olhou para os dois idosos, como se estivesse vendo a própria sabedoria anciã, capaz de revelar aos jovens os segredos da vida e da felicidade.

"Algum de vocês viu o general R. na noite da comemoração?"

Wambui olhou para ela com medo, assustada. Warui foi o primeiro a responder, sem desviar os olhos da chuva.

"Não o vi desde que ele falou na comemoração."

"Nem eu", Wambui também disse, num tom que a isentava de qualquer responsabilidade caso houvesse um possível inquérito policial.

Mumbi saiu. Logo Warui partiu também, ainda murmurando para si mesmo: "Algo deu errado. Fui enganado pelo seu olhar, por aqueles olhos. Talvez, por estar ficando velho, eu esteja perdendo a vista".

Wambui continuou sentada, contemplando a garoa e a névoa cinzenta por alguns minutos. O crepúsculo tomava conta da cabana. Wambui estava perdida na dura consciência de um terrível anticlímax às suas atividades de luta libertária. Talvez não devêssemos tê-lo posto à prova, murmurou. Então se sacudiu, tentando trazer seus pensamentos para o presente. Preciso acender o fogo. Primeiro preciso varrer a sala. Como a sujeira consegue se acumular tão depressa numa cabana limpa! Mas não se levantou para fazer coisa alguma.

Harambee

Wamumu foi o último dos campos de detenção de Gikonyo. Foi mantido lá por um ano. Os detentos desse campo trabalhavam num novo projeto de irrigação na baixada de Mweya, em Embu. Estavam convertendo a baixada seca em campos para o cultivo de arroz. Ao cavar os canais, Gikonyo olhava muitas vezes além dos campos da baixada e via as serranias de Mbere e Nyambeni, que dividiam Embu de Ukambani. Ele sabia que a terra mais além pertencia a Wakamba. No entanto, Gikonyo sempre imaginava sua casa e Mumbi como estando atrás desses morros.

Numa manhã clara ele viu Kerinyaga, cujo cume coberto de neve, tocando praticamente o céu no horizonte distante, o levou às lagrimas. Não que ele tivesse uma sensibilidade especial em relação às paisagens. Mas a visão da montanha lendária, com sua cabeça enfiada na névoa, de algum modo o sensibilizou.

A experiência era agora nítida para Gikonyo enquanto convalescia no hospital de Timoro. O cheiro de remédio do hospital o fazia lembrar o manguezal meio podre ao longo do rio Tana. Foi em Mweya, no mesmo dia, que ele pensou seriamente de novo em fazer um banco de madeira, um presente de casamento para Mumbi. A ideia foi aos poucos tomando forma concreta enquanto ele trabalhava no meio do manguezal e da terra lamacenta. Ele faria o banco de um tronco de muiri, uma madeira de lei que dava em torno de Kerinyaga e das montanhas Nyandarwa. O assento descansaria sobre três pernas curvas, talhadas com três figuras de rostos severos, suando sob um fardo. O assento teria um padrão de contas, representando um rio e um canal. Uma jembe ou uma pá descansariam ao lado do canal. Dias depois Gikonyo ainda pensava nos entalhes. Os rostos dos homens não paravam de mudar; ele alterava a posição de seus ombros, mãos ou cabeças. Como poderia representar um rio por meio de contas? Não deveria substituir uma jembe por um panga? Ficou refletindo sobre pequenos detalhes e isso manteve sua mente e seu coração afastados do cansaço físico. Esperava trabalhar no banco tão logo deixasse a detenção.

Deitado no hospital, Gikonyo foi novamente dominado pelo desejo de fazer o banco. Já estava em Timoro havia quatro dias. Nos últimos três ele pensara em Mugo e na confissão. Será que ele, Gikonyo, teria a mesma coragem para contar às pessoas sobre os passos na calçada? De noite ele recapitulava sua vida e suas experiências nos sete campos de detenção. O que exatamente esses anos todos tinham lhe trazido? A cada pensamento, a culpa o aguilhoava. Faltara-lhe coragem, ele confessara o juramento, ao contrário do que havia prometido. Que diferença havia entre ele e Karanja ou Mugo, ou aqueles que haviam traído abertamente as pessoas e trabalhado com os brancos para se salvar? Mugo teve coragem de enfrentar sua culpa e perder tudo. Gikonyo tremeu à ideia de perder tudo. Toda manhã Mumbi e Wangari traziam comida. De início ele tentou não falar com Mumbi; achava até doloroso olhar para ela. Mas depois da confissão de Mugo ele se viu tentando decifrar os pensamentos e os sentimentos dela. O que estava escondido atrás de seu rosto? O que pensava de Mugo e da confissão? Queria cada vez mais falar com ela sobre Mugo e sua própria vida de detento. O que ela diria sobre os passos que o assombravam? Outro pensamento também se infiltrou em sua mente. Ele jamais se vira como pai dos filhos de Mumbi. Agora isso lhe veio à cabeça: como seria um filho seu com Mumbi?

Foi no quinto dia que recordou Mweya e o desejo de fazer o banco. Ele se mexeu na cama do hospital, com cuidado para não se deitar sobre o braço engessado. De início foi uma pequena chama, do tipo que ele costumava sentir à vista de madeira. Então, ao pensar nisso, ficou cada vez mais excitado e suas mãos começaram a coçar para pegar na madeira e no formão. Faria o banco agora, depois do hospital, antes de retomar seus negócios, ou nos intervalos do trabalho comercial. Ele elaborou o tema em detalhes. Mudou as figuras. Agora talharia um sujeito magro, com sulcos profundos na face, ombros e cabeça inclinados, a sustentar o peso. Sua mão direita se esticaria para se conectar à de uma mulher, com o rosto também sulcado. A terceira figura seria a de uma criança sobre cuja cabeça as outras duas mãos, do homem e da mulher, se encontrariam. Dentro dessa imagem, ele trabalharia com as contas no assento? Um campo precisando de capina e cultivo? Uma jembe? Uma flor de feijão? Ele resolveria isso quando chegasse a hora.

No sexto dia, Mumbi não apareceu no hospital. Gikonyo ficou magoado, e também surpreso ao descobrir quanto havia esperado a visita. Passou o dia inteiro inquieto, imaginando o que havia acontecido. Teria parado totalmente de vir? Será que reagira contra seu silêncio obstinado? Esperou ansiosamente pela aurora, na manhã seguinte. Se ela não—

Mas ela veio, sozinha. Normalmente ela e Wangari vinham visitá-lo juntas.

"Você não veio ontem", ele lhe disse acusatoriamente. Mumbi sentou na beira da cama e levou tempo para responder.

"A criança estava doente", respondeu simplesmente.

"O quê — o que tinha — ela?"

"Só um resfriado — ou gripe."

"Você a levou ao posto de saúde?"

"Levei!", disse ela, quase rudemente. Gikonyo procurou não olhá-la. Mumbi parecia impaciente, querendo ir embora.

"Quando é que você vai sair do hospital?", perguntou ela.

"Dentro de dois dias." Ele agora se virou para ela, apanhando por pouco o seu olhar. Ela não o fitou. Ele ficou surpreso ao encontrar aquele cansaço em seu olhar. Havia quanto tempo que ela estava assim? O que acontecera com ela durante os últimos dias?

"Vou embora agora", ela disse. "Talvez não venha amanhã — nem no dia seguinte." Ela começou a botar as coisas na sacola, com determinação. Ele queria dizer: não vá. Mas de repente disse: "Vamos conversar sobre a criança".

Mumbi, já de pé, se espantou com essas palavras. Sentou-se de novo e olhou para ele.

"Aqui, no hospital?", perguntou, sem nenhum ânimo.

"Agora, sim."

"Não, hoje não", ela disse quase impaciente, como se tivesse se dado conta de sua real independência. Gikonyo ficou espantado com a nova firmeza em sua voz.

"Está bem. Quando eu sair do hospital", disse ele, acrescentando depois de uma pausa constrangida: "Você vai voltar para casa, acender o fogo, cuidar que as coisas não se estraguem?".

Ela considerou isso por um momento, com a cabeça virada de lado. Em seguida, olhou direto para ele, bem nos olhos.

"Não, Gikonyo. As pessoas tentam desmanchar as coisas, mas não podem. Não é tão fácil assim. O que se passou entre nós foi demais para ser anulado por uma frase. Precisamos conversar, abrir os corações um ao outro, examiná-los, e então planejar juntos o futuro que queremos. Mas agora preciso ir, porque a criança está doente."

"Você — você vai vir amanhã?", perguntou ele, incapaz de esconder seu medo e sua ansiedade. Percebeu, de imediato, que no futuro levaria em conta os sentimentos, os pensamentos, os desejos dela — de uma nova Mumbi. Novamente ela considerou a pergunta durante algum tempo.

"Está bem. Talvez eu venha", disse, e se despediu. Afastou-se com passos resolutos, triste, mas quase segura. Ele ficou olhando até que ela desaparecesse na porta. Em seguida se deixou cair de volta na cama. Pensou no presente de casamento, um banco feito de muiri. "Mudarei a figura da mulher. Vou talhar uma mulher de barriga grande — grávida de um filho."

ESTA OBRA FOI COMPOSTA PELA ABREU'S SYSTEM EM ADOBE GARAMOND
E IMPRESSA EM PROCESSO SOB DEMANDA PELA UM LIVRO SOBRE
PAPEL OFFWHITE PARA A EDITORA SCHWARCZ A PARTIR DE 2025

FSC
www.fsc.org
MISTO
Apoiando o manejo florestal responsável
FSC® C128038

A marca FSC® é a garantia de que a madeira utilizada na fabricação do papel deste livro provém de florestas que foram gerenciadas de maneira ambientalmente correta, socialmente justa e economicamente viável, além de outras fontes de origem controlada.